As Viagens

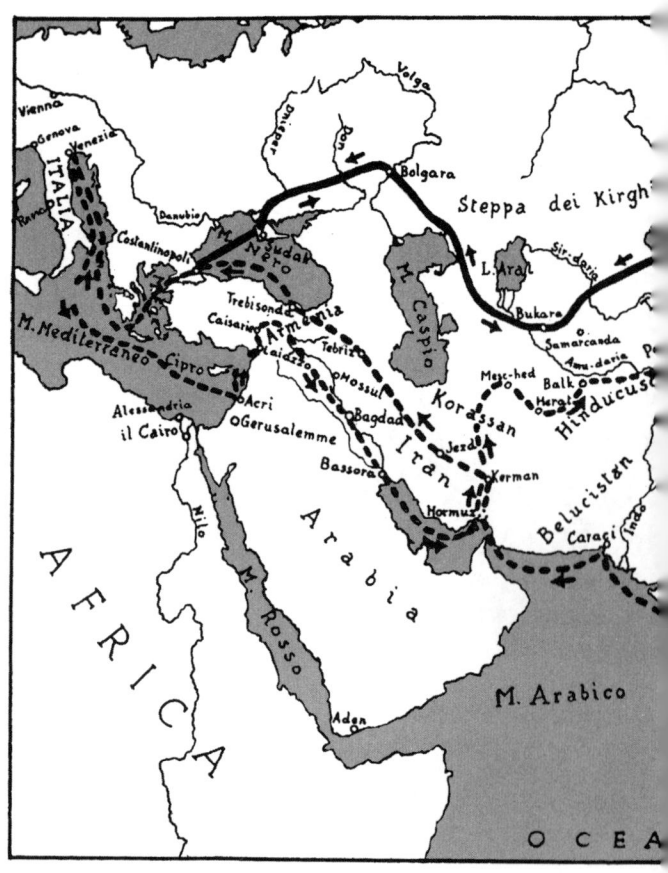

Itinerário da viagem de Niccolò, Matteo e Marco Polo.

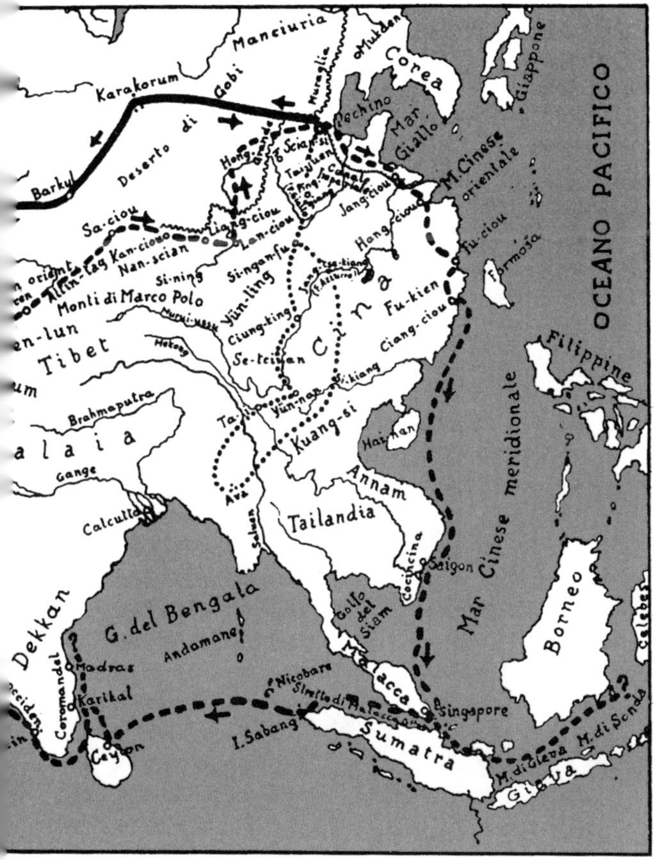

Manciuria
Mukden
Corea
Giappone
Karakorum
Deserto di Gobi
Muraglie
Pechino
Mar Giallo
M. Cinese orientale
OCEANO PACIFICO
Barkul
Sa-ciou
Kan-ciou
Nan-scian
Liang-ciou
Lan-ciou
Si-ning
Si-ngan-fu
Monti di Marco Polo
Yün-ling
Ciung-king
Se-tciuan
Tibet
Cina
Jang-ciou
Hang-ciou
Fu-ciou
Fu-kien
Ciang-ciou
Formosa
Filippine
Hainan
Kuang-si
Yün-nan
Brahmaputra
Gange
Calcutta
Ava
Salwen
Annam
Tailandia
Cocincina
Saigon
Mar Cinese meridionale
Borneo
Celebes
G. del Bengala
Andamane
Dekkan
Coromandel
Madras
Karikal
Ceylon
Nicobare
I. Sabang
Golfo del Siam
Malacca
Singapore
Sumatra
M. di Giava
M. di Sonda
Giava

As Viagens

Marco Polo

Martins Fontes
São Paulo 1997

Título original: IL LIBRO DI MARCO POLO DETTO IL MILIONE
Copyright © Livraria Martins Fontes Editora Ltda.,
São Paulo, 1997, para a presente edição.

1ª edição
agosto de 1997

Tradução
IVONE CASTILHO BENEDETTI

Revisão gráfica
Maria Cecilia de Moura Madarás
Ivete Batista dos Santos
Produção gráfica
Geraldo Alves
Paginação/Fotolitos
Studio 3 Desenvolvimento Editorial
Imagem da capa
Porto de Zaiton, um dos maiores da Ásia,
miniatura do códice Bodleian de Oxford

Dados Internacionais de Catalogação na Publicação (CIP)
(Câmara Brasileira do Livro, SP, Brasil)

Polo, Marco, 1254-1323?
  As viagens / Marco Polo ; [tradução Ivone Castilho Benedetti]. – São Paulo : Martins Fontes, 1997. – (Coleção Gandhāra)

  Título original: Il libro di Marco Polo detto Il Milione.
  ISBN 85-336-0744-X

  1. Literatura infanto-juvenil I. Título. II. Série.

97-3760   CDD-028.5

Índices para catálogo sistemático:
1. Literatura infanto-juvenil   028.5
2. Literatura juvenil   028.5

Todos os direitos para a língua portuguesa reservados à
Livraria Martins Fontes Editora Ltda.
Rua Conselheiro Ramalho, 330/340
01325-000 São Paulo SP Brasil
Tel. (011) 239-3677 Fax (011) 605-6867
e-mail: info@martinsfontes.com
http://www.martinsfontes.com

Índice

Nota preliminar.. XV
Prólogo... 1
Partida de Constantinopla........................... 2
De como saíram dos domínios de Barca Cã. 3

I. De como os dois irmãos chegaram ao grão cã.. 5
II. De como o grão cã enviou os dois irmãos a Roma com mensagens para o papa... 6
III. De como o grão cã deu aos dois irmãos a tábula de ouro....................... 7
IV. De como os dois irmãos chegaram à cidade de Acre.................................. 7
V. De como os dois irmãos partiram de Veneza para de novo irem ter com o grão cã.. 8
VI. De como os dois irmãos saíram de Acre.. 9
VII. De como os dois irmãos vão ter com o papa... 9
VIII. De como os dois irmãos chegaram à cidade de Clemenfu, onde está o grão cã... 10

IX. De como os dois irmãos foram ter com o grão cã 10
X. Como o grão cã enviou Marco, filho do senhor Niccolò, como seu embaixador 11
XI. De como Marco volveu a ter com o grão cã 11
XII. De como os senhores Niccolò, Matteo e Marco se despediram do grão cã 12
XIII. Onde se conta como os senhores Niccolò, Matteo e Marco deixaram o grão cã 13
XIV. Onde se fala da província da Armênia 14
XV. Onde se fala da província da Turcomânia 15
XVI. Da Grande Armênia 15
XVII. Dos reis da Geórgia 16
XVIII. Do reino de Mosul 17
XIX. Sobre Baudac, como foi tomada 18
XX. Da nobre cidade de Toris 19
XXI. Da maravilha de Baudac, da montanha 20
XXII. Da grande província da Pérsia e dos reis magos 21
XXIII. Dos três magos 22
XXIV. Dos oito reinos da Pérsia 23
XXV. Do reino de Crema 24
XXVI. Camandi 25
XXVII. Da grande descida 26
XXVIII. De como se cavalga pelo deserto 27
XXIX. De Gobiam 28
XXX. De um deserto 28
XXXI. Do velho da montanha e como fez o Paraíso e os assassinos 29
XXXII. Da cidade de Supunga 31
XXXIII. De Balac 32

XXXIV. Da montanha do sal	32
XXXV. De Balascam	33
XXXVI. Da gente de Bastian	34
XXXVII. De Quesimun	34
XXXVIII. Do grande rio de Baudashia	35
XXXIX. Do reino de Cashar	36
XL. De Samarca	36
XLI. De Carcam	37
XLII. De Cotam	38
XLIII. De Peym	38
XLIV. De Charchia	38
XLV. De Lop	39
XLVI. Da grande província de Tangut	40
XLVII. De Comul	42
XLVIII. De Chingitalas	43
XLIX. De Suchur	44
L. De Campichon	44
LI. De Eezima	45
LII. De Caracom	45
LIII. De como Gêngis se tornou o primeiro cã	46
LIV. De como Gêngis Khan se armou contra Preste João	47
LV. De como Preste João pelejou contra Gêngis Khan	48
LVI. Da batalha	48
LVII. Do número dos grandes cãs, de quantos foram	49
LVIII. Do deus dos tártaros	51
LIX. Da planície de Bancu	54
LX. Do reino de Erguil	54
LXI. De Egrigaia	56
LXII. Da província de Tenduc	56
LXIII. Da cidade de Jandu	58
LXIV. De todos os feitos do grão cã que ora reina	61
LXV. Da grande batalha que o grão cã travou contra Nayam	61

LXVI.	Começa a batalha.....................	63
LXVII.	De como Nayam foi morto	64
LXVIII.	De como o grão cã voltou para a cidade de Camblau.............................	65
LXIX.	Das feições do grão cã	67
LXX.	Dos filhos do grão cã	68
LXXI.	Do palácio do grão cã	68
LXXII.	Da grande cidade de Camblau..........	70
LXXIII.	Da festa de aniversário do grão cã ...	73
LXXIV.	Onde se descreve a festa..................	74
LXXV.	Da festa branca	74
LXXVI.	Dos doze mil barões que vão à festa, de como são vestidos pelo grão cã	75
LXXVII.	Da grande caçada do grão cã	76
LXXVIII.	Dos leões e dos outros animais de caça..	77
LXXIX.	De como o grão cã vai à caça	78
LXXX.	De como o grão cã reúne sua corte e dá festas..	82
LXXXI.	Da moeda do grão cã.......................	83
LXXXII.	Dos doze barões encarregados de governar todas as coisas do grão cã	85
LXXXIII.	De como partem de Camblau muitos mensageiros para irem a muitos lugares	86
LXXXIV.	De como o grão cã ajuda sua gente quando há praga de grãos	88
LXXXV.	Do vinho	89
LXXXVI.	Das pedras que ardem	89
LXXXVII.	De como o grão cã manda guardar grãos para socorrer sua gente	90
LXXXVIII.	Da caridade do senhor	90
LXXXIX.	Da província de Catai.......................	90
XC.	Da grande cidade de Jogüi................	91
XCI.	Do reino de Taianfu	92
XCII.	Do castelo de Caitui..........................	92

XCIII. De como Preste João prendeu o Rei de Ouro	93
XCIV. Do grande rio de Caramera	94
XCV. Da cidade de Qüengianfu	95
XCVI. Da província de Cuncum	96
XCVII. De uma província de Ambalet	96
XCVIII. Da província de Sindafa	97
XCIX. Da província do Tibete	98
C. Ainda sobre a província do Tibete	100
CI. Da província de Gaindu	101
CII. Da província de Caraja	103
CIII. Ainda sobre a província de Caraja	104
CIV. Da província de Ardanda	106
CV. Da grande quebrada	108
CVI. Da província de Mie	108
CVII. Da província de Gangala	110
CVIII. Da província de Canjigu	110
CIX. Da província de Amu	111
CX. Da província de Toloma	111
CXI. Da província de Kujiu	112
CXII. Da cidade de Cacafu	113
CXIII. Da cidade de Chaglu	114
CXIV. Da cidade de Chagli	114
CXV. Da cidade chamada Codifu	115
CXVI. Da cidade que se chama Sinhi	115
CXVII. Da cidade que se chama Linhi	116
CXVIII. Da cidade de Pinhi	117
CXIX. Da cidade de Chinhi	117
CXX. De como o grão cã conquistou o reino dos manji	118
CXXI. Da cidade chamada Caijagui	119
CXXII. Da cidade chamada Pauqui	120
CXXIII. Da cidade chamada Cain	120
CXXIV. Da cidade chamada Tinhi	121
CXXV. Da província de Nanji	121
CXXVI. De Sigui e do grande rio Quian	122
CXXVII. Da cidade de Caigui	123

CXXVIII. Da cidade chamada de Chinguianfu 124
CXXIX. Da cidade de Chinguinju.................. 124
CXXX. Da cidade chamada Sinhi.................. 125
CXXXI. Da cidade que se chama Quinsai 126
CXXXII. Da renda do sal................................ 130
CXXXIII. Da cidade que se chama Tapinhi 131
CXXXIV. Do reino de Fugui 132
CXXXV. Da cidade chamada Funhi................. 133
CXXXVI. Da cidade chamada Zarton 133
CXXXVII. Onde se começa a falar de todas as maravilhosas coisas da Índia............. 135
CXXXVIII. Da ilha de Zipagu 136
CXXXIX. Da província de Chamba................... 139
CXL. Da ilha de Java................................ 140
CXLI. Das ilhas de Sodur e Codur 141
CXLII. Da ilha de Petam 141
CXLIII. Da ilha de Java Menor...................... 142
CXLIV. Do reino de Samarca 143
CXLV. Do reino de Draguan......................... 144
CXLVI. Do reino de Lambri 145
CXLVII. Do reino de Fransur 145
CXLVIII. Da ilha de Neníspola 145
CXLIX. Da ilha de Agama 146
CL. Da ilha de Seilla............................... 146
CLI. Da província de Maabar 147
CLII. Do reino de Multifili 153
CLIII. De São Tomé Apóstolo...................... 154
CLIV. Da província de Iar............................ 156
CLV. Da ilha de Seilla................................ 158
CLVI. Da cidade de Caver 161
CLVII. Do reino de Coilu............................. 162
CLVIII. Das terras de Comachi...................... 163
CLIX. Do reino de Eli................................. 163
CLX. Do reino de Melibar 164
CLXI. Do reino de Gufarat.......................... 165
CLXII. Do reino de Tana............................. 165
CLXIII. Do reino de Cambaet 166

CLXIV. Do reino de Quesmacora	166
CLXV. De algumas ilhas que há perto da Índia	167
CLXVI. Da ilha de Scara	167
CLXVII. Da ilha de Madagascar	168
CLXVIII. Da ilha de Zachibar	170
CLXIX. Da Índia do Meio, chamada Abache	172
CLXX. De algo que sucedeu ao rei de Abache	172
CLXXI. Da província de Adan	174
CLXXII. Da cidade de Chier	175
CLXXIII. Da cidade de Dufar	176
CLXXIV. Da cidade de Calatu	176
CLXXV. Da cidade de Curmos	177
CLXXVI. Da Grande Turquia	177
CLXXVII. Duma batalha	179
CLXXVIII. Das terras a tramontana	184
CLXXIX. Do Vale Escuro	185
CLXXX. Da província da Rússia	186
CLXXXI. Da província de Lacca	186
CLXXXII. Dos senhores dos tártaros do poente	187
CLXXXIII. Duma grande batalha	187
Topônimos em Marco Polo	191
Notas	205

Nota preliminar

1. Esta edição baseia-se no manuscrito II.IV.88 da Biblioteca Nacional de Florença, mas foram introduzidos alguns complementos extraídos do códice italiano 434 da Biblioteca Nacional de Paris (indicados pela sigla C.T.P.) e do códice francês 1116 (indicados pela sigla S.G.F.).

2. Para solucionar o problema da adaptação dos topônimos adotou-se o seguinte critério: sempre que possível, manteve-se a forma original, adaptando-se a grafia; para evitar a repetição de notas de rodapé, criou-se uma lista que foi inserida na forma de apêndice a esta edição (para facilitar, os topônimos constantes do apêndice são seguidos pela marca * no texto).

Prólogo[0]

C.T.P. *[Senhores imperadores, reis e nobres senhores, e todos os outros povos que quereis conhecer as diferentes raças e as diversidades das terras do mundo, lede este livro, onde haveis de encontrar todas as grandes maravilhas e imensas variedades dos povos da Armênia, da Pérsia e da Tartária, da Índia e de muitas outras províncias. E essas coisas vos contará ordenadamente este livro, pois que o senhor Marco Polo, sábio e nobre cidadão de Veneza, nele as relata, e por si mesmo as viu. Mas aqui também estão as coisas que ele não viu, mas ouviu de pessoas dignas de fé; assim, as coisas vistas dará por vistas, e as outras por ouvidas, para que nosso livro seja veraz e sem nenhuma mentira. Mas quero que saibais: desde que Deus fez Adão, nosso primeiro pai, até os dias de hoje, nenhum cristão, pagão, sarraceno ou tártaro e tampouco homem de raça alguma viu nem indagou tantas coisas maravilhosas do mundo como o senhor Marco Polo. Entretanto disse a si mesmo que grande mal seria deixar de escrever todas as maravilhas que viu, para que possa aprendê-las por este livro quem as não conhece.*

....
[0] Extraído do ms. it. 434 da Bibliothèque Nationale de Paris.

E assim vos digo que ele se demorou por aquelas terras bem trinta e seis anos[1]. *E que, na prisão de Gênova*[2], *incumbiu o senhor Rustico da Pisa, que estava preso no mesmo cárcere, de escrever todas estas coisas no ano da Graça de 1298 de Nosso Senhor Jesus Cristo.*

Partida de Constantinopla

Verdade é que no tempo em que Balduíno[3] *era imperador de Constantinopla, vale dizer no ano 1250 de Nosso Senhor Jesus Cristo, o senhor Nicolaio Polo, que foi pai do senhor Marco e do senhor Matteo, seu irmão, estes dois se encontravam na cidade de Constantinopla, vindos de Veneza com mercadorias, os quais eram nobres e sábios sem mácula. Discutiram entre si e decidiram atravessar o Grande Mar*[4] *para fazerem negócios, e foram comprar muitas jóias para levar, e embarcaram num navio de Constantinopla e foram para Soldania*. Depois de ficarem em Soldania* alguns dias, decidiram avançar, e puseram-se a caminho, e tanto cavalgaram que lhes sucedeu chegar à presença de Barca Cã*[5]*, rei e senhor de uma parte dos tártaros, o qual se encontrava naquele momento em Bolgara*. E o rei prestou grandes honras ao senhor Niccolaio e ao senhor Matteo, e ficou muito alegre com a chegada deles. E os dois irmãos ofereceram-lhe jóias, que tinham em grande quantidade, e Barca recebeu-as de bom grado e apreciou-as muito e presenteou-os com dois tantos do que valiam as jóias. Quando fazia um ano que estavam naquela cidade, surgiu uma guerra entre os reis Barca e Alau*[6]*, rei dos tártaros do levante. E um se bateu contra o outro, e houve uma grande batalha e morreram muitos homens, saindo vitorioso Alau, de modo que por causa da guerra ninguém podia sair de viagem sem ser capturado. E esse Alau estava para os lados de onde os dois* *irmãos tinham vindo*[7], *mas para a frente eles podiam ir bem, e com suas mercancias puseram-se a caminho do levante para volver por outro lado. E partindo de Bolgara* foram para outra cidade que tem nome de Oucaca*, que ficava nos confins do domínio do poente. E dali partiram, atravessaram o Tigre*[8] *e andaram dezoito jornadas*[9] *por um deserto onde não encontraram habitação alguma, mas sim tártaros que moravam em tendas e viviam de seus rebanhos.*

De como saíram dos domínios de Barca Cã

Depois de irem para o poente, ou seja, o deserto, chegaram a uma cidade que tem o nome de Boccara*, a maior e mais nobre daquelas terras; o senhor de lá era alguém que se chamava Barac. Quando os dois irmãos chegaram a essa cidade não puderam seguir adiante e ali permaneceram três anos. Sucede que nesse tempo o senhor do levante[10] *enviou embaixadores ao grão cã, e quando viram na cidade os dois irmãos muito se maravilharam, pois nunca tinham visto nenhum latino, e por isso lhes fizeram grande festa e perguntaram-lhes se queriam ir com eles ter com o grande senhor e grão cã*[11]*, e ele haveria de tratá-los como pessoas de respeito, pois jamais vira nenhum latino. Os dois irmãos responderam: "De bom grado."]*

Aqui começa o livro do senhor Marco Polo de Veneza, que se chama "Melione"(*), o qual relata muitas novidades da Tartária e das três Índias[12] e de muitas outras terras.

I°
S.G.F. [De como os dois irmãos chegaram ao grão cã]

Houve dois nobres cidadãos de Veneza, um de nome Matteo e outro Nicolao, que foram ter com o grão cã, senhor de todos os tártaros[13], e as muitas coisas novas que encontraram serão contadas adiante. Os quais, chegados à cidade onde estava o grão cã[14], ouvindo este falar da chegada deles, ordenou que fossem à sua presença, e isso foi motivo de grande

....

° Este capítulo é extraído do códice Magliabechiano II. II. 61 da Biblioteca Nacional de Florença.

(*) *Melione*, com aférese da vogal inicial de Emilione, era usado pela família de Marco para distinguir-se de outros venezianos com o mesmo sobrenome Polo. Outra explicação para esse nome está no fato de Marco ser exagerado em seus relatos, e por isso teriam passado a chamá-lo *Il Milione* (O Milhão). (N. do T.).

alegria e festa, porquanto jamais houvera visto nenhum latino; e perguntou-lhes sobre o imperador, que senhor era ele, sobre sua vida e sua justiça e sobre muitas outras coisas daqui; e perguntou-lhes sobre o papa e sobre a Igreja de Roma e sobre todos os feitos e estados dos cristãos. E os dois irmãos responderam-lhe bem e sabiamente a todas as perguntas, pois falavam tártaro muito bem[15].

II[◊]
S.G.F. *[De como o grão cã enviou os dois irmãos a Roma com mensagens para o papa]*

Depois que o grande senhor de nome Cublai[16], que era senhor de todos os tártaros do mundo e de todas as províncias e reinos daquelas grandíssimas terras, ouviu os feitos dos latinos contados pelos dois irmãos, muito agradeceu; e disse consigo mesmo que queria mandar embaixadores ao papa[17]; e chamou os dois irmãos, pedindo-lhes que cumprissem tal embaixada junto ao papa. Os dois irmãos responderam: "De bom grado." Então, o senhor mandou chamar um de seus barões, de nome Cogatal, e disse-lhe que fosse com os dois irmãos ter com o papa. Ele respondeu: "De bom grado", como se faz a um senhor. Então o senhor mandou preparar papéis selados, para que os dois irmãos e o barão pudessem fazer aquela viagem, e determinou que embaixadas queria ver cumpridas, entre as quais mandava dizer ao papa que lhe enviasse seis homens sábios, e que soubessem mostrar aos que adoram ídolos[18] e a quantos outras leis de lá que a lei deles era totalmente diferente e que toda ela era obra do diabo, e que soubessem demonstrar com argumen-

....
[◊] Os capítulos II-V são extraídos do códice Magliabechiano II. IV. 136 da Biblioteca Nacional de Florença.

tos que a lei cristã era melhor. Pediu ainda aos dois irmãos que lhe trouxessem óleo da lamparina que arde no Sepulcro de Jerusalém.

III
De como o grão cã deu aos dois irmãos a tábula de ouro

Depois que o grão cã explicou a embaixada aos dois irmãos e a seu barão, deu-lhes uma tábula de ouro[19], graças à qual, aonde quer que fossem, aos embaixadores seria feito tudo aquilo que lhes conviesse; e quando os embaixadores se abasteceram de tudo o de que precisavam, despediram-se e puseram-se a caminho. Após cavalgarem alguns dias, o barão que acompanhava os irmãos não pôde mais cavalgar, pois estava doente, e ficou numa cidade. Os dois irmãos o deixaram e reiniciaram a marcha: e em todos os lugares aonde chegavam prestavam-lhes as maiores homenagens, por respeito à tábula; assim é que os dois irmãos chegaram a Ayas. E digo-vos que empregaram três anos a cavalgar, e que isto sucedeu porque não podiam cavalgar devido ao mau tempo e aos rios que estavam cheios.

IV
De como os dois irmãos chegaram à cidade de Acre

Partiram de Ayas e chegaram a Acre* no mês de abril do ano 1272[20] e ali souberam da morte do papa que tinha por nome Clemente. Os dois irmãos foram ter com seu sábio legado, que era legado para a Igreja de Roma nas terras do Egito e homem de grande autoridade, cujo nome era Odaldo da Piacenza[21]. E quando os dois irmãos lhe disseram a razão pela qual iam ter com o papa, o legado muito se maravilhou; e, achando que aquilo seria um grande bem e grande honra para a cristandade, disse que o papa de fato morrera, e que eles esperassem que um novo papa fosse escolhido, o que logo aconteceria; depois poderiam cumprir sua embaixada. Os dois irmãos, ouvindo aquilo, pensaram em ir entrementes a Veneza para ver suas famílias; partiram então de Acre* e chegaram a Negrofonte* e depois a Veneza. E ali o senhor Nicolao ficou sabendo que sua mulher morrera, deixando um filho de quinze anos, de nome Marco[22]; e esse é o senhor Marco de quem este livro fala. Os dois irmãos ficaram em Veneza dois anos, esperando que o papa fosse escolhido.

V
De como os dois irmãos partiram de Veneza para de novo irem ter com o grão cã

Quando os dois irmãos viram que não se escolhia papa algum, decidiram ir ter com o grão cã, levando com eles aquele Marco, filho do senhor Nicolao. Os três partiram de Veneza e foram a Acre*, indo ter com o sábio legado que ali haviam deixado, e disseram-lhe que, visto não se escolher papa algum, queriam volver ao grão cã, pois tempo demais se passara; mas antes queriam sua permissão para ir a Jerusalém, a fim de levar ao grão cã óleo da lamparina do Sepulcro: e o legado lha deu. Foram ao Sepulcro, pegaram um pouco daquele óleo e volveram a ter com o legado. Vendo que de fato queriam ir, o legado escreveu em longas cartas ao grão cã que os dois irmãos haviam ficado todo aquele tempo a esperar que um papa fosse escolhido, disso dando testemunho.

VI[◊]
*De como os dois irmãos saíram de Acre**

Então os dois irmãos saíram de Acre* com as cartas do legado e chegaram a Ayas. E ali estando, chegaram notícias de que aquele legado que haviam deixado em Acre* fora eleito papa e recebera o nome de Gregório de Piacenza. E assim sendo, esse legado mandou um mensageiro a Ayas, atrás dos dois irmãos, para que volvessem. Com grande alegria, voltaram numa galera aprestada, que o rei de Armênia lhes mandara aparelhar. E assim foi que os dois irmãos volveram a ter com o legado.

VII
De como os dois irmãos vão ter com o papa

Quando os irmãos chegaram a Acre*, o papa eleito prestou-lhes grandes homenagens e recebeu-os graciosamente e apresentou-lhes dois frades, dentre os do monte Carmelo os mais sábios que havia naquelas terras – um se chamava frei Nicolau de Veneza e o outro frei Guilherme de Trípoli[23] –, que com eles deviam ir ter com o grão cã; e deu-lhes papéis e privilégios, e impôs a embaixada que queria ver cumprida junto ao grão cã. Dada a sua bênção aos cinco, ou seja, aos dois frades, aos dois irmãos e a Marco, filho de Niccolò, estes partiram de Acre* e foram para Ayas. Em ali chegando, alguém chamado Bondoc Daire[24], sultão de Bambelônia*, atacou aquelas terras com um grande exército, surgindo grande guerra. Por isso, os dois frades ficaram com medo de ir em frente, e deram os papéis e os privilégios aos dois irmãos e não foram além: dirigiram-se ao senhor do templo[25].

....

[◊] Aqui começa o texto do chamado Ottino (Magliabecchiano II.IV.88 da Biblioteca Nacional de Florença).

VIII
De como os dois irmãos chegaram à cidade de Clemenfu*, onde está o grão cã

Os senhores Niccolò, Matteo e Marco, filho do senhor Niccolò, puseram-se em marcha e assim chegaram aonde estava o grão cã, numa cidade de nome Clemenfu*, muito rica e grande. O que encontraram pelo caminho não se conta agora, pois que se contará adiante. E para ir levaram três anos, por causa do mau tempo e dos rios, que estavam cheios no inverno e no verão, de tal modo que não podiam cavalgar. E quando o grão cã soube que os dois irmãos estavam vindo, sentiu grande alegria, e mandou-lhes um mensageiro ao encontro, quando estavam a bem quarenta jornadas[26], e muito foram servidos e homenageados.

IX
De como os dois irmãos foram ter com o grão cã

Quando os dois irmãos e Marco chegaram à grande cidade onde estava o grão cã, foram ao palácio imperial, onde ele se encontrava com muitos barões, e ajoelharam-se diante dele, isto é, do grão cã, e muito se prostraram diante dele. Ele os fez erguer-se e mostrou grande alegria e perguntou quem era aquele jovem que viajava com eles. Disse o senhor Niccolò: "Ele é vosso homem[27] e meu filho." O grão cã disse: "Seja bem-vindo, e muito me agrada." Dados que foram os papéis e os privilégios que traziam do papa, o grão cã mostrou enorme alegria e perguntou como estavam. Responderam: "Bem, Senhor, porquanto vos encontramos são e contente." Aí houve grande alegria pela chegada deles, e no tempo em que estiveram na corte foram mais homenageados que qualquer outro barão.

X
Como o grão cã enviou Marco, filho do senhor Niccolò, como seu embaixador

Sucedeu então que Marco, filho do senhor Niccolò, no pouco tempo que ficou na corte aprendeu os costumes tártaros, suas línguas e suas letras[28], e tornou-se homem sábio e de valor sem igual. E quando o grão cã viu nesse jovem tanta agudeza, enviou-o como embaixador a uma cidade aonde custou seis meses para chegar. O jovem voltou bem, e sabiamente contou a embaixada e outras notícias sobre as coisas que lhes perguntou, porquanto vira outros embaixadores volver de terras outras sem saberem dar notícias dessas terras senão as da embaixada; ele[29] considerava-os néscios, e dizia gostar mais de conhecer os diversos costumes das terras que de conhecer aquilo pelo que os havia mandado. E Marco, sabendo disso, aprendeu bem todas as coisas para poder repeti-las ao grão cã.

XI
De como Marco volveu a ter com o grão cã

Volve então o senhor Marco a ter com o grão cã com sua embaixada, e bem soube repetir aquilo pelo que houvera ido, assim como todas as maravilhas e as grandes e novas coisas que encontrara. De tal modo que agradou ao grão cã e a todos os seus barões, e todos o louvaram pela grande prudência e agudeza; e disseram que, em vivendo, tornar-se-ia um homem de grandíssimo valor. Depois dessa embaixada, o grão cã incumbiu-o de todas as suas embaixadas: e sabei que ficou com o grão cã durante vinte e sete anos[30]. E em todo esse tempo não deixou de fazer parte de embaixadas para o grão cã, por ter cumprido tão bem a primeira. E o senhor fazia-lhe tantas homenagens que os outros barões sentiam grande inveja; e isso porque o senhor Marco soube coisas mais do que nenhum homem jamais nascido[31].

XII
De como os senhores Niccolò, Matteo e Marco se despediram do grão cã

Depois de ficarem muito tempo com o grão cã, os senhores Niccolò, Matteo e Marco pediram permissão para regressar às suas famílias. O grão cã apreciava tanto o que faziam que por razão alguma queria dar-lhes licença. Aconteceu então que a rainha Bolgara[32], que era esposa de Arghun[33], morreu e deixou escrito que o marido só deveria casar-se com outra da mesma linhagem; e mandou embaixadores ao grão cã, e foram três, dos quais um se chamava Oulaurai, o outro Puchai e o outro Coia[34], com grande cortejo, que lhe devia mandar uma esposa da linhagem da rainha Bolgara, uma vez que a rainha morrera deixando escrito que ele não podia casar-se com mulher de outra linhagem.

E o grão cã mandou-lhe uma jovem daquela linhagem e dotou a missão de tudo o que era necessário, com grande festa e alegria.

Enquanto isso, Marco volveu de uma embaixada na Índia[35], relatando a embaixada e as coisas novas que encontrara. Os três embaixadores que tinham ido por causa da rainha pediram ao grão cã que os três latinos os acompanhassem na viagem, com a mulher que conduziam. O grão cã concedeu-lhes a graça com pesar e a contragosto, tanto gostava deles; e autorizou os três latinos a acompanhar os três barões e a mulher.

XIII
Onde se conta como os senhores Niccolò, Matteo e Marco deixaram o grão cã

Quando o grão cã viu que o senhor Niccolò, o senhor Matteo e o senhor Marco iam partir, mandou chamá-los e mandou que lhes entregassem duas tábulas de ouro[36]; e ordenou que a passagem lhes fosse franca em todas as suas terras, e que lhes fossem pagas todas as despesas, para eles e para toda a sua família em todos os lugares; e mandou aprestar quatorze navios, cada um com quatro mastros, muitos deles com doze velas.

Quando os navios estavam aprestados, os barões e a mulher[37] mais os três latinos que tinham recebido licença do grão cã entraram nos navios com muita gente, e o grão cã deu-lhes meios para viver dois anos. E navegaram pelo menos durante três meses, até chegarem à ilha de Java[38], na qual há muitas coisas maravilhosas, de que falaremos neste livro.

E quando chegaram, souberam da morte de Argun[39], a quem a mulher se destinava. E digo-vos sem errar que no navio havia bem setecentas pessoas, sem os marinheiros, das quais não escaparam mais de dezoito: e descobriram que Acatu[40] detinha os domínios de Arghun. Depois de recomendarem a mulher e cumprirem a embaixada imposta pelo grão cã, despediram-se e refizeram o rumo. E sabei que Acatu deu aos três latinos, embaixadores do grão cã, quatro tábulas de ouro. Numa estava escrito que os três latinos deviam ser servidos e homenageados, e que lhes devia ser dado aquilo de que necessitassem em todo o reino. E assim foi feito, pois muitas vezes foram acompanhados por quatrocentos cavaleiros, mais ou menos, sempre que preciso. Digo-vos ainda que foi pela confiança nesses três embaixadores, porque o grão cã neles confiava, que lhes confiou a rainha *ka-*

chin e a filha do rei dos *manji*⁴¹, para que a conduzissem a Argun, senhor de todo o Levante. E assim foi feito. E essas rainhas consideravam-nos como pais e assim lhes obedeciam. E quando eles partiram para regressar à sua terra, essas rainhas choraram com grande dor. Sabei que uma rainha tão importante foi-lhes confiada para ser levada a terra tão distante porque eram mui amados e tidos em grande conta. Despedindo-se os três embaixadores de Acatu, foram para Trebizonda, depois para Constantinopla, Negroponte* e finalmente Veneza; e isso aconteceu em 1295. Agora que vos contei o prólogo do livro do senhor Marco Polo, aqui se começa a discorrer sobre as províncias e terras por onde andou.

XIV
Onde se fala da província da Armênia

É verdade que existem duas Armênias, a Pequena e a Grande. Na Pequena, reina alguém que mantém boa justiça e está sob o grão cã⁴². Ali há muitas cidades e castelos, com abundância de todas as coisas, havendo aves e caça em grande quantidade. Ali costumava haver homens valentes: agora são todos ruins, tendo-lhes restado um dote: são grandes bebedores. Sabei ainda que na costa existe uma cidade chamada Ayas, de grande comércio, para onde vão todas as especiarias que chegam do Oriente; e os mercadores de Veneza, de Gênova e de outros lugares levam de lá suas mercadorias e tecidos e muitas outras coisas apreciadas; e todos os mercadores que querem entrar mais nas terras do Levante partem daquela cidade. Agora, falaremos da Turcomânia*.

XV
*Onde se fala da província da Turcomânia**

Na Turcomânia* há três raças: os turcos, que adoram Maomé e são gente simples, e têm falar torpe[43] e ficam nas montanhas e nos vales, e vivem do gado e têm cavalos e mulas grandes de alto valor. E os outros são armênios e gregos, que moram em cidades e em fortalezas, e vivem de arte[44] e comércio: e ali se fazem os melhores tapetes do mundo, das mais lindas cores. Fazem-se lavores de seda de todas as cores. Outras coisas há que não vos conto. Submetem-se aos tártaros do Levante[45]. Agora sairemos daqui e iremos para a Grande Armênia.

XVI
Da Grande Armênia

A Grande Armênia é uma grande província: logo depois da fronteira há uma cidade chamada Arzinga*, onde se fabrica o melhor *buquerame*[46] do mundo. Ali também se encontram os melhores banhos do mundo. Há muitas cidades e castelos: a mais nobre é Arzinga*, que tem arcebispo. As outras são Arziron* e Arzichi*. É uma província muito grande. No verão aqui fica todo o gado dos tártaros do levante, pelo bom pasto que há; no inverno não ficam por causa do frio que faz, pois não haveria com que alimentar a bestiagem. Digo-vos ainda que nessa Grande Armênia está a Arca de Noé, no alto de uma grande montanha[47] nos confins do meio-dia em direção ao levante[48], perto do reino que se chama Mosul*, de cristãos jacobitas e nestorianos, dos quais falaremos adiante. Do lado norte, faz fronteira com a Geórgia; e nessa fronteira há uma nascente de onde brota tanto óleo[49] que com ele se carregariam cem navios de uma vez;

mas não é bom para comer, e sim para queimar; é bom para a sarna e tem outros usos; e chegam homens de muito longe por causa desse óleo, e em todo aquele lugar não se queima outro óleo. Agora deixaremos a Grande Armênia e falaremos da província da Geórgia.

XVII
Dos reis da Geórgia

Na Geórgia há um rei que sempre[50] se chama David Melic, ou seja, Davi rei. Submete-se aos tártaros. E antigamente em todos os reis que nasciam naquela província nascia um sinal de águia no ombro direito. É gente formosa, valente em armas e boa no arco; são cristãos e seguem a religião dos gregos; e usam cabelos curtos à moda dos clérigos. É essa a província que Alexandre, o Grande, não conseguiu atravessar, pois que de um lado está o mar e do outro as montanhas; do outro lado, o caminho é tão estreito que não se consegue cavalgar, e esse caminho estreito dura mais de quatro léguas, isto é, doze milhas, de tal modo que poucos homens impediriam a passagem de muita gente; por isso Alexandre não passou. E ali Alexandre mandou construir uma torre muito forte[51], para que eles não pudessem passar para atacá-lo; chama-se "porta de ferro". E este é o lugar de que fala o livro de Alexandre, que afirma ter encerrado os tártaros dentro das montanhas; mas eles não eram tártaros, e sim um povo chamado *cumano*[52] e outros tantos povos, pois que não havia tártaros naquele tempo. Possuem muitas cidades e castelos; têm muita seda, e fabricam tecidos de seda e ouro em quantidade, os mais belos do mundo; e têm também os mais belos e melhores nebris; e têm em abundância tudo de que se precisa para viver. A província é cheia de grandes montanhas, e digo-vos que os tártaros não puderam assenhorar-se de toda ela. E ali está o mosteiro de São Leonardo, onde há tal maravilha que diante dele sai duma montanha um lago que não contém peixe algum durante o ano, só na Quaresma; e isso começa no primeiro dia da Quaresma e dura até o Sábado de Aleluia, quando vêm em grande abundância. A partir do dia seguinte não se vê nem se encontra nenhum, por milagre, até a outra Quaresma. E sabei que o mar de que vos falei chama-se mar de Geluquelan*, que tem giro de setecentas milhas e dista bem doze jornadas de outro mar, e nele entram muitos grandes rios. E de há pouco tempo mercadores de Gênova navegam por aquele mar. Dali vem a seda que se chama "guela"[53].

Falamos das fronteiras que a Armênia tem ao norte; agora falaremos das que ficam na direção do meiodia e do levante.[54]

XVIII
Do reino de Mosul*

Mosul* é um grande reino, onde há muitas raças das quais vos falaremos incontinenti; e há um povo que se chama árabe, que adora Maomé. Outro povo há que segue a religião cristã, mas não como manda a Igreja de Roma, pois erram em várias coisas. São chamados de nestorianos e jacobitas. Têm um patriarca, que se denomina *iacolic*[55], e esse patriarca faz bispos, arcebispos e abades, e os faz para toda a Índia, para Baudac* e para Catai, como o papa de Roma. E todos esses cristãos são nestorianos e jacobitas. E todos os tecidos de seda e ouro que se chamam musselina vêm desse reino de Mosul*. E em suas montanhas há cristãos que se chamam nestorianos e jacobitas. Os demais[56] são sarracenos, que adoram Maomé; e são gente má, que de bom grado rouba os mercadores. Agora vamos falar da grande cidade de Baudac*.

XIX
Sobre Baudac*, como foi tomada

Baudac* é uma grande cidade, onde está o califa de todos os sarracenos do mundo, assim como em Roma o papa de todos os cristãos. Pelo meio da cidade passa um rio[57] muito grande, por onde se pode ir até o mar da Índia e por onde vão e vêm os mercadores e suas mercadorias. E sabei que de Baudac* até o mar, rio abaixo, há bem dezoito jornadas. Os mercadores que vão para a Índia seguem por esse rio até uma cidade que tem o nome de Kish[58], e por aí entram no mar da Índia. E subindo o rio, entre Baudac* e Kish há uma cidade chamada Bastra*, e naquela cidade e nos bosques próximos nascem as melhores tâmaras do mundo. Em Baudac*, são feitos diferentes lavores de seda e ouro em tecidos decorados com animais e pássaros. Ela é a mais nobre e maior cidade daquela terra. E sabei que ao califa pertencia o maior tesouro em ouro, prata e pedras preciosas que já se encontrou de homem algum.

E é verdade que no ano do Senhor de 1255, o Grande Tártaro, chamado Alau, irmão do senhor que naquele tempo reinava[59], reuniu um grande exército e atacou o califa em Baudac*, e tomou-a pela força. E esse foi um grande feito, pois em Baudac* havia mais de cem mil cavaleiros sem contar a infantaria. E quando Alau a tomou, encontrou uma torre do califa cheia de ouro e prata e de outros tesouros, tanto que jamais se encontrou tanta coisa junta. Quando Alau viu tamanho tesouro, ficou muito admirado e foi perguntar ao califa que estava preso: "Califa, por que juntaste tantos tesouros? Que querias fazer com ele? E quando soubeste que eu marchava contra ti por que não pagaste cavaleiros e gente para defender-te e à tua terra e à tua gente?" O califa não soube responder. Então Alau disse: "Califa, visto que tanto amas os haveres, deles vou-te alimentar." E meteu-o naquela torre, e ordenou que não lhe dessem de beber nem de comer, e disse: "Agora farta-te de teu tesouro."[60] Viveu quatro dias, e foi achado morto. E por isso melhor seria se o tivesse dado a homens para defender sua terra. Depois disso, aquela cidade não teve mais califa algum. Não falaremos mais de Baudac*, pois essa seria matéria longa, e falaremos da nobre cidade de Toris*.

XX
Da nobre cidade de Toris*

Toris* é uma grande cidade, numa terra chamada Arac*, onde há muitas outras cidades e castelos. Mas falarei de Toris*, por ser a mais bela e a melhor da província. Os homens de Toris* vivem de comércio e arte, isto é, de lavores de seda e ouro; e o lugar é tão bom que chegam mercadores da Índia, de Baudac*, de Mosul* e de Cremo* e também de muitos outros lugares; e os mercadores ocidentais ali vão pelas mercadorias estrangeiras que chegam de longe, e com isso muito ganham. Aí se encontram muitas pedras preciosas. E são homens de pequenos afazeres, e há lá muitos tipos de gente. Ali há armênios, nestorianos, jacobitas, georgianos e persas, havendo quem adore Maomé, ou seja, os da terra, conhecidos como tauricínios. Os sarracenos de Toris* são muito malvados e desleais.

XXI
Da maravilha de Baudac*, da montanha

Agora vos contarei uma maravilha que aconteceu em Baudac* e em Mosul*[61]. No ano de 1275[62], havia em Baudac* um califa que odiava muito os cristãos; e isso é natural nos sarracenos. Pensou em tornar os cristãos sarracenos ou em matá-los todos; e para isso tinha conselheiros sarracenos. Então o califa chamou todos os cristãos que eram de lá e pôs-lhes diante a seguinte questão: ele vira escrito num evangelho que, se algum cristão tivesse fé como um grão de mostarda, com a prece que fizesse a Deus uniria duas montanhas, e mostrou-lhes o evangelho. Os cristãos disseram que era bem verdade. "Portanto", disse o califa, "entre vós deve haver tanta fé quanto um grão de mostarda: por isso, movei aquela montanha ou vos matarei todos, ou então fazei-vos todos sarracenos, pois quem não tem fé deve ser morto." E para isso deu-lhes dez dias de prazo. Quando os cristãos ouviram o que o califa disse, sentiram muito medo e não sabiam o que fazer. Reuniram-se todos, pequenos e grandes, homens e mulheres, o arcebispo e o bispo, e oravam muito a Deus; e todos ficaram oito dias em orações, pedindo a Deus que os ajudasse e os guardasse de morte tão cruel. Na nona noite, o anjo apareceu para o bispo, que era homem santíssimo, dizendo-lhe que pela manhã fosse ter com certo sapateiro e lhe dissesse que movesse a montanha. Esse sapateiro era homem bom, e de tão reta vida que certo dia uma mulher muito bela foi à sua loja, e ele pecou um pouco com os olhos, e então com a sovela furou-se os olhos, de tal sorte que nunca mais enxergou; portanto, era santo e bom homem. Quando o bispo teve aquela visão, de que pelo sapateiro a montanha deveria mover-se, mandou reunir todos os cristãos e contou-lhes sua visão. Então o bispo pediu ao sapateiro que suplicasse a Deus que movesse a montanha; e ele respondeu que não era homem suficiente para isso. Tanto suplicaram os cristãos que o sapateiro começou a rezar. Quando o prazo se esgotou, pela manhã, todos os cristãos foram à igreja e mandaram cantar missa, implorando a Deus que os ajudasse; depois tiraram a cruz e foram para o vale em frente àquela montanha, onde, entre homens e mulheres, pequenos e grandes, havia bem cem mil. E o califa chegou com muitos sarracenos armados para matar todos os cristãos, achando que a montanha não se moveria.

E como os cristãos continuassem em oração ajoelhados diante da cruz e suplicando esse feito a Deus, a montanha começou a desabar e a mover-se. Os sarracenos, vendo aquilo, muito se admiraram, e o califa converteu-se com muitos sarracenos. E quando o califa morreu, encontrou-se uma cruz no pescoço, e os sarracenos, vendo isso, não o enterraram no sepulcro com os outros califas, mas puseram-no em outro lugar. Agora deixemos Toris* e falemos da Pérsia.

XXII
Da grande província da Pérsia e dos reis magos

A Pérsia é de fato uma terra grande e nobre, mas hoje está destruída pelos tártaros. Na Pérsia existe uma cidade que se chama Sabba*, da qual partiram os três reis que foram adorar Cristo quando ele nasceu. Ali estão sepultados os três magos numa bela sepultura, e lá estão inteiros e com os cabelos. Um tinha o nome de Baltasar, o outro de Melquior e o terceiro de Gaspar. O senhor Marco perguntou várias vezes por esses três reis na cidade: ninguém soube dizer-lhe nada, a não ser que havia três reis enterrados antigamente. E andando três jornadas, encontraram um castelo chamado Galasaca, ou seja, castelo dos adoradores do fogo[63]. É bem verdade que naquele castelo adoram o fogo, e vou dizer-lhes por quê. Os homens daquele castelo dizem que, antigamente, três reis daquelas terras foram adorar um profeta, que acabara de nascer, e levaram três oferendas: ouro para saber se era rei terreno, incenso para saber se era Deus, mirra para saber se era mago.

E quando chegaram ao lugar onde Deus havia nascido, o mais jovem foi vê-lo primeiro, e pareceu-lhe ter ele sua forma e sua idade; depois foi o do meio e depois o mais velho, e a cada um pareceu ter ele sua forma e sua idade; e contando cada um o que vira, muito se admiraram e decidiram ir todos juntos. Indo juntos, a todos pareceu ser ele aquilo que era, ou seja, um menino de treze dias. Ofereceram então o ouro, o incenso e a mirra; a criança pegou tudo e deu aos três reis um vasinho de buxo fechado, e eles se puseram a caminho de sua terra.

XXIII
Dos três magos

Depois que os três magos cavalgaram algumas jornadas, quiseram ver o que a criança lhes dera: abriram o vasinho e encontraram uma pedra[64], que o Cristo lhes dera significando que deveriam ser firmes como pedra na fé que haviam iniciado. Quando viram a pedra, muito se admiraram e a jogaram num poço. Caindo a pedra no poço, desceu do céu um fogo ardente que se lançou no poço. Quando os reis viram essa maravilha, arrependeram-se do que haviam feito. E pegaram daquele fogo, levaram-no para sua terra e puseram-no numa de suas igrejas. E deixam-no arder o tempo todo, e adoram aquele fogo como Deus: e todos os sacrifícios que fazem temperam com aquele fogo; e quando ele se apaga, vão ao original, que está sempre aceso; e nunca o acenderiam senão daquele. É por isso que naquelas terras se adora o fogo. Tudo isso disseram ao senhor Marco Polo, e é verdade. Um dos reis era de Sabba*, o outro de Iava* e o terceiro do castelo[65]. Agora vos falaremos de muitos fatos da Pérsia e de seus costumes. Sabei que na Pérsia há oito reinos: um é o de Causon, o segundo o de Stam, o terceiro Laor, o quarto Celstan, o quinto Istain, o sexto Zerazi, o sétimo Suncara e o oitavo Turnocain[66], que fica perto da Árvore Solitária[67]. Nesse reino há muitos e belos ginetes de grande valor, muitos dos quais são vendidos na Índia. A maior parte vale duzentas libras de Tours[68]. Ali também estão os melhores asnos do mundo, grandes corredores, valendo cada um bem trinta marcos de prata. E os homens de lá levam esses cavalos até duas cidades que ficam à beira-mar: uma chamada Kish e a outra Cormos*. Daí são os mercadores que os levam para a Índia. Os da terra são maus: matam-se todos entre si, e, não fosse o medo que têm do senhor, o Tártaro do Levante, matariam todos os mercadores. Aqui são feitos tecidos de ouro e de seda e também muito tecido de algodão; e há abundância de cevada, milho, painço e de todos os cereais, vinhos e frutos. Agora, paremos por aqui, pois falaremos da grande cidade de Iasdi*, de todas as suas coisas e de seus costumes.

XXIV[◊]
Dos oito reinos da Pérsia

Iazdi* é uma grande e formosa cidade da Pérsia, de muita mercancia. Ali se produzem tecidos de ouro

....
[◊] Aqui na verdade só se fala de Yazd. Os outros "reinos" estão nos capítulos seguintes.

e seda, conhecidos como *iassi*, que são levados para muitos lugares. Eles adoram Maomé. Quando alguém parte dessa terra para seguir viagem, cavalgam-se sete jornadas por planícies; e não há habitações onde alojar-se, a não ser em três locais. Ali existem belos bosques e boas planícies para cavalgar. Há perdizes e codornizes em quantidade; por isso, cavalga-se com grande satisfação. E há belos onagros. Após essas sete jornadas, chega-se a um reino que tem o nome de Crema*.

XXV
Do reino de Crema*

Crema* é um reino da Pérsia que costumava ter senhores hereditários; mas desde que os tártaros o dominaram, para ali enviaram um senhor de seu agrado. E lá nascem em grande quantidade as pedras chamadas turquesas, que se cavam nas montanhas; e têm veios de aço indiano. Trabalham bem todas as coisas para cavaleiros: freios, selas, armas e arneses. Suas mulheres fazem de tudo nobremente, com seda e ouro, com pássaros e animais; e trabalham com grande riqueza cortinas e outras coisas, colchas e travesseiros, e tudo. Nas montanhas dessas terras nascem os melhores e mais valiosos falcões do mundo, menores que os falcões peregrinos; nenhum pássaro lhes escapa. Quando alguém parte de Crema*, cavalga sete jornadas seguidas por cidades e castelos com grande prazer; e ali há muitas aves para caçar. Ao fim das sete jornadas, encontra-se uma montanha, e desce-se; então se cavalgam bem duas jornadas sempre descendo, encontrando-se o tempo todo muitos bons frutos. Não se vêem habitações, mas muita gente com seus animais. De Crema* até essa descida faz tanto frio no inverno que por lá só se pode passar com muitos panos em cima.

XXVI
Camandi

Na descida da montanha há uma bela planície em cujos confins há uma cidade chamada Camandi. Era antes melhor do que hoje, pois os tártaros causaram-lhe danos várias vezes. A planície é muito quente, e o reino se chama Reobales*. Seus frutos são tâmaras, pistácias, fruta do paraíso[69] e outras que não temos aqui.

Têm bois grandes e brancos como neve, com a pelame lisa por causa do calor, com chifres curtos e grossos, e não pontudos; nas costas têm uma corcova de dois palmos de altura, e são a coisa mais linda de se ver no mundo. Quando se querem carregar, acocoram-se como camelos; carregados, levantam-se, pois são fortes em demasia. E há também carneiros do tamanho de um asno, cuja cauda pesa bem trinta libras; são brancos, bonitos, e bons de comer. Nessa planície há cidades, castelos e vilas com muralhas de terra para defender-se dos *caraunas*[70], que andam por lá a roubar. E essa gente, que percorre essas terras por encanto, faz parecer que é noite sete dias em seguida, para que os outros não se possam defender. Em fazendo isso, saem por aquelas terras, que conhecem bem, e às vezes são dez mil mais ou menos. E assim, naquela planície, não lhes escapa nem homem nem animal: matam os velhos, levam os jovens para vendê-los como escravos. O rei deles chama-se Nogodar[71], e é gente malvada e cruel.

Digo-vos que o senhor Marco quase foi preso naquela escuridão, mas fugiu para um castelo chamado Canosalmi[72], e dos seus companheiros muitos foram presos, vendidos e mortos.

XXVII
Da grande descida

Essa planície estende-se por cinco jornadas em direção ao meio-dia⁷³. Ao final das cinco jornadas, há outra descida que se estende por vinte milhas, estrada muito ruim, cheia de gente ruim que rouba. Ao fim da descida, há uma planície muito bela, chamada planície de Cormosa*, que se estende por duas jornadas e tem um lindo campo, onde há faisões de tamanho pequeno, papagaios e outras aves diferentes das nossas. Depois de duas jornadas, é o mar, e em suas margens há uma cidade com porto, chamada Cormos*. Ali chegam da Índia, por navio, todas as especiarias, tecidos de ouro e elefantes e muitas outras mercadorias; e depois os mercadores levam-nas para o mundo todo. Essa é terra de muita mercancia: domina castelos e cidades muitas, porque é capital da província. O rei chama-se Ruemedan Acomat⁷⁴. Ali é muito quente; a terra é malsã; e, se algum mercador de outras terras lá morrer, o rei apropria-se de todos os seus haveres. Ali se faz vinho de tâmaras e de muitas outras espécies: quem o bebe e não está acostumado dá de corpo, purga-se; mas quem já se acostumou engorda. Não usam nossas comidas porque, se comessem trigo e carne, adoeceriam incontinenti; antes, para terem saúde usam peixes salgados, tâmaras e coisas assim rudes, e com isso continuam sãos. Seus navios são ruins, e muitos naufragam, pois não lhes são cravados pregos de ferro, mas são costurados com um fio que se faz com casca de noz-da-índia⁷⁵, que se põe de molho na água e fia-se como seda: e com isso os costuram, e não se estraga com a água salgada. Os navios têm uma vela, um mastro, um timão e não têm coberta, mas quando estão carregados cobrem-nos de couro, e sobre essa coberta põem os cavalos que levam para a Índia. Não têm ferro para fazer pregos[76], e é grande o perigo de navegar com esses navios. Eles adoram Maomé; e ali é tão quente que, não fossem os jardins com muita água que eles têm fora da cidade, não agüentariam. E é verdade que no verão às vezes lhes chega do deserto um vento[77] tão quente que, se eles não fugissem para a água, não se livrariam do calor.

Semeiam seus cereais em novembro e colhem-nos em março, e assim fazem com todos os seus frutos; e de março em diante não se encontra coisa alguma viva, isto é, verde sobre a terra, a não ser a tâmara, que dura até meados de maio: e isso é pelo grande calor. Os navios não são empesgados, mas untados com um óleo de peixe. E quando alguém morre é grande o luto; e as mulheres choram seus maridos bem quatro anos, todos os dias pelo menos uma vez, com homens e com parentes. Agora volveremos ao norte, para falar sobre aquelas províncias, e retornaremos por outro caminho à cidade de Crema*, da qual já vos falei; porquanto às terras das quais vos quero falar só se pode chegar partindo de Crema*. Digo-vos que esse rei Ruccamot Diacamat[78], de cujos domínios partimos, também é rei de Crema*. E volvendo-se de Hormuz para Crema*, há um lindo plano, grande abundância de alimentos e muitos banhos quentes, e há muitos pássaros e frutos. O pão de trigo é muito amargo para quem não está acostumado, e isso porque a água é amarga. Agora, deixemos estes lugares e vamos para o norte, e diremos como.

XXVIII
De como se cavalga pelo deserto

Quem parte de Crema* cavalga sete jornadas por caminhos difíceis, e vou contar-vos como alguém anda três jornadas sem encontrar água que não seja verde como erva, salgada e amarga; e quem dela bebesse nem que uma gota daria de corpo umas dez vezes, e faria coisa semelhante quem comesse um grãozinho daquele sal que dela se cria: por isso carrega-se de beber por todo aquele caminho. Os animais a bebem por grande necessidade e por grande sede, e ela os faz estercar muito. Nessas três jornadas não há habitação, mas tudo é deserto e seca; animais, não os há, que não teriam o que comer. Ao cabo dessas três jornadas, encontra-se outro lugar, que dura quatro jornadas, de feição tal e qual às outras três, salvo por se encontrarem asnos selvagens.

Ao cabo dessas quatro jornadas termina o reino de Crema* e encontra-se a cidade de Gobiam*.

XXIX
De Gobiam*

Gobiam* é uma grande cidade, onde adoram Maomé. Produz muito ferro e aço indiano: ali fabricam tutia e espodumênio; direi como. Eles têm um veio de terra bom para isso, que colocam na fornalha ardente, e sobre a fornalha põem grades de ferro, e a fumaça dessa terra sobe até as grades, e o que ali fica preso é tutia e o que fica no fogo é espodumênio. Agora passemos adiante.

XXX
De um deserto

Saindo de Gobiam*, anda-se pelo menos oito jornadas por um deserto, no qual há grande sequidão e não há frutos nem água que não seja amarga, como naquele de que falamos acima; e quem por ele passa leva o que beber e comer, pois até os cavalos bebem aquela água de má vontade. E ao cabo das oito jornadas há uma província conhecida como Tonocan*, que possui muitos castelos e cidades, e confina com a Pérsia ao norte. Ali há uma extensa província bem plana, onde se encontra a árvore "solitária", que os cristãos chamam de Árvore Seca[79]: direi como é. É grande e grossa, suas folhas de um lado são verdes e do outro brancas, e produz cardos como os do castanheiro, mas dentro não há nada; é madeira forte, amarela como buxo. E não há outra árvore nas cem milhas vizinhas, salvo de um lado, a dez milhas. E dizem os da terra que ali se deu a batalha entre Alexandre e Dario[80]. As cidades e os castelos têm grande abundância de tudo o que é bom; as terras são temperadas e lá se adora Maomé. Aqui há gente formosa, e as mulheres são demasiado belas. Saiamos daqui, pois vos falarei de um lugar chamado Milice*, onde o velho da montanha[81] costumava ficar.

XXXI
Do velho da montanha e como fez o Paraíso e os assassinos

Milice* é um lugar onde o velho da montanha costumava ficar antigamente. Agora vos contaremos a coisa como o senhor Marco a ouviu de muitos homens. Na língua deles, o velho é chamado de Aloodyn[82]. Num vale entre duas montanhas, mandara fazer o maior e mais belo jardim do mundo: ali havia todos os frutos e os mais belos palácios, todos pintados com ouro, animais e pássaros. Havia vários canais: por uns chegava água, por outros mel e por outros vinho. Havia mulheres e donzelas, as mais belas do mundo e as que mais sabiam cantar, tocar e dançar; e o velho fazia-os acreditar que ali era o paraíso. E fez isso porque Maomé disse que quem fosse ao paraíso teria tantas belas mulheres quantas quisesse, e ali encontraria rios de leite, de mel e de vinho; por isso o fez semelhante ao que dissera Maomé. E os sarracenos daquele lugar acreditavam que aquele era o paraíso; e naquele jardim só entrava quem ele queria tornar assassino. Na entrada do jardim havia um castelo tão forte que não temia homem algum do mundo.

O velho mantinha em sua corte jovens de doze anos que lhe parecessem capazes de tornar-se homens denodados. Quando tinham de ser levados ao jardim, quatro, dez ou vinte, dava-lhes ópio, e eles dormiam uns três dias; então mandava levá-los para o jardim e lá dentro os acordava. Quando os jovens acordavam, encontrando-se lá dentro e vendo todas aquelas coisas, acreditavam que estavam no paraíso. E as donzelas ficavam sempre com eles, entre cantos e grandes divertimentos; por isso tinham tudo o que queriam, e por vontade própria nunca sairiam daquele jardim. O velho tem uma corte bela e rica, e faz os daquela montanha acreditarem que as coisas são como eu vos disse. E quando quer enviar algum daqueles jovens a algum lugar, ordena que lhes dêem beberagens para dormir, que os tirem dos jardins e os levem para seu palácio. Quando acordam, encontram-se ali e muito se admiram, e ficam muito tristes por se verem fora do paraíso. Vão logo ter com o velho, acreditando ser ele um grande profeta, e ajoelham-se. Ele lhes pergunta: "De onde vindes?" Respondem: "Do paraíso", e contam-lhe o que viram lá dentro, e têm grande vontade de lá volver. E quando o velho quer matar alguém, manda tirar o mais vigoroso e manda-o matar quem ele quer: e eles o fazem de bom grado, para volverem ao paraíso. Se escapam, volvem para seu senhor; se são presos, querem morrer, acreditando volver ao paraíso. E quando o velho quer mandar matar alguém, pega-o e diz: "Vai fazer tal coisa; e faço-te isso porque quero que volvas ao paraíso." E os assassinos vão e fazem tudo de bom grado. E desse modo ninguém escapa ao velho da montanha; e digo-vos que vários reis prestam-lhe tributo pelo medo que têm. E é verdade que, no ano de 1277, Alau[83], senhor dos tártaros do levante, sabendo de todas essas maldades, pensou consigo mesmo que queria destruí-lo, e mandou alguns de seus barões ao jardim. E ficaram em torno do castelo três anos antes de o tomarem; e não o teriam tomado senão pela fome. Então, pela fome foi tomado, e o velho foi morto com toda a sua gente; e de então a esta parte não houve mais velho algum: com ele acabou-se toda a dominação. Agora saiamos daqui e vamos adiante.

XXXII
Da cidade de Supunga*

Quando se deixa esse castelo[84], cavalga-se por bela planície e por lindas costas, onde há bom pasto e frutos bons e abundantes: demora sete jornadas, e há muitas cidades e castelos onde adoram Maomé. E às vezes encontram-se desertos de cinqüenta e de sessenta milhas, nos quais não se encontra água, e convém carregá-la para si e para as bestas, até sair deles. Passadas sete jornadas, encontra-se uma cidade chamada Supunga*. É terra de grande abundância; ali se acham os melhores melões do mundo, em grandíssima quantidade; fazem-nos secar desta maneira: cortam-nos em várias tiras e põem-nos para secar; ficam mais doces que mel; e com eles fazem grande mercancia naquelas terras. Há também muitos animais e aves para caçar. Agora, deixemo-nos disto e falemos de Balac*.

XXXIII
De Balac*

Balac* foi uma grande e nobre cidade, mais que hoje, pois os tártaros a destruíram e lhe causaram grandes danos[85]. Nessa cidade Alexandre tomou a filha de Dario por mulher, como dizem os da terra. Adoram Maomé. Sabei que até essa cidade estendem-se as terras do senhor dos tártaros do levante. Nela ficam os confins da Pérsia entre o nordeste e o levante. Deixando-a, cavalga-se bem doze jornadas entre o levante e o nordeste sem encontrar habitação alguma, pois os homens, por medo dos bandos de má gente, retiraram-se todos para as fortalezas das montanhas. Naquele caminho há água com fartura, caça e leões. Durante essas doze jornadas não se encontra o que comer, e por isso convém levar.

XXXIV
Da montanha do sal

Depois de cavalgar essas doze jornadas, encontra-se um castelo chamado Taycaz[86], onde há um grande comércio de cereais: é uma bela terra. E as montanhas do meio-dia são muito grandes e todas de sal; e vem gente de trinta jornadas de distância por causa desse sal, pois é o melhor do mundo, e tão duro que só pode ser rompido com grandes picões de ferro, e é tanto que todo o mundo teria o bastante até o final do século[87]. Partindo daqui, cavalgam-se três jornadas entre o nordeste e o levante, sempre encontrando belas terras e belas habitações, com frutos, cereais e vinhas. Adoram Maomé, e são gente ruim e criminal. Estão sempre com o copo na boca, que bebem de bom grado, pois têm bom vinho. E na cabeça nada usam, senão uma corda com dez palmos ao comprido, que enrolam na cabeça; e são grandes caçadores, e pegam muitos animais, com cujas peles vestem-se e calçam-se; e todos sabem preparar o couro dos bichos que caçam. A três jornadas de lá, há muitas cidades e castelos e há uma cidade chamada Scassem*, pela qual passa um grande rio: ali há muitos porcos-espinhos. Depois se cavalgam três jornadas sem encontrar habitação, nem o que beber e comer. Ao cabo das três jornadas, acha-se a província de Balascam*, que vos contarei como é.

XXXV
De Balascam*

Balascam* é uma província onde se adora Maomé e que tem língua própria. É um grande reino; o rei tem direito hereditário; descendem da linhagem de Alexandre e da filha de Dario, o grande rei da Pérsia. E todos os reis chamam-se *Zulcarney*[88], que em sarraceno vale dizer Alexandre, por amor do grande Alexandre. E ali nascem as pedras preciosas chamadas "balaxes"[89], que são muito apreciadas e retiradas de montanhas como os outros veios; e corta-se a cabeça de quem escavar essas pedras fora do reino, pois se as houver em grande número, perderão o valor. E ali também há outra montanha de onde se tira o lazúli, que é o melhor e mais fino do mundo. E as pedras com que se faz o lazúli estão em veios na terra; e há também montanhas de onde se tira a prata. E a província é muito fria; nela nascem muitos cavalos, bons corredores que não usam ferradura, mesmo andando pelas montanhas; e nascem ainda falcões reais e açores. Caçar bichos e aves ali é a melhor coisa do mundo. Azeite não têm, mas fazem óleo de nozes. O lugar é bem fortificado para a guerra, e eles são bons arqueiros. Vestem-se de peles de animais, porque carecem de panos. E as grandes damas e as nobres usam bragas com cem braças de pano fino de linho ou algodão, ou com quarenta ou oitenta braças: e isso fazem para parecer que têm nádegas grandes, visto que seus homens se deleitam com mulheres gordas. Agora, deixemos este reino e falemos de uma gente estranha, distante dez jornadas dessa província.

XXXVI
Da gente de Bastian*

É verdade que a dez jornadas de Bastian* há uma província chamada Bastian*, que tem língua própria. Adoram os ídolos e são morenos[90], conhecem bem as artes do diabo, são gente malvada que usa argolas de ouro e prata, pérolas e pedras preciosas nas orelhas. Ali é grande o calor. Sua comida é carne e arroz. Agora deixemo-nos disso e passemos a outra província, que dista sete jornadas a siroco[91], e é conhecida como Quesimun*.

XXXVII
De Quesimun*

Quesimun* é uma província onde adoram ídolos e têm língua própria. Conhecem tanto sobre encantamentos do diabo que fazem ídolos falar, fazem o tempo mudar, criam grande escuridão e fazem coisas tais que não se poderia acreditar; são a cabeça de todos os ídolos do mundo, e deles descendem os ídolos. E desse lugar pode-se ir ao mar da Índia. Homens e mulheres são morenos e magros: a comida deles é arroz e carne. O lugar é temperado, entre calor e frio; há muitos castelos, desertos e lugares fortificados, e governam-se a si mesmos, havendo um rei que mantém a justiça. E ali há muitos ermitágios, e faz-se muita abstinência: nada fazem que seja pecado ou contrário a sua fé, por amor de seus ídolos; e têm abadias e mosteiros de sua lei[92]. Agora partamos daqui e vamos em frente. E como deveríamos entrar na Índia, mas não queremos entrar, volvendo contaremos todas as coisas da Índia, por ordem. Por isso iremos outra vez às nossas províncias nos lados de Baudashia*, porque não podemos passar por outro lado.

XXXVIII
Do grande rio de Baudashia*

Quando se deixa Baudashia*, vai-se por doze jornadas do levante a nordeste por um rio[93] que é do irmão do senhor de Baudashia*, onde há castelos e habitações em quantidade. É gente denodada que adora Maomé. Ao cabo de doze jornadas encontra-se uma pequena província que se estende por três jornadas de todos os lados e tem o nome de Vocan*, onde adoram Maomé, têm língua própria e são homens valentes. E são súditos do senhor de Baudashia*. Têm animais selvagens de todos os feitios, bichos e aves para caçar. E avançando mais três jornadas, entra-se nas montanhas, que dizem serem as mais altas do mundo. E quando se está lá no alto, encontra-se uma planície entre duas montanhas, onde há um belo pasto e um rio muito bonito e grande, e é tão bom o pasto que uma besta magra fica gorda em dez dias. Ali há toda caça, em abundância; e há grandes cabras selvagens, com chifres de seis palmos, ou pelo menos de quatro ou três, e nesses chifres os pastores comem, pois com eles fazem grandes escudelas.

E por essa planície vai-se umas doze jornadas sem habitações, nem se encontra o que comer, senão o que se leva. Nenhum pássaro voa por ali, por ser alto e frio o lugar; e lá o fogo não tem o calor que tem em outros lugares, nem é tão ardente lá em cima. Mas deixemo-nos daqui, pois vos contarei coisas outras de este-nordeste. E quando, depois de andar mais três jornadas, é preciso cavalgar umas quarenta jornadas por montanhas e por costas entre nordeste e o levante, e também por vales, passando por muitos rios e lugares desertos; e por todo esse lugar não se encontra albergaria nem casa, e convém levar comida. Essas terras chamam-se Belor*. Sua gente mora nas montanhas muito altas; adoram ídolos e são gente selvagem; vivem dos animais que pegam, sua roupa é de pele de animal, e são homens malvados. Mas deixemo-nos destes lugares, pois falaremos da província de Cashar*.

XXXIX
Do reino de Cashar*

Cashar* antigamente foi reino; agora é do grão cã; adoram Maomé. Tem muitas cidades e castelos e a maior é Cashar*, que fica entre nordeste e leste. Ali vivem de mercancia e artes. Têm belos jardins, vinhas e possessões e muitas plantações de algodão; e ali há muitos mercadores que percorrem o mundo todo; é gente avarenta e miserável, que come mal e bebe mal. Ali vivem alguns cristãos nestorianos, que têm sua lei e suas igrejas, e também têm língua própria. E essa província estende-se por cinco jornadas. Agora, vamos deixá-la para ir a Samarca*.

XL
De Samarca*

Samarca* é uma nobre cidade, onde há cristãos e sarracenos; e são súditos do grão cã; fica a noroeste. Conto-vos uma coisa maravilhosa que acontece nessa terra. Foi verdade, e não faz muito tempo, Gigata[94], irmão do grão cã, tornou-se cristão, e era senhor dessas terras. Quando os cristãos da cidade viram que seu senhor se tornara cristão, ficaram muito alegres; então fizeram na cidade uma grande igreja em homenagem a São João Batista, e assim se chama. E trouxeram uma belíssima pedra que era dos sarracenos e a puseram nessa igreja, e puseram-na debaixo de uma coluna, no meio da igreja, que sustentava toda a igreja. Ora, acontece que Gigata foi morto, e os sarracenos, vendo seu senhor morto, com raiva por causa da pedra, quiseram arrancá-la por força, e podiam fazêlo pois que eram dez vezes mais que os cristãos. E juntaram-se alguns sarracenos, foram ter com os cristãos e disseram-lhes que queriam aquela pedra. Os cristãos queriam comprá-la pelo que lhes pedissem, e os sarracenos disseram que só queriam a pedra. Naquele tempo eram governados pelo grão cã, que ordenou aos cristãos entregar-lhes a pedra em dois dias; e os cristãos, ouvindo a ordem, ficaram muito tristes e não sabiam o que fazer. Na manhã em que a pedra deveria ser tirada de baixo da coluna, esta foi encontrada acima da pedra uns quatro palmos, e não tocava a pedra por vontade de Nosso Senhor[95]. E essa foi uma grande maravilha, e ainda é assim; e desse modo a pedra ficou para sempre. Mas deixemo-nos destas terras, pois vos falarei de outra província, chamada Carcam*.

XLI
De Carcam*

Carcam* é uma província que se estende por seis jornadas; adoram Maomé e há cristãos nestorianos; têm de tudo em abundância. Aqui não há mais nada para ser lembrado. Deixemos essa terra e falemos de Cotam.

XLII
De Cotam*

Cotam* é uma província a este-nordeste, que se estende por oito jornadas; são do grão cã, e todos adoram Maomé; ali há castelos e cidades; é gente nobre, e a melhor cidade é Cotam*, que dá nome à província toda. Lá há muito algodão, vinho, vergéis e tudo. Vivem de mercancia e artes: não são de armas. Agora saiamos daqui e vamos para outra província chamada Peym*.

XLIII
De Peym*

Peym* é uma pequena província, que se estende por cinco jornadas a este-nordeste; são do grão cã, e adoram Maomé. Há muitos castelos e cidades, mas Peym é a mais nobre. Têm tudo em abundância e vivem de mercancia e artes. E têm este costume: quando um homem que tem mulher sai de sua terra para ficar vinte dias, assim que parte a mulher pode tomar outro por marido, pelo uso que ali há; e o homem, aonde vai, pode tomar outra por mulher. Sabei ademais que todas as províncias de que vos falei, de Cascar* até aqui, são da Grande Turquia[96]. Deixemo-nos daqui, pois vos falarei de uma província chamada Charchia*.

XLIV
De Charchia*

Charchia* é uma província da Grande Turquia, situada entre nordeste e leste, onde adoram Maomé e há muitos castelos e cidades, e a principal cidade é Charchia*. E há um rio que contém jaspe e calcedônia, que levam para vender em Catai, e são abundantes e bons. E toda essa província é arenosa. Cotam* e Peym* também são arenosas; e aí há muita água amarga e ruim, mas também há da doce e boa.

E quando se sai de Charchia*, anda-se bem cinco jornadas por areia, onde há água ruim e amarga, e também da boa. E ao cabo das cinco jornadas acha-se uma cidade que fica nos confins do grande deserto, onde se compram provisões para passar pelo deserto. Agora vos falaremos do que fica adiante.

XLV
*De Lop**

Lop* é uma grande cidade na entrada do grande deserto[97], que também se chama Lop*, entre leste e nordeste. São do grão cã, e adoram Maomé. Quem quer atravessar o deserto descansa em Lop uma semana, para refrescar-se e às suas bestas; depois, compra provisões de um mês, para si e para suas bestas. E deixando a cidade, entra no deserto: e ele é tão grande que para atravessá-lo custaria um ano, mas pela zona menor gasta-se um mês. É todo de montanhas e areia e vales, e nada se acha para comer. Mas depois de se andar um dia e uma noite, encontra-se água, mas não tanta quanta beberiam mais de cinqüenta ou cem homens com seus animais; e por todo o deserto é preciso andar um dia e uma noite antes de encontrar água: e em três ou quatro lugares encontra-se água amarga e salobra, e em todos os outros é boa, e são cerca de vinte e oito águas. E não há aves nem bichos, porque não têm o que comer. E digo-vos que ali se acha esta maravilha: é verdade que, quando se cavalga à noite pelo deserto, acontece que, se alguém fica atrás para dormir ou por outra razão, quando quer ir juntar-se aos companheiros ouve espíritos a falar pelo ar, que parecem seus companheiros, e várias vezes é chamado por seu nome, e às vezes o fazem desviar de tal modo que nunca mais é encontrado; e muitos assim já se perderam.

E muitas vezes ouvem-se muitos instrumentos pelo ar, mais propriamente tambores. E assim se atravessa esse grande deserto. E assim se passa por esse grande deserto.

Agora deixaremos o deserto e falaremos da província que fica na saída do deserto.

XLVI
Da grande província de Tangut*

Na saída do deserto encontra-se uma cidade chamada Saquion*, que é do grão cã. A província chama-se Tangut*, e lá adoram ídolos: é verdade que há alguns cristãos nestorianos e há também sarracenos. Essa terra fica entre leste e nordeste. Os que adoram ídolos têm um falar especial[98]. Não são mercadores, vivem da terra: têm muitas abadias e mosteiros cheios de ídolos de diversos feitios, aos quais dedicam grandes sacrifícios e homenagens. Sabei que todo homem que tem filhos cria um carneiro em homenagem aos ídolos. No fim de cada ano, na festa de seu ídolo, pai e filho levam o carneiro perante seu ídolo e fazem-lhe grande reverência com todos os filhos. Depois cozem o carneiro: feito isto, levam-no outra vez diante do ídolo e ali ficam enquanto dura o ofício religioso, orando para que salve seus filhos. Feito isto, dão sua parte da carne ao ídolo, cortam a outra e levam-na para casa ou para outro lugar aonde queiram, e chamam parentes, e comem essa carne com grande festa e reverência.

Depois recolhem os ossos e guardam-nos muito bem em arcas ou caixas. Sabei que entre os que adoram ídolos, quando morre alguém, os outros pegam o corpo morto e queimam-no. E quando são tirados de casa e levados ao lugar onde vão ser queimados, pelo caminho seus parentes fizeram em vários lugares casas de vara ou cana, cobertas de panos de seda ou ouro, e quando chegam com o morto diante dessa casa, pousam o morto no chão, e ali há vinho e comida em abundância. E isso fazem para que ele seja recebido com honras que tais no outro mundo. E quando o corpo é levado ao local onde deve ser queimado, ali há homens talhados em papel, cavalos e camelos, bem como moedas do tamanho de besantes, e põem o corpo para queimar com todas essas coisas, dizendo que aquele corpo morto terá tantos cavalos, carneiros, dinheiro e todas as outras coisas no outro mundo quantas forem as que eles queimarem por amor ao morto naquele lugar, diante de seu corpo. E quando o corpo está a queimar, todos os instrumentos daquelas terras ficam a tocar diante dele. Digo-vos também que, quando o corpo está morto, os parentes vão a astrólogos e adivinhos, e dizem-lhes em que dia nasceu aquele morto; e eles, com seus encantamentos de diabos, sabem dizer quando esse corpo deve ser queimado. E às vezes os parentes mantêm o morto em casa oito dias, ou quinze, ou um mês, esperando a hora boa para ser queimado, segundo aqueles adivinhos, pois jamais o queimariam de outro modo. Guardam esse corpo numa caixa da grossura de um palmo, bem fechada, bem pregada e coberta com pano, com muito açafrão e especiarias, de tal modo que não haja fedor para os que estão dentro de casa. E sabei que os da casa põem mesa diante da caixa onde está o morto, com vinho, pão e comida, como se vivo estivesse; e fazem isso todos os dias, até que seja queimado. E mais: os adivinhos dizem aos parentes do morto que não é bom tirar o corpo pela porta, e usam como razão alguma estrela que está em frente à porta; por isso, os parentes fazem-no passar por outro lugar, e às vezes quebram a parede do outro lado da casa. E quantos no mundo adoram ídolos obram dessa maneira. Agora, deixemo-nos desta terra e passemos para outra, rumo noroeste, nos confins desse deserto.

XLVII
De Comul*

Comul* é uma província e já foi reino; tem cidades e castelos em abundância. A cidade principal é Comul*. Essa província fica entre dois desertos: de um lado está o grande deserto, do outro, um pequeno deserto de três jornadas. Todos adoram ídolos, têm língua própria, vivem dos frutos da terra, e têm muito para comer e beber, do que vendem bastante. São muito prazenteiros e só cuidam de tocar, cantar e dançar. E se algum forasteiro ali se aloja, eles ficam muito alegres e mandam as mulheres servir tudo de que precisem: e o marido sai de casa e fica em outro lugar por dois ou três dias. E o forasteiro fica com a mulher, e faz com ela o que quer, como se mulher sua fosse, e estão sempre em meio a prazeres: e todos os da província são cornudos de suas mulheres, mas não têm vergonha disso. Suas mulheres são belas, contentes e sentem-se alegres com esses usos. Ora, sucede que no tempo de Mogu Cã[99], senhor dos tártaros, sabendo este que todos os homens dessa província consentiam no adultério de suas mulheres com forasteiros, incontinenti mandou que ninguém alojasse forasteiros e que as mulheres deixassem de cometer adultério. Quando os de Comul* receberam essa ordem, ficaram muito tristes, fizeram conselho e mandaram ao senhor um grande presente. E mandaram-lho pedindo que os deixasse obrar segundo os seus usos e os dos seus antepassados, porque seus ídolos apreciavam aquelas coisas e, assim, os bens da terra se multiplicavam para eles. E quando Mogu Cã ouviu essas palavras, respondeu: "Porquanto quereis, tereis desonra e vergonha." E ainda hoje eles observam esses usos. Mas deixemo-nos de Comul* e falemos de outras províncias entre norte e noroeste.

XLVIII
De Chingitalas*

Chingitalas* é uma província que ainda está perto do deserto, entre norte e noroeste; estende-se por seis jornadas e é do grão cã. Ali há cidades e castelos; há três raças: os que adoram ídolos, os que adoram Maomé e os cristãos nestorianos. Há montanhas com bons veios de aço e aço indiano, e na mesma montanha há outro veio com que se faz salamandra[100]. A salamandra não é bicho, como se diz, que viva no fogo, pois nenhum bicho pode viver no fogo, mas dir-vos-ei como se faz a salamandra. Um amigo meu, chamado Zuficar (ele é turco), ficou três anos naqueles lugares por ordem do grão cã. E mandava fazer salamandras, e contou-me como, sendo ele pessoa que as viu muitas vezes, e eu vi algumas delas. E é verdade que esse veio é tirado, premido e fiado como se de lã fosse. Depois é posto a secar, sendo pisado em grandes pilões de cobre; depois é lavado, e a terra que lhe estava unida cai, ficando fios como os da lã. Estes são fiados, e fazem-se panos de toalha. Feitas as toalhas, que são escuras, levam-nas ao fogo, e elas ficam brancas; e sempre que ficam sujas são postas no fogo, e ficam brancas como neve: e essas são as salamandras, o resto é fábula. Digo-vos ainda que em Roma há uma dessas toalhas que o grão cã mandou como grande presente, para que dentro pusessem o sudário de Nosso Senhor. Agora saiamos dessa província e vamos para outras a este-nordeste.

XLIX
De Suchur*

Quando se deixa essa província, vai-se por dez jornadas de nordeste rumo ao levante; e em todo esse caminho não se encontram senão poucas casas nem há nada para lembrar. Ao cabo dessas dez jornadas, há uma província chamada Suchur*, onde há muitas cidades e castelos: ali há cristãos e adoradores de ídolos, todos súditos do grão cã. Ela é uma grande província geral, e o lugar onde fica chama-se Tangut. E em todas essas montanhas encontra-se ruibarbo em grande abundância, e ali os mercadores o compram e levam-no pelo mundo todo. Vivem dos frutos da terra e não se ocupam de comércio. Agora saiamos daqui e falemos de Campichon*.

L
De Campichon*

Campichon* é uma cidade do Tangut; é grande e nobre, sendo a principal da província de Tangut. Há os que adoram ídolos, os que adoram Maomé e os cristãos. E na cidade há três igrejas grandes e lindas. Os adoradores de ídolos têm abadias e mosteiros segundo seus usos. Têm muitos ídolos, alguns com dez passadas de altura, uns de madeira, outros de barro e outros de pedra, e são todos cobertos de ouro, muito belos. Sabei que os monges adoradores de ídolos vivem mais honestamente que os outros. Guardam-se da luxúria mas não a têm por grande pecado; porém, se encontram algum homem que tenha deitado com mulher contra a natureza, condenam-no à morte. Digo-vos que eles têm lunações como nós temos o mês; e há lunações em que nenhum desses que adoram ídolos mataria um animal por coisa alguma, e isso dura cinco dias; e não comeriam carne morta nesses dias; e vivem esses cinco dias de maneira mais honesta que os outros. Chegam a ter trinta mulheres, segundo a riqueza que tenham, mas a primeira é tida como a melhor; e se não lhes agrada alguma, podem renegá-la, tomando por mulher a prima e a tia; e isso não é tido por pecado. Vivem como animais. Agora, vamos embora daqui para falar de outras terras ao norte. E ainda vos digo que o senhor Niccolò e o senhor Matteo ficaram um ano nessa terra por causa de seus negócios. Agora iremos sessenta jornadas em direção ao norte.

LI
De Eezima*

Encontra-se Eezima* depois de doze jornadas; fica no fim do deserto de areia, e é província de Tangut; adoram ídolos. Têm muitos camelos e outros animais, e ali nascem muitos bons açores; vivem do trabalho da terra, e não são mercadores. E nessa cidade consegue-se comida para quarenta dias, se preciso for atravessar o deserto, que não tem casas nem albergues nem frutos, a não ser no verão, quando ali ficam algumas pessoas. Ali há vales e montanhas, e encontram-se bichos selvagens, tais como asnos; há bosques de pinheiros. E depois de cavalgar quarenta jornadas por esse deserto, encontra-se uma província ao norte; sabereis qual é.

LII
De Caracom*

Caracom* é uma cidade que tem três milhas de giro, cujos primeiros senhores foram os tártaros, quando eles deixaram suas terras[101]. Contar-vos-ei todos os feitos dos tártaros, de como se tornaram senhores e de como se espalharam pelo mundo. E é verdade que os tártaros moravam ao norte, nas terras de *Ciorcia*[102]. E naquelas terras há grandes territórios sem habitações nem castelos nem cidades, mas há bons pastos e muita água. É verdade que não tinham senhor, mas prestavam obediência a um senhor que chamaremos de "Preste João"[103], de cuja grandeza falava o mundo todo. De cada dez animais os tártaros davam-lhe um. Ora, aconteceu que os tártaros se multiplicaram muito. Quando Preste João viu que eles se multiplicavam assim, achou que poderiam prejudicá-lo e pensou em reparti-los por várias terras. Assim, mandou barões seus para fazerem isso; e quando os tártaros viram o que o senhor queria fazer, ficaram muito magoados. Partiram então todos juntos e andaram por lugares desertos rumo ao norte, até que Preste João não pudesse mais molestá-los; e rebelaram-se contra ele, não lhe pagando mais nenhum tributo. E assim ficaram bom tempo.

LIII
De como Gêngis se tornou o primeiro cã

Aconteceu que no ano de 1187[104] os tártaros escolheram um rei que recebeu o nome de Gêngis Khan. Este foi homem de grande valor, prudente e denodado; digo-vos que, quando ele foi nomeado rei, todos os tártaros que havia no mundo, e que estavam naquelas terras, vieram a ele e o tiveram por senhor. E esse Gêngis Khan reinava bem e com justiça; então surgiu tamanha multidão de tártaros que não se podia acreditar. Quando Gêngis viu tanta gente, aprestou-se com seus homens a conquistar outras terras. E digo-vos que em bem pouco tempo ele conquistou oito províncias.

E aos que pilhava não fazia mal, nem roubava, mas levava-os atrás de si para conquistar outras terras, e assim conquistou muita gente. E todos iam de bom grado atrás desse senhor, vendo a sua bondade. Quando Gêngis viu tanta gente, disse que queria conquistar o mundo todo. Mandou então seus embaixadores a Preste João, e isso foi no ano de 1200, e mandou dizer-lhe que queria a filha dele por mulher. Quando Preste João ficou sabendo que Gêngis pedira sua filha em casamento, houve isso por grande agravo, e disse: "Gêngis não tem vergonha de pedir minha filha em casamento? Não sabe ele que é homem meu?[105] Volvei e dizei-lhe que prefiro queimá-la viva a dar-lha em casamento; e dizei-lhe que me cabe matá-lo como traidor de seu senhor." E disse aos mensageiros: "Parti imediatamente e não volvais nunca mais." Os mensageiros partiram, foram ter com o grão cã e repetiram o que Preste João dissera, tudo na mesma ordem.

LIV
De como Gêngis Khan se armou contra Preste João

Quando Gêngis Khan ouviu as grandes ofensas[106] que Preste João lhe mandara dizer, enfadou-se tanto que por pouco se lhe arrebentou o coração no corpo, pois ele era homem muito brioso. E disse que deveriam custar-lhe caro as ofensas que ele mandara dizer, e que lhe mostraria se era seu servo. Então, Gêngis fez o maior esforço de guerra que já se fez, e mandou dizer a Preste João que se defendesse. Preste João ficou muito feliz, armou-se e disse que ia pegar Gêngis e matá-lo; e isso fazia como por mofa, não crendo que o outro fosse tão audaz. E depois de armar-se, Gêngis Khan foi a uma bela planície, chamada Tanduc*, que pertencia a Preste João, e ali assentou campo. Ouvindo isso, Preste João partiu com suas hostes contra Gêngis. Quando Gêngis soube, ficou muito contente.

Mas deixemo-nos por ora de Gêngis Khan e falemos de Preste João e de sua gente.

LV
De como Preste João pelejou contra Gêngis Khan

Quando Preste João soube que Gêngis viera para atacá-lo, moveu-se com sua gente e foi para a planície onde estava Gêngis, ficando a cerca de dez milhas do campo de Gêngis, e os dois descansaram, para estarem dispostos no dia da batalha. E ambos estavam na planície de Tanduk. Certo dia, Gêngis mandou chamar seus astrólogos cristãos e sarracenos, e ordenou que dissessem quem venceria. Os cristãos pediram um caniço, quebraram-no ao meio e afastaram uma parte da outra: uma puseram no lado de Gêngis, e a outra no lado de Preste João. E escreveram o nome de Preste João no caniço do seu lado e o de Gêngis no outro, e disseram: "O caniço que se puser sobre o outro será o vencedor." Gêngis disse que queria ver aquilo, e que lho mostrassem o mais breve possível. Os cristãos pegaram o saltério[107] e leram certos versos, salmos e seus encantamentos: então, o caniço onde estava o nome de Gêngis subiu no outro, o que foi visto por todos os que ali estavam. Quando Gêngis viu aquilo, ficou muito alegre, pois viu que os cristãos diziam a verdade. Os astrólogos muçulmanos nada souberam dizer dessas coisas.

LVI
Da batalha

No dia seguinte, as duas partes prepararam-se e combateram duramente; e foi a maior batalha jamais vista. E houve muitas baixas dos dois lados, mas

Gêngis Khan venceu a batalha e nela morreu Preste João[108], que daquele dia em diante perdeu todas as suas terras. E Gêngis conquistou-as e reinou seis anos depois dessa vitória, tomando muitas províncias. Ao cabo de seis anos, estando ele num castelo chamado Caagu[109], foi ferido no joelho por uma seta, e por isso morreu, o que foi grande perda, porquanto era homem valente e sábio. Contamos como os tártaros tiveram o primeiro senhor, que foi Gêngis Khan, e como ele venceu Preste João. Agora falaremos de seus usos e costumes.

LVII
Do número dos grandes cãs, de quantos foram

Sabei que após Gêngis Khan[110] reinou Chin Khan; o terceiro a governar foi Batu; o quarto, Alcon[111]; o quinto, Mogu[112] e o sexto, Cablau[113]. E este tem mais poder: pois todos os outros juntos não teriam tanto poder quanto este, que hoje é chamado de grão cã, isto é, Kublai Khan; e digo-vos também que, se todos os senhores do mundo, cristãos e sarracenos, se juntassem, não fariam tanto quanto faz Kublai Khan. E deveis saber que todos os grandes cãs descendentes de Gêngis Khan estão enterrados numa montanha alta, chamada Alcay*. E quando os grandes senhores dos tártaros morrem, mesmo que morram a cem jornadas daquela montanha, é preciso que para lá sejam levados. E digo-vos outra coisa: quando os corpos dos grandes cãs são levados para o enterro na montanha, mesmo que isso diste quarenta jornadas, mais ou menos, toda a gente que é encontrada naquele caminho por onde se leva o corpo é passada a fio de espada e morta; e dizem-lhes enquanto matam: "Ide servir vosso senhor no outro mundo", pois crêem que todos os que são mortos devem servi-lo no outro mundo, e por isso os matam; e assim matam os cavalos, só os melhores, para que o senhor os tenha no outro mundo. E sabei que quando Mangu Khan morreu, foram mortos mais de vinte mil homens que encontravam o corpo que ia ser enterrado.

Visto que comecei a falar dos tártaros, hei de dizer-vos muitas coisas. Os tártaros passam o inverno em lugares planos onde haja muita relva e bom pasto para suas bestas; no verão, ficam em lugares frios, em montanhas e em vales, onde há água abundante e bons pastos.

Suas casas são de madeira, cobertas de feltro e redondas[114]; e eles as levam consigo para todos os lugares aonde vão, mas tão bem arrumam as varas com que as fazem que podem carregá-las prestamente para onde queiram. Fazem as portas dessas suas casas sempre voltadas para o meio-dia[115]. Têm carroças cobertas de feltro negro, que, embora lhes chova em cima, nada se molha que dentro esteja. São puxadas por bois e cavalos, e sobre as carroças põem suas mulheres e seus filhos. E digo-vos ainda que suas mulheres compram e vendem e fazem tudo o que é preciso para seus maridos, mas os homens nada sabem fazer senão caçar e guerrear. Vivem de carne, de leite e de caça; comem mangustos, que se encontram em abundância por todos os lugares; e comem carne de cavalo, de cão, de jumento, de boi, e todas as carnes, e bebem leite de jumenta. E por nada nenhum deles tocaria a mulher do outro, pois isso eles têm por coisa má e por grande ofensa. As mulheres são boas e guardam bem a honra de seus senhores, e governam bem toda a família; e cada um pode tomar tantas mulheres quantas quiser, até cem, se tiver com que as manter. E o homem dá à mãe da mulher[116], e a mulher não dá nada ao homem; e têm por melhor e mais verdadeira a primeira mulher que as outras. E têm mais filhos que outras gentes, pelas muitas mulheres que têm; e casam-se também com as primas e com qualquer outra mulher, salvo com a mãe; e tomam a mulher do irmão, se ele morrer. Ao casarem-se, fazem grandes núpcias.

LVIII
Do deus dos tártaros

Sabei que a religião deles é tal que eles têm um deus chamado Natigai: dizem que é um deus terreno que guarda seus filhos, seu gado e seus cereais. E prestam-lhe grandes honras e grande reverência, pois todos o têm em casa; e fazem-nos de feltro e de pano, e guardam-nos em suas caixas. E fazem também a mulher desse deus, com filhos também de pano: a mulher eles põem do seu lado esquerdo, e os filhos à sua frente. Prestam-lhe grande homenagem quando vão comer: pegam carne gorda e untam a boca desse deus, da sua mulher e dos seus filhos; depois pegam caldo de carne e espalham-no junto à portinhola onde fica o deus. Após fazerem isso, dizem que seu deus e sua família já têm sua parte. Depois disso comem e bebem: sabei que bebem leite de jumenta, preparado de tal modo que parece vinho branco; é bom de beber, e dão-lhe o nome de *kimiz*. E suas vestimentas são assim: os homens ricos vestem panos de ouro e seda, e ricas peles de zibelina e arminho, de esquilo e raposa, mui ricamente; e seus arneses também são valiosos: suas armas são arcos, espadas e maças; porém dos arcos valem-se mais que de outra coisa, visto que são mui bons arqueiros. Vestem armaduras de couro de búfalo e de outros couros fortes. Em batalha são homens valentes e duros; digo-vos como podem trabalhar mais que os outros homens: pois, quando preciso é, ficam um mês sem comida alguma, salvo o leite de jumenta e a carne do que caçam; e os cavalos deles viverão da relva que pastarem, e não será preciso levar-lhes cevada nem palha. São muito obedientes ao dono; e sabei que, se preciso for, ficarão a noite toda a cavalgar, e o cavalo seguirá pastando; e essa gente é a que mais agüenta trabalho, menos despesa tem e mais vive, e é a mais dada à conquista de terras e reinos. Ordenam-se de tal modo que, quando um senhor leva para suas hostes cento e vinte mil cavaleiros, para cada mil dá um capitão, e para cada dez mil outro, de tal modo que o senhor dos dez mil só há de falar com dez homens, e os senhores de cem mil só têm de falar com dez; e assim cada homem responde a seu capitão. Quando as hostes andam por montes e vales, à frente vão sempre duzentos homens para olhar, com outro tanto atrás e ao lado, para que a hoste não seja atacada sem que percebam. E quando ficam a guerrear muito tempo, levam odres de couro, onde carregam leite, e um caldeirão onde cozem a carne, e levam uma tenda pequena onde se protegem da água. E digo-vos que, sempre que preciso, cavalgam bem dez jornadas sem comida que toque fogo, mas vivem do sangue de seus cavalos, pois cada um põe a boca na veia de seu cavalo e bebe. Têm também leite seco em pasta, que põem na água e desfazem, e depois o bebem.

E vencem batalhas tanto fugindo quanto dando caça, pois fugindo continuam a despedir flechas, e seus cavalos volvem-se como cães; e quando os inimigos acreditam tê-los derrotado dando-lhes caça, eles é que estão derrotados, pois todos os seus cavalos foram mortos pelas flechas deles. E quando os tártaros vêem que os cavalos dos que os perseguiam estão mortos, volvem e derrotam-nos com sua valentia. E desse modo já venceram muitas batalhas. É verdade tudo o que vos contei dos costumes dos tártaros de verdade; e agora vos digo que são muitos os que se degeneraram, pois os que vivem no Catai mantêm os costumes da idolatria e abandonaram suas leis, e os que vivem no levante têm os usos dos sarracenos. A justiça ali se faz como vos direi. É verdade que, se alguém roubou uma coisa pequena que não mereça a pena de morte, recebe sete bordoadas, ou doze, ou vinte e quatro, e estas vão até cento e sete, segundo a ofensa; e vão aumentando de cada vez, somando-se-lhes dez. E se alguém tiver roubado tanto que mereça perder a vida ou o cavalo ou outra coisa, é cortado ao meio com espada; e se quiser pagar nove vezes o que vale a coisa que roubou, salva a vida. O gado graúdo não é guardado, mas marcado, e assim quem o encontra conhece a marca do dono e o restitui; ovelhas e gado miúdo são bem guardados. O gado deles é muito bonito e gordo. Vou contar-vos mais um de seus usos, que é o de casarem crianças mortas, vale dizer: um homem tem um filho morto; quando chega o tempo em que lhe daria mulher se vivo fosse, procura alguém que tenha uma filha morta que se lhe conforme, e juntam os parentes, e dão a jovem morta ao jovem morto. E disso mandam fazer papéis, que depois queimam; e quando vêem a fumaça no ar, dizem que o papel está indo para o outro mundo onde estão seus filhos, e que eles se têm por marido e mulher no outro mundo; fazem então grandes núpcias e muitas oferendas, dizendo que tudo vai para os filhos no outro mundo. Também mandam pintar pássaros, cavalos, arneses, besantes e muitas outras coisas em papel, e queimam-no, dizendo que aquilo se lhes apresentará de verdade no outro mundo, isto é, a seus filhos. E feito isto, consideram-se parentes e amigos, como se seus filhos vivos estivessem. Já vos contamos os usos e costumes dos tártaros, mas não vos contei dos grandes feitos dos grandes cãs e de sua corte; mas hei de contá-los neste livro, onde convier. Agora, voltemos à grande planície que deixamos quando começamos a discorrer sobre os tártaros.

LIX
*Da planície de Bancu**

Quando se deixa Carocaron* e Alcay*, onde está o lugar em que são enterrados os corpos dos tártaros, como vos contei antes, avança-se por outra terra ao norte, chamada planície de Bancu*, que se estende por umas quarenta jornadas. Seu povo chama-se *merkite*[117], e é selvagem. Vivem de carne, sobretudo de cervos, e são vassalos do grão cã; não têm grãos nem vinho; no verão, têm caça em abundância, mas no inverno não há bichos nem aves por causa do forte frio. E ao cabo das quarenta jornadas, encontra-se o mar. E ali há montanhas onde os falcões peregrinos fazem ninhos, e ali só há uma espécie de pássaro, de que esses falcões se alimentam; são do tamanho de uma perdiz e chamam-se *bugherlac*[118]. Seus pés são como os dos papagaios, o rabo como o das andorinhas e voam muito. E quando o grão cã quer aqueles falcões, manda buscá-los naquela montanha; e nas ilhas daquele mar nascem gerifaltes. E digo-vos que esse lugar está tão ao norte que a estrela polar fica atrás, para o meio-dia[119]. E há tantos desses gerifaltes que o grão cã tem tantos quantos quiser; e sabei que quem os leva da terra dos cristãos para os tártaros, leva-os ao grão cã, mas levam para o levante, para Argon e para os senhores do levante. Acabamos de contar-vos todos os fatos das províncias do norte até o mar oceano: agora vos falaremos de outras províncias, volveremos ao grão cã, e voltaremos a uma província que inscrevemos em nosso livro com o nome de Campichon*.

LX
*Do reino de Erguil**

E quando se deixa essa Campichon* de que já falei, andam-se cinco jornadas por lugares onde há muitos espíritos, e à noite podem-se ouvi-los falar várias vezes pelos ares. Ao cabo dessas cinco jornadas, encontra-se um reino chamado Erguil*, que pertence ao grão cã e é da província de Tangut, que tem vários reinos. Há os que adoram ídolos, assim como cristãos nestorianos e os que adoram Maomé. E há muitas cidades: a principal é Ergigul. Saindo dessa cidade e indo para Catai, encontra-se uma cidade chamada Singui*, onde há casas e castelos; fica também em Tangut e é do grão cã. O povo adora ídolos, mas há cristãos e adoradores de Maomé. E há bois selvagens do tamanho de elefantes, muito bonitos de se ver, peludos, salvo no dorso, brancos e negros, e a pelagem tem três palmos de comprimento, e são tão lindos que é uma maravilha. E esses mesmos bois[120] são também domésticos, pois eles os pegam selvagens e os domesticam. Servem para carga e trabalho, e têm o dobro da força dos outros. E nessas terras nasce o melhor almíscar que existe no mundo. Sabei que o almíscar se encontra da seguinte maneira: ali vive um bichinho como a gazela, a almiscareira[121], que tem a seguinte feição: tem pêlo grosso como o do cervo, patas de gazela, quatro dentes, dois em cima e dois em baixo, que têm três dedos de comprimento e são finos: dois vão para cima e dois vão para baixo; é um belo animal.

O almíscar se encontra assim: pegando-se o animal, acha-se entre a pele e a carne do umbigo um apostema que se corta com couro e tudo, e isso é o almíscar, do qual sai forte odor; nestas terras há em abundância e de excelente qualidade, como vos disse. Sua gente vive de mercancia e arte, e tem grãos. A província estende-se por quinze jornadas. E há faisões que são o dobro dos nossos: grandes como pavões, um pouco menos; têm caudas de dez palmos de comprimento, nove, oito e sete pelo menos. Também há faisões à feição dos nossos. Adoram ídolos, são gordos, têm nariz pequeno, cabelos pretos e só têm barba no queixo. As mulheres não têm pêlo algum no corpo, só na cabeça; têm mui belas e alvas carnes, são bem feitas de corpo, e muito se deleitam com os homens. E podem-se tomar tantas mulheres quantas se queiram, em se podendo; e se a mulher é bela e de baixa linhagem, um grande senhor pode tomá-la, e à mãe dela dá muitos haveres, aquilo que entre si combinarem. Mas por ora saiamos daqui e vamos para outra província rumo ao levante.

LXI
De Egrigaia*

Quando se parte de Arguil* e se caminha para o levante oito jornadas, encontra-se uma província chamada Egrigaia*, com muitas cidades e castelos. Pertence a Tangut, e a cidade principal chama-se Calatia*; adoram ídolos, e há três igrejas de cristãos nestorianos; são vassalos do grão cã. Nesta cidade faz-se o chamalote mais lindo do mundo, e com a lã branca fazem chamalotes brancos mui belos, e em grande quantidade, que levam para muitos lugares. Mas saiamos desta província e entremos numa outra chamada Tenduc*, e estaremos nas terras de Preste João.

LXII
Da província de Tenduc*

Tenduc* é uma província que fica para os lados do levante, onde há castelos e cidades; é do grão cã, e todos ali são descendentes de Preste João[122]. A principal cidade é Tenduc*, e essa província tem como rei um descendente da linhagem de Preste João, que ainda é de Preste João, e seu nome é Jorge[123]. Governa as terras para o grão cã, porém não todas as que pertenciam a Preste João, mas apenas uma parte; digo-vos que o grão cã sempre deu filhas suas e parentes suas por mulheres a esse rei descendente de Preste João. Nesta província encontram-se as pedras com que se faz um bom lápis-lazúli, e há também chamalote. Vivem dos frutos da terra, e aqui há mercancia e arte. A terra pertence aos cristãos, mas há os adoradores de ídolos e os de Maomé. Estes são os homens mais brancos e formosos daquelas terras, os mais sábios e os melhores mercadores. E sabei que esta província era a sede de Preste João, quando ele era senhor dos tártaros; e em todas essas terras ainda há descendentes seus, e o rei que as governa é da sua linhagem. E este é o lugar que chamamos de Gog e Magog[124] mas eles o chamam de Nug e Mogul[125]; e cada uma dessas províncias tem raças diferentes; em Mogul vivem os tártaros. E quando se cavalga sete jornadas por essa província rumo ao levante, em direção aos tártaros, encontram-se muitas cidades e castelos, onde mora gente que adora Maomé, que adora ídolos e cristãos nestorianos. Vivem de arte e mercancia; sabem fazer panos dourados, que chamam de *nasixe*[126], e sedas de diferentes tipos; são vassalos do grão cã. E há uma cidade chamada Sindatui*, onde se fazem muitas artes e muitos petrechos de guerra; e também há uma montanha em que há uma boa mina de prata. Caçam bichos e pássaros. Partiremos daqui e andaremos três jornadas até encontrar a cidade de Gavor*, onde há um grande palácio que é do grão cã. Sabei que ao grão cã apraz muito demorar-se nesta cidade e nesse palácio, que têm lagos e rios em abundância, onde vivem muitos cisnes, e há também uma bela planície cheia de grous, faisões e perdizes: e há muitas feições de pássaros; por isso o grão cã muito se compraz, pois manda caçar gerofaltes e falcões, e pegam muitos pássaros. E há cinco espécies de grous.

Numa, são negros como corvos, e muito grandes. Noutra, são todos brancos e têm asas muito bem feitas, como as do pavão: esses têm cabeça vermelha e preta, muito bem feita, pescoço preto e branco, e são bem maiores que os outros. A terceira espécie é como a nossa. Os da quarta são pequenos, e nas orelhas têm penas brancas e pretas. Os da quinta são cinzentos e grandíssimos, com cabeça branca e preta. E perto dessa cidade há um vale, onde o grão cã mandou construir muitas casinhas, onde são criadas muitas *cators*, isto é, codornas; e para guardar essas aves pôs muitos homens. E há tantas delas que causa admiração; e quando o grão cã vai para lá, tem grande abundância dessas aves. Partiremos daqui e andaremos três jornadas entre norte e nordeste.

LXIII
*Da cidade de Jandu**

Depois de deixar essa cidade, cavalgam-se três jornadas até encontrar uma cidade chamada Jandu*, construída pelo grão cã que reina hoje em dia, Kublai Khan. E mandou construir nessa cidade um palácio de mármore e de outras ricas pedras; os salões e as câmaras são todos dourados, e tudo é belíssimo e mui maravilhoso. E ao redor desse palácio há um muro de quinze milhas, e ali há rios, nascentes e prados. Lá o grão cã mantém animais de muitas feições, como cervos, gamos e cabritos, para dar de comer a gerifaltes e falcões que mantém em querenças. Naquele lugar há uns duzentos gerifaltes. O grão cã quer ir lá pelo menos uma vez por semana, e no mais das vezes, quando anda por aquele prado murado, leva um leopardo na garupa do cavalo; e quando quer pegar um bicho qualquer, solta o leopardo, e o leopardo pega-o, e ele manda dá-lo aos gerifaltes que tem na querença: e faz isso por prazer. Sabei que no meio desse prado o grão cã mandou erguer um palácio de cana, mas dentro tudo é dourado e finamente lavrado com animais e pássaros dourados: o teto é de cana envernizada tão bem encaixada que não entra água. Sabei que essas canas têm mais de três ou quatro palmos de largura e têm de dez a quinze passadas de comprimento, e são cortadas nos nós e ao longo, e são usadas como telhas, de tal modo que se pode bem cobrir as casas. E mandou fazê-lo com tal ordem que pode mandar desfazer sempre que queira, e tudo é sustentado por mais de duzentas cordas de seda. E sabei que três meses por ano o grão cã fica nesse palácio, quais sejam, junho, julho e agosto, e isso faz por serem meses quentes. E nesses três meses o palácio fica feito, e nos outros meses do ano fica desfeito e em repouso, podendo ser feito e desfeito a bel-prazer. E quando chega o dia 28 de agosto, o grão cã deixa esse palácio, e dir-vos-ei por quê. A verdade é que ele tem uma raça de cavalos e jumentas brancas como neve, sem nenhuma outra cor, e sua quantidade é de umas dez mil jumentas; e ninguém pode beber o leite dessas jumentas brancas, só quem é de linhagem imperial. Mas há outro povo chamado *oriat*[127], que também pode beber desse leite por graça de Gêngis Khan, que a concedeu por uma batalha que venceram com ele. E quando esses animais estão pastando, tantas homenagens lhes são feitas que não há grande barão que, para não os afastar da pastagem, deixe de passar ao largo. E os astrônomos e os adoradores de ídolos disseram ao grão cã que todos os anos no dia 28 de agosto esse leite deve ser jogado pelos ares e no chão, para que os espíritos e os ídolos possam beber sua parte, para que salvem suas famílias, suas aves e todas as suas coisas. E então o grão cã parte, e vai para outro lugar. E vou contar-vos outra maravilha de que me havia esquecido: quando o grão cã está nesse palácio e chega um mau tempo, os astrônomos e os encantadores obram de tal modo que o mau tempo não chega ao seu palácio. E esses homens sábios são chamados *tebot*[128], e sabem mais das artes do diabo que qualquer outra pessoa, e fazem as pessoas acreditar que isso acontece por santidade. E essa mesma gente de que vos falei tem por uso que, quando algum homem é justiçado pelos senhores, mandam cozê-lo e comem-no, mas não o fazem se ele morrer de morte natural; e são tão grandes encantadores que, quando o grão cã está comendo no salão principal, e as taças de vinho, leite e de outras bebidas estão do outro lado da sala, fazem-nas vir sem que ninguém as toque, e elas chegam à frente do grão cã; e pelo menos dez mil pessoas vêem isso. Isso é verdade, sem mentira, e pode ser feito por nigromancia. E quando há alguma festa de algum ídolo, vão ter com o grão cã e pedem carneiros, aloés e outras coisas, para homenagearem aquele ídolo, para que eles salvem seus corpos e suas coisas; depois disso, esses encantadores fazem grandes defumações diante dos ídolos, com boas especiarias e muitos cantos: depois, pegam a carne cozida dos carneiros e põem-na diante dos ídolos, despejam o caldo para cá e para lá, dizendo aos ídolos que peguem o que quiserem. E dessa maneira homenageiam os ídolos no dia de sua festa, pois cada ídolo tem sua festa, como a têm os nossos santos. Eles têm abadias e mosteiros, e digo-vos que há um mosteiro tão grande quanto uma pequena cidade, com mais de duzentos monges que se vestem mais modestamente que as outras pessoas. Fazem as maiores festas do mundo aos ídolos, com os melhores cantos e as maiores luminárias. Há mais um feitio de religioso, que leva vida dura, como passo a contar-vos. Só comem casca de trigo, que deixam algum tempo de molho na água quente e comem. Jejuam quase todo o ano, e são muitos os seus ídolos; ficam muito tempo em orações e às vezes adoram o fogo. E as outras ordens dizem que eles são hereges. Há mais outro feitio de monges, que se casam e têm muitos filhos; estes usam roupas diferentes das dos outros, e por isso vos digo que há grandes diferenças entre um feitio e outro tanto na vida que levam quanto nas roupas que usam; destes, há alguns cujos ídolos têm nome de mulher. Agora saiamos daqui, pois vos falarei do grande senhor de todos os tártaros, isto é, do nobre grão cã que é chamado Kublai.

LXIV
De todos os feitos do grão cã que ora reina[129]

Quero começar a falar-vos de todas as grandíssimas maravilhas do grão cã que ora reina e se chama Kublai Khan, que em nossa língua quer dizer "senhor dos senhores". E por certo esse nome bem lhe cabe, pois esse grão cã é o mais poderoso senhor de gentes, terras e tesouros dentre os que vivem ou já viveram até o dia de hoje; e mostrarei ser isso verdade neste nosso livro, de modo tal que todos ficarão contentes, e para tanto darei razões.

LXV
Da grande batalha que o grão cã travou contra Nayam

Ora, sabei que ele descende em linha direta de Gêngis Khan, sendo justo senhor de todos os tártaros. E esse Kublai é o sexto cã[130] que houve até hoje: começou a reinar no ano de 1256. Sabei que o poder lhe coube por seu grande valor, denodo e prudência, e que seus irmãos e seus parentes queriam destituí-lo. E sabei que por direito o poder lhe cabia. Desde que começou a reinar faz quarenta e dois anos até esta data, pois corre o ano de 1298, e ele pode ter bem oitenta e cinco anos de idade. Antes de se tornar senhor, esteve em muitas guerras e portou-se com galhardia, sendo considerado valente homem de armas e bom cavaleiro; mas depois que se tornou senhor, foi para uma batalha só uma vez, no ano de 1286. Dir-vos-ei por quê. A verdade é que havia alguém chamado Nayam, que era homem do grão cã, dele recebendo muitas terras e províncias, de tal modo que podia juntar quatrocentos mil homens a cavalo, e cujos antepassados costumavam antes submeter-se ao grão cã; era um jovem de vinte[131] anos. Ora, esse Nayam disse que não queria mais continuar sob o grão cã e que o privaria de todas as terras. Então, mandou dizer a Kaydu[132], poderoso senhor e sobrinho do grão cã, que fosse por um lado, pois ele iria pelo outro, para destituí-lo das terras e do poder. E esse Caydu disse que isso lhe agradava, e que estaria bem preparado no tempo que haviam acordado. E sabei que ele havia de pôr em campo uns cem mil homens a cavalo; assim, digo-vos que esses dois barões juntaram grande multidão de cavaleiros e infantes para marchar sobre o grão cã. E quando o grão cã soube dessas coisas não se espantou nem um pouco, mas, em sendo homem sábio, disse que não iria querer mais coroa ou terras se não desse cabo daqueles dois traidores. E sabei que esse grão cã fez todo o seu aprestamento em vinte e dois dias, às escondidas, e assim ninguém nada soube, salvo o seu conselho. E ele armou uns trezentos e sessenta mil homens a cavalo e cem mil a pé. Sabei que toda essa gente era de sua casa, e que por isso reuniu tão poucos, pois se houvesse convocado toda a sua gente, teria conseguido tanta que nem se acreditaria, mas teria muito trabalho e não faria tudo em segredo. E nesses trezentos e sessenta mil cavaleiros que ele reuniu, havia também falcoeiros e gente que ia atrás dele. E depois de se haver assim aprestado, o grão cã chamou seus astrólogos e perguntou-lhes se venceria a batalha: responderam que sim, e que ele daria cabo de seus inimigos. O grão cã pôs-se a caminho com sua gente, e em vinte dias chegou a uma grande planície, onde estava Nayam com toda a sua gente, cerca de trezentos mil cavaleiros. E chegaram pela manhã, e assim Nayam nada soube, pois o grão cã tomara todas as estradas, e nenhum espia poderia levar notícias sem ser preso. E quando o grão cã chegou ao campo com sua gente, Nayam estava na cama com a mulher em grande folgança, pois queria-lhe muito bem.

LXVI
Começa a batalha

Com a chegada da aurora, o grão cã apareceu na planície, onde Nayam permanecia em grande segurança, pois não acreditava por nada deste mundo que o grão cã ali fosse ter, e por isso não pusera guardas no campo, nem na frente nem atrás. O grão cã avançou para aquele lugar, e levava uma bastida sobre quatro elefantes, que em cima tinha suas insígnias, de tal modo que podia ser vista de longe. E sua gente estava em formações de trinta mil homens cada, contornando o campo inteiro, uma em torno da outra; e cada cavaleiro, uma boa parte deles, levava na garupa um infante com arco em punho. E quando viu o grão cã com sua gente, Nayam e os seus ficaram perdidos, correram para as armas e alinharam-se bem e corajosamente, e dispuseram-se de tal modo que só restava pelejar. Começaram então a tocar muitos instrumentos e a cantar em voz alta, pois é uso dos tártaros que, enquanto não soar a grande nacara, que é o instrumento do capitão, não se combate; e enquanto ela não é tocada, os outros tocam vários instrumentos e cantam. Ora, é tão grande o cantar e o tocar de todos os lados, que causa muita admiração. Quando ambas as partes estavam prontas e as grandes nacaras começaram a soar, uma foi contra a outra, e começaram a ferir-se com lanças e espadas. E a batalha foi muito cruel e feroz: eram tantas as setas pelos ares que o ar era visto como se chovesse, e os cavalos caíam de um lado e de outro; e era tanto o alarido que não se ouviriam trovões.

Sabei que Nayam era cristão batizado, e que nessa batalha tinha a cruz de Cristo em seu estandarte. E sabei que aquela foi a batalha mais cruel e pavorosa já travada em nossos dias, nem outra houve em que morresse tanta gente; e morreu tanta de uma e de outra parte que se custaria a acreditar. Durou desde a manhã até meio-dia passado, mas por fim o campo ficou com o grão cã. Quando Nayam e os seus viram que não agüentavam mais, puseram-se em fuga, mas isso de nada lhes valeu, pois Nayam foi preso, e todos os seus barões e sua gente renderam-se ao grão cã.

LXVII
De como Nayam foi morto

E assim que o grão cã soube que Nayam fora preso, ordenou que fosse morto da seguinte maneira: foi posto sobre um tapete, e foi tão sacudido e levado de um lado para outro que morreu. E fez isso porque não desejava que o sangue da linhagem do imperador fosse espalhado à luz do sol, e esse Nayam era da sua linhagem. Vencida essa batalha, toda a gente de Nayam rendeu-se ao grão cã e jurou-lhe fidelidade. São estas as províncias: a primeira é Chorcha*, a segunda Cauly*, a terceira Baiscol*, a quarta Singuitingui*. Quando o grão cã venceu a batalha, os sarracenos e os outros, pois eram diversas as gentes, admiraram-se com a cruz que Nayam pusera na sua insígnia, e diziam aos cristãos: "Estais vendo como a cruz do vosso Deus ajudou Nayam e os seus?" E tanto diziam isso que o grão cã ficou sabendo, e aborreceu-se com quem dizia ofensas aos cristãos; mandou chamar os cristãos que lá estavam e disse: "Se vosso Deus não ajudou Nayam, obrou com justiça, pois Deus é bom, e só quer fazer justiça. Nayam era desleal e traidor, pois ergueu-se contra seu senhor, e por isso Deus fez bem em não o ajudar." Os cristãos disseram que ele havia dito a verdade, pois a cruz nada queria fazer que não fosse certo: "Ele teve aquilo de que era digno." E tais palavras sobre a cruz foram trocadas entre o grão cã e os cristãos.

LXVIII
De como o grão cã voltou para a cidade de Camblau*

Depois que o grão cã venceu a batalha, do modo como acabais de ouvir, volveu para a grande cidade de Camblau* em meio a muitas festas e folguedos. E quando o outro rei, chamado Caydu, ouviu dizer que Nayam fora derrotado, absteve-se de guerrear contra o grão cã, pois tinha muito medo dele. Agora ficastes sabendo como o grão cã foi à guerra: porque todas as outras vezes manda seus filhos e barões, mas dessa vez ele também quis ir, por lhe parecer mui grande aquele fato. Por ora deixemo-nos deste assunto e falemos de novo dos grandes feitos do grão cã. Já dissemos de que linhagem é ele e qual sua origem; agora vos falarei dos regalos que deu aos barões que se portaram bem na batalha, e o que fez àqueles que foram vis e covardes. Digo-vos que aos valentes que houvessem comandado cem homens ele deu o comando de mil, regalou-os com lindas baixelas de prata e deu-lhes tábuas com insígnias de senhoria: os que comandam cem homens recebem tábuas com insígnias de prata, e os que comandam mil, de ouro, e de ouro e prata; quem comanda dez mil recebe insígnias de ouro com cabeça de leão. São tais os pesos dessas tábuas: a de quem comanda cem ou mil homens pesa cento e vinte libras; a que tem a cabeça de leão pesa o mesmo; as demais são de prata. E em todas essas tábuas está escrita uma ordem que assim diz: "Pela força do grande Deus e pela graça que concedeu ao nosso imperador, o nome do grão cã seja bendito, e todos os que não obedecerem sejam mortos e destruídos." E quem tem essas tábuas têm privilégios, onde está escrito tudo o que devem fazer em sua senhoria. Digo-vos também que quem comanda cem mil homens ou uma grande hoste geral tem tábulas que pesam trezentas libras, com letras que dizem o que já vos disse acima; e na parte de baixo da tábua há um leão esculpido, e do outro lado há o sol e a lua: eles têm ainda privilégios de grandes comandos e grandes feitos. E esses, que têm essas nobres tábulas, têm por dever, sempre que cavalgam, usar um pálio sobre a cabeça, com o significado de grande senhoria, e sempre que se sentam devem sentar-se em assentos de prata. E a esses mesmos o grão cã também dá uma tábua que em cima tem um leão e um gerifalte entalhados. E essas tábuas ele dá aos barões assinalados para que tenham tanto poder quanto ele mesmo; e podem pegar o cavalo do senhor quando lhe aprouver, tanto quanto os outros. Mas agora deixemo-nos desta matéria, pois vos falarei das feições do grão cã e de seu portar-se.

LXIX
Das feições do grão cã

O Grão Senhor dos senhores, como Kublai Khan é chamado, tem boa estatura: nem baixo nem alto, é de tamanho mediano. Tem uma bela corporatura, é bem talhado em todos os membros. Tem o rosto branco e vermelho como rosa, os olhos negros e belos, nariz bem feito que bem lhe assenta. São quatro as suas mulheres, que ele tem por legítimas. E o filho mais velho, que ele tem dessas quatro mulheres, deverá por direito ser senhor do império depois da morte do pai. Elas são chamadas imperatrizes, e cada uma é chamada pelo seu nome. E cada uma dessas mulheres tem sua própria corte. E nenhuma há que deixe de ter trezentas donzelas, e têm muitos jovens eunucos, e muitos outros homens e mulheres; assim, cada uma delas tem bem mil pessoas em sua corte. E quando quer deitar-se com alguma dessas mulheres, ele manda chamá-la aos seus aposentos e às vezes vai aos dela. Ele tem também muitas amigas: e digo-vos que na verdade há uma raça de tártaros, chamados *ungrat*, que é gente mui bela e encantadora: dela são escolhidas as cem donzelas mais lindas, que são levadas ao grão cã. E ele ordena que sejam guardadas por mulheres do palácio, e manda-as dormir com elas no mesmo leito para saber se têm bom hálito, se são virgens e bem sã de todas as coisas. E as que são boas e formosas em todas as coisas são postas a servir o senhor da maneira como vos direi. É verdade que a cada três dias e três noites, seis dessas donzelas servem o senhor em seus aposentos, no leito e naquilo que for preciso, e o senhor faz delas o que quer. E ao cabo de três dias e três noites, vêm outras seis donzelas, e assim se passa todo o ano de seis em seis donzelas.

LXX
Dos filhos do grão cã

Sabei também que de suas quatro mulheres[133] o grão cã tem vinte e dois filhos homens: o mais velho era Chinguim, e deveria tornar-se grão cã e senhor de todo o império. Ora, acontece que morreu e deixou um filho chamado Temur[134], e este deve tornar-se grão cã e senhor, pois era filho do primogênito. E digo-vos que ele é homem sábio e denodado, o que provou em várias batalhas. E sabei que o grão cã tem vinte e cinco filhos de suas amigas, e cada um deles é grande barão[135]; e digo ainda que, dos vinte e dois filhos que ele tem das quatro mulheres, sete são reis de grandíssimos reinos, e todos governam bem seus reinos, como homens sábios e valorosos que são, e bem mantêm a justiça, assemelhando-se ao pai em valor e prudência. É o melhor governador de gente e exércitos que já houve entre os tártaros. Acabo de descrever-vos o grão cã, suas mulheres e seus filhos: agora direi como ele mantém a corte e quais os seus modos.

LXXI
Do palácio do grão cã

Sabei que, em verdade, o grão cã mora na capital, que se chama Camblau*, durante três meses do ano, quais sejam, dezembro, janeiro e fevereiro. Nessa cidade tem seu grande palácio: descreverei como é feito. O palácio é cercado por uma muralha quadrada com uma milha de lado. Em cada canto do murado ergue-se um belo palácio, onde são guardados todos os petrechos de guerra do grão cã, ou seja, arcos, aljavas, selas e freios, cordas e tendas, e tudo o que se precisa no exército e na guerra. E ainda entre esses quatro palácios há outros quatro: de tal modo que ao redor desses muros há oito palácios, todos cheios de petrechos, e cada um tem uma só espécie de coisa. E nesse muro, na face do meio-dia[136], há cinco portas, e no meio está uma porta grandíssima, que nunca se abre nem fecha senão quando o grão cã por ela passa, ou seja, quando entra e sai. E ao lado dessa porta há duas pequenas, uma de cada lado, por onde entram todas as outras pessoas. Do outro lado há uma outra, grande, por onde comumente entram todas as outras pessoas, isto é, qualquer um. E dentro desse muro há outro, e ao redor dele há oito palácios, como no primeiro, e do mesmo modo são feitos: e também ali estão os petrechos do grão cã. Na face voltada para o meio-dia há cinco portas, e no outro lado, uma. E no centro desse murado está o palácio do grão cã, que é feito do modo como vos contarei.

É o maior que já se viu; só tem um pavimento, mas ele fica acima do chão bem uns dez palmos[137]: o teto é altíssimo. As paredes dos salões e dos aposentos são cobertas de ouro e prata; nelas estão esculpidas belas histórias de mulheres e cavaleiros, pássaros, animais e muitas outras coisas bonitas; e a cobertura é feita de maneira tal que nada se vê além de ouro e prata. O salão é tão longo e largo que nele podem bem comer seis mil pessoas; e há tantos aposentos que custa a acreditar. O telhado é vermelho e azul e verde e de todas as outras cores, e é tão bem envernizado que reluz como ouro ou cristal, de tal modo que de muito longe divisa-se o palácio a luzir. O telhado é muito firme. Entre um muro e outro de que vos falei acima, há prados e árvores, e por lá há muitos feitios de bichos selvagens: cervos brancos, cabritos e gamos, bichos que dão almíscar, esquilos, arminhos e outros lindos animais. O terreno dentro desse jardim está cheio desses animais, salvo o caminho por onde os homens entram; e a noroeste há um lago muito grande, onde há muitas raças de peixes. E digo-vos também que um grande rio entra e sai, e está disposto de tal modo que nenhum peixe pode dele sair: e nesse lago foram postas muitas raças de peixes, e ele tem uma rede de ferro. Digo-vos também que do lado norte, à distância de uma flechada, construiu-se um monte, que tem cem passadas de altura e uma milha de giro: e esse monte está cheio de árvores que em tempo algum perdem as folhas, e estão sempre verdes. E sabei que, quando alguém fala ao grão cã sobre uma bela árvore, ele manda pegá-la com raiz e tudo e com muita terra, e manda plantá-la naquele monte: e seja qual for seu tamanho, ele manda buscá-la de elefante. E digo-vos que ele mandou cobrir toda a terra do monte com lápis-lazúli, que assim ficou verde, de tal modo que no monte nada há que não seja verde: por isso se chama "monte verde". E no topo do monte há um palácio tão grande que mirá-lo é grande maravilha; e não há quem o olhe sem grande alegria; e para ter essa bela visão foi que o grande senhor mandou construí-lo, para seu conforto e prazer. Digo-vos também que próximo desse palácio há um outro feito tal e qual, onde mora o neto do grão cã, que deve reinar depois dele. Ele é Temur, filho de Chinguim, que era o filho mais velho do grão cã; e esse Temur que há de reinar tem todo o jeito do avô, e já tem bula de ouro e selo do império, mas não exerce o poder enquanto o avô estiver vivo.

LXXII
*Da grande cidade de Camblau**

E já que vos falei dos palácios, falarei da grande cidade de Camblau*, onde estão esses palácios, da razão de ter sido feita, e de como havia perto dela uma outra cidade grande e linda, chamada Garibalu*, que em nossa língua quer dizer "cidade do senhor". E o grão cã, sabendo por astronomia[138] que essa cidade haveria de rebelar-se e causar grande enfado ao império, mandou erguer estoutra cidade perto daquela, havendo pelo meio apenas um rio, e mandou buscar o povo daquela cidade e trazer para a outra, que se chama Camblau*139. Seu giro é de vinte e quatro milhas, isto é, seis milhas de cada lado: ela é quadrada, não havendo nenhum lado que seja maior que outro. A cidade é cercada de muralhas, com dez passadas de espessura e vinte de altura; mas não são tão grossas em cima quanto embaixo; ao contrário, vão-se afinando tanto para cima que acabam tendo a grossura de três passadas. E são ameadas e brancas. E nelas há doze portas, e em cada uma há um palácio, de modo que em cada face há três portas e cinco palácios. E ainda, em cada lado desses muros, há um grande palácio, onde ficam os homens que guardam a cidade. E sabei que as ruas da cidade são tão retas que de uma porta se vê a outra, e isso acontece com todas elas.

Na cidade há muitos palácios, e no meio há um que tem em cima um grande sino, que à noite toca três vezes, e então ninguém pode andar pela cidade a não ser por grande necessidade, ou por mulher que está para parir ou por algum doente.

Sabei que cada porta é guardada por mil homens; e não penseis que a guardam por medo de outros povos, mas por reverência ao senhor que mora lá dentro e para que os ladrões não causem danos à cidade.

Agora que vos falei da cidade, quero contar como ele mantém corte e poder, falar de seus grandes feitos, ou seja, do senhor.

Ora, sabei que o grão cã tem uma guarda de doze mil homens a cavalo, que se chamam *tan*, ou seja, "fiéis cavaleiros do senhor"; e não faz isso por medo. E entre esses doze mil cavaleiros há quatro capitães, de modo que cada um tem três mil sob seu comando, e no palácio fica sempre uma dessas companhias, de três mil homens; e montam guarda três dias e três noites, comendo e dormindo ali mesmo. Ao cabo de três dias estes se vão e chegam outros, e assim fazem o ano todo. E quando o grão cã quer reunir grande corte, as mesas ficam da seguinte forma: a mesa do grão cã é mais alta que as outras, e ele se senta ao norte, com o rosto voltado para o meio-dia. A primeira mulher senta-se junto dele, do lado esquerdo; e do lado direito, um pouco mais abaixo, seguem-se os filhos, os netos e os parentes que sejam de linhagem imperial, de modo que as cabeças deles ficam aos pés do senhor. E depois seguem os outros barões mais abaixo, e assim se passa com as mulheres: as filhas do grão cã, as netas e as parentas sentam-se mais abaixo do lado esquerdo, e ainda mais abaixo delas as mulheres de todos os outros barões; e cada um sabe o lugar em que deve sentar-se por ordem do grão cã. As mesas são dispostas de tal modo que o grão cã pode ver todas as pessoas, que são muitíssimas. E do lado de fora desse salão comem mais de quarenta mil, porque chegam muitos homens com muitos presentes, vindos de terras estrangeiras com presentes de lá. E alguns deles são grandes senhores, e essa gente vem em dias de núpcias em que o senhor reúne a corte à mesa. E um grandíssimo vaso de ouro puro que contém tanto quanto um grande tonel fica na sala, cheio de bom vinho, e ao lado desse vaso ficam dois pequenos; do grande tira-se vinho, e dos pequenos, bebidas várias.

Há vasilhas e taças de ouro tão grandes que contêm vinho bastante para beberem mais de oito homens, e nas mesas há uma dessas para cada duas pessoas. E cada um ainda tem uma copa de ouro com alça, com que bebe; e toda essa vasilha tem grande valor. E sabei que o Grande Senhor tem tanta vasilha de ouro e prata que só se acredita vendo. E sabei que os comensais do grão cã são grandes barões. E ficam com a boca e o nariz enfaixados com belos panos de seda, para que sua respiração não chegue até os alimentos do senhor. E quando o grão cã vai beber, todos os instrumentos tocam, e os há em grande quantidade; e fazem isso enquanto ele segura a taça: então, todos se ajoelham, os barões e todos os demais, e dão sinais de grande humildade; e assim fazem sempre que ele bebe. Das comidas nem falo, mas todos podem acreditar que é grande a sua abundância: tampouco há barão ou cavaleiro que deixe de levar a mulher para comer com as outras mulheres. Depois que o grande senhor acabou de comer, e as mesas são retiradas, muitos jograis dão grande prazer com suas artes mágicas e outras coisas; depois todos vão para casa.

LXXIII
Da festa de aniversário do grão cã

Sabei que todos os tártaros fazem festa de aniversário. O grão cã nasceu aos vinte e oito dias da lua do mês de setembro[140], e todos, nesse dia, fazem a maior festa que possam fazer por qualquer outra coisa, salvo a que fazem no Ano-Novo, como vos contarei. Assim, no dia de seu aniversário, o grão cã usa uma roupa feita de ouro batido, e como ele vestem-se doze mil barões e cavaleiros, todos da mesma cor e da mesma maneira, mas suas roupas não são tão preciosas quanto as do senhor. E usam grandes cinturões de ouro, que o grão cã lhes dá. E digo-vos que há algumas dessas vestimentas cujas pedras preciosas e pérolas valem mais de dez mil besantes de ouro; e destas há muitas. E sabei que treze vezes por ano o grão cã dá ricas vestimentas aos doze mil barões, e veste-os todos da mesma cor com que se veste; e tais coisas não poderiam ser feitas ou mantidas por nenhum outro senhor, senão ele.

LXXIV
Onde se descreve a festa

Sabei que no dia do seu aniversário todos os tártaros do mundo e todas as províncias que dele recebem poderes fazem uma grande festa, e todos presenteiam segundo convém a quem presenteia e conforme se estabelece. Também o presenteiam aqueles que desejam alguma senhoria; e o grande senhor tem doze barões que dão essas senhorias a esses tais, segundo o que convém. E nesse dia gente de todas as raças faz preces a seus deuses, para que salvem seu senhor e lhe dêem vida longa, alegria e saúde; e assim fazem grande festa nesse dia. Mas deixemo-nos disto por ora e falemos de outra festa que fazem no Ano-Novo, que se chama "festa branca".

LXXV
Da festa branca

Verdade é que a festa de Ano-Novo eles fazem no mês de fevereiro[141]. O grão cã e sua gente fazem essa data. É costume que o grão cã e os seus se vistam de branco, homens e mulheres, desde que as possam ter; e fazem isso porque as roupas brancas lhes parecem boas e venturosas. E por isso o fazem no começo do ano, para que por todo o ano tenham bem e alegria. E nesse dia, quem governa terras dele presenteia-o com grandes presentes, conforme podem, de ouro e de prata, de pérolas e outras coisas; e todos os presentes devem ser quase inteiramente brancos.

E fazem isso para que durante todo o ano tenham muitos tesouros, contentamento e alegria. E também nesse dia presenteiam o grão cã com mais de dez mil cavalos brancos, belos e ricos; e também mais de cinco mil elefantes cobertos com panos de ouro e seda, e cada um carrega um cofre cheio de baixelas de ouro e prata ou de outras coisas necessárias àquela festa.

E todos passam diante do senhor, e isso é a coisa mais linda que já se viu. E digo-vos ainda que, na manhã dessa festa, antes que as mesas sejam postas, todos os reis, duques, marqueses, condes, barões e cavaleiros, astrólogos e falcoeiros, e muitos outros oficiais, governadores de terras, povos e hostes, vão à sala do grão cã; e quem lá não cabe, fica fora do palácio, num lugar onde o senhor veja todos. E assim se ordenam: primeiro vêm os filhos, os netos e os que têm linhagem imperial; depois os reis e os duques; e depois os outros por ordem, como convém. Quando estão todos assentados em seus lugares, levanta-se um grande prelado que diz em alta voz: "Prostrai-vos e adorai." E assim que diz isso todos levam a testa ao chão e dizem suas orações pelo senhor. Então o adoram como deus; e fazem isso quatro vezes. Depois vão até um altar, sobre o qual há uma tábua vermelha onde está escrito o nome do grão cã; e há também um belo incensário, e incensam a tábua e o altar com grande reverência; depois volvem para seus lugares. Em assim fazendo, dão os presentes de que vos falei, que são mui valiosos. Feito isto e tendo o grão cã visto todas essas coisas, põem-se as mesas e começam a comer na ordem que relatei acima.

Contei-vos sobre a festa branca do Ano-Novo; agora vos contarei algo de mui nobre que o grão cã fez: ele encomendou certas vestimentas para certos barões que vão a essa festa.

LXXVI
Dos doze mil barões que vão à festa, de como são vestidos pelo grão cã

Ora, sabei que o grão cã tem doze mil barões que são chamados de *quita*, isto é, os homens mais fiéis ao senhor. A cada um ele dá treze roupas de cores diferentes; e todas são enfeitadas com pedras, pérolas e outras riquezas, mui valiosas. Dá também a cada um deles um cintilho de ouro muito bonito e *kimutches*[142] lavrados com delicados fios de prata, que são assaz belos e preciosos.

Ficam tão adornados que cada um parece um rei. Para cada uma dessas festas ordena-se a roupa que deve ser usada; e assim o grande senhor tem treze roupas semelhantes às daqueles grandes barões nas cores, porém as dele são mais nobres e valiosas. Acabei de falar-vos das vestimentas que o senhor dá aos seus barões, que são tão valiosas que nem se pode contar. E tudo isso o grão cã faz para tornar sua festa mais honrosa e bela. Conto-vos ainda outra maravilha: um grande leão é levado perante o grande senhor; e quando o vê, deita-se diante dele e dá sinais de grande humildade, dando a entender que o conhece como senhor. E fica sem cadeias e sem nada que o prenda; e isso é uma grande maravilha. Agora, deixemo-nos dessas coisas, pois vos falarei da grande caçada que ele faz, o grão cã, do modo como ouvireis.

LXXVII
Da grande caçada do grão cã

Sabei de verdade e sem mentira que o grande senhor demora-se na cidade do Catai três meses por ano, isto é, dezembro, janeiro e fevereiro. Ele ordenou que nas quarenta jornadas que o cercam todos deviam caçar bichos e aves. E ordenou a todos os senhores de gentes e terras que todos os grandes animais selvagens, isto é, javalis, cervos, cabritos, gamos e outros, lhe sejam entregues, ou seja, a maior parte desses grandes animais. E desse modo caçam todos de quem vos falei. E os que ficam a trinta jornadas de distância mandam-lhe os animais, que são muitos, e ficam com as entranhas; os que ficam a quarenta jornadas não mandam as carnes, mas o couro, para que o senhor faça petrechos de guerra e exército. Acabo de falar-vos da caça: agora vos falarei das bestas ferozes que o grão cã tem.

LXXVIII
Dos leões e dos outros animais de caça

Sabei também que o grande senhor tem muitos leopardos, e que todos são bons para caçar e pegar animais. Tem também grande quantidade de leões, todos amestrados para pegar animais, e muitos são bons de caça. Ele tem também grandes lobos-cervais[143], maiores que os da Bambelônia*: todos têm bela pelagem e bela cor, com riscas ao longo do corpo, pretos, vermelhos e brancos, e são amestrados para pegar porcos-bravos, bois selvagens, cervos, cabritos, ursos, onagros e outros animais. E digo-vos que é muito bonito ver os bichos selvagens, quando os leões os pegam, e estes, quando vão à caça, são levados sobre uma carreta, numa jaula, e com eles vai um cãozinho. O senhor também tem grande quantidade de águias, com as quais se caçam raposas e lebres, gamos, cabritos e lobos; mas as que são amestradas para caçar lobos são mui grandes e robustas, não havendo lobo, por maior que seja, que escape dessas águias e deixe de ser caçado. Agora vos falarei da grande abundância de bons cães que tem o grande senhor.

É verdade que o grão cã tem dois barões, que são irmãos carnais: um tem o nome de Baian e o outro de Mingan; eles são chamados de *cuiuchi*, isto é, "aqueles que cuidam dos cães mastins". Cada um desses irmãos comanda dez mil homens, todos vestidos de uma só cor, e os outros se vestem de outra cor, ou seja, vermelho e azul. E sempre que vão caçar com o grande senhor, usam as roupas de que vos falei; e desses dez mil, pelo menos dois mil levam um ou dois ou três mastins cada um, de modo que são uma grande multidão. E quando o grande senhor vai à caça leva consigo um desses dois irmãos com dez mil homens e com uns cinco mil cães de um lado, e o outro irmão vai pelo outro lado com sua gente e seus cães. E assim vão, distante um do outro uma jornada ou mais. Não encontram nenhum animal que não seja caçado. E é muito bonito ver essa caçada e as maneiras desses cães e desses caçadores; e digo-vos que, enquanto o grande senhor vai caçando aves com seus barões, vêem-se ao redor os cães a caçar ursos, javalis, veados, gamos e outros animais, e isso é bonito de se ver. Falei-vos da caça com cães: agora vos contarei como o grão cã passa os outros meses.

LXXIX
De como o grão cã vai à caça

Depois de permanecer três meses na cidade que descrevi acima, isto é, dezembro, janeiro e fevereiro, ele sai daquele lugar em março e vai para o sul, até o mar oceano, a duas jornadas de lá. E leva consigo uns dez mil falcoeiros com cerca de quinhentos gerifaltes, falcões peregrinos e nebris em abundância; leva também açores para caçar aves nos arredores. E não penseis que os mantêm todos juntos: uns ficam aqui e outros ali, em grupos de cem a duzentos, mais ou menos, e caçam, dando a maior parte ao senhor. E digo-vos que, enquanto o grão senhor está caçando com seus falcões e com os outros pássaros, uns dez mil homens ficam dispostos dois a dois, e são eles conhecidos como *tostaer*[144], o que em nossa língua significa "homem que monta guarda"; isso é feito de dois em dois para que possam ocupar muita terra, e cada um deles tem avessada e caparão, bem como um instrumento para chamar os pássaros e segurá-los. E quando o grão cã manda arremessar algum pássaro, nem é preciso que quem o arremessa vá atrás dele, pois aqueles homens de que vos falei, que ficam a dois e dois, não perdem seu vôo de vista, para que ele não vá a lugar algum sem que possa ser apanhado. E se o pássaro precisar de socorro, eles lho prestarão logo. E todas as aves do grão senhor e dos outros barões têm uma tabuinha de prata nas patas, onde está escrito o nome daquele a quem pertencem, e assim se sabe de quem são. E ao serem apanhadas, são entregues àquele a quem pertencem, e se não se souber de quem são, levam-nas a um barão que tem o nome de *bulargugi*[145], isto é, "guardião das coisas achadas". E quem as pegar, se não as levar logo a esse barão, será considerado ladrão, e assim se faz com os cavalos e com tudo o que se encontre. E esse barão manda-os guardar até que se encontre o dono. E quem tiver perdido alguma coisa recorre incontinenti a esse barão; e ele está sempre na parte mais alta, com seu estandarte, para que o veja logo quem algo tiver perdido: assim, quase nada se perde. E quando o grão senhor vai por esse caminho em direção ao mar oceano, como vos contei, pode ter belas visões de caça com animais e pássaros; e não há no mundo prazer igual. E o grão senhor vai sempre sobre quatro elefantes, onde tem um belíssimo aposento de madeira, coberto por dentro de panos de ouro batido e por fora por peles de leão. Ali dentro o grão senhor sempre tem doze dos seus melhores gerifaltes; e ali também ficam vários barões para seu entretenimento e companhia. E quando o grão senhor viaja nesse compartimento, e os cavaleiros que cavalgam ao lado lhe dizem: "Senhor, grous passando", ele manda descobrir o aposento, pega alguns gerifaltes e deixa-os ir até os grous. E poucos escapam de ser caçados; e o grão senhor fica sempre em seu leito, o que para ele é motivo de grande prazer e deleite; e todos os outros cavaleiros cavalgam ao redor do senhor. Sabei que não existe senhor no mundo que possa ter tanto prazer neste mundo, nem que tenha o poder de tê-lo; tampouco houve nem jamais haverá outro, ao que me parece. E depois de andar tanto que chegue a um lugar chamado Tarcamodu[146], manda ali erguer seus pavilhões e tendas – e as dos filhos, dos barões e de suas concubinas, que são mais de dez mil – todos belos e ricos; contar-vos-ei como é o pavilhão dele. Sua tenda, onde mantém a corte, é tão grande que ali podem estar mil cavaleiros, e sua porta dá para o meio-dia[147], e nessa sala ficam os barões e outras pessoas. Há uma outra tenda, junto a esta, voltada para o poente, e nela fica o senhor. E quando ele quer falar com alguém, manda-o entrar; e atrás da grande sala há um aposento onde dorme o senhor. Há outras tendas, mas não juntas a estas. E sabei que as duas salas de que falei e o quarto são como vou descrever. Cada sala tem quatro colunas de madeiras de belíssimas espécies: por fora, são cobertas por peles de leão, de tal modo que nem água nem nada pode atravessá-las; por dentro, são de peles de arminho e zibelina, e são estas as peles mais ricas e preciosas que possam existir. Verdade é que uma pele de zibelina da melhor qualidade, em quantidade que bastasse para cobrir um homem, valeria bem dois mil besantes de ouro; se fosse comum, valeria mil. E os tártaros chamam-na de rainha das peles; são do tamanho de uma fuinha, e com retalhos dessas duas peles é decorada a sala grande do senhor, recortadas finamente, uma maravilha!

E o aposento onde o senhor dorme, ao lado da sala, é de tal e qual feitio. Essas três tendas custam tanto que um pequeno rei não poderia pagá-las. E ao lado delas há outras tendas muito bem arranjadas. E as concubinas do senhor também têm tendas e pavilhões igualmente ricos. E os pássaros e os falcões têm muitas tendas, sendo as mais belas as dos gerifaltes; e até as bestas têm tendas em grande quantidade. Sabei que nesse acampamento há tanta gente que é difícil acreditar, e parece a maior cidade do mundo, pois de longe vem muita gente, e ele mantém toda a sua família tão organizada com falcoeiros e outros oficiais que é como se estivesse na capital. E sabei que ele fica nesse lugar até a ressurreição da Páscoa, e em todo esse tempo só faz caçar pássaros nos arredores: caça grous, cisnes e outras aves. E todos aqueles que estão perto dele trazem-lhe de longe pássaros e animais em abundância. E durante esse tempo tem prazer tão grande que ninguém pode acreditar; porque para ele esse é um afazer que o deleita mais do que vos pude contar. E digo-vos que nenhum mercador, artesão ou camponês pode ter falcões ou cães de caça a trinta jornadas de onde está o senhor. Fora isso, qualquer um pode fazê-lo segundo sua vontade. Sabei também que, em todos os lugares onde o grão cã domina, nenhum rei, barão nem ninguém mais pode caçar lebres, gamos, cabritos, cervos nem animal algum que se multiplique de março a outubro. E quem ao contrário obrasse seria por certo punido. E digo-vos que ele é tão obedecido que as lebres, os gamos, os cabritos e os outros animais de que vos falei aproximam-se dos homens, que não os tocam e não lhes fazem mal. E desse modo o grão cã fica nesse lugar até a ressurreição da Páscoa; depois sai desse lugar por esse mesmo caminho e vai para a cidade de Camblau*, sempre caçando animais e pássaros com grande prazer e alegria.

LXXX
De como o grão cã reúne sua corte e dá festas

E quando chega à sua capital Camblau*, fica no seu palácio só três dias, e não mais. Reúne grande corte em grandes mesas e grandes festas, e vive em grande alegria com suas mulheres, sendo de admirar as grandes solenidades que o grão senhor faz nesses três dias. E digo-vos que nessa cidade há tal abundância de tropas e gente, dentro e fora dos muros, que há tantos burgos quantas são suas portas, que são doze e muito grandes; e não há quem pudesse contar o número de pessoas, pois que há muito mais gente nos burgos que na cidade. E nesses burgos alojam-se os mercadores com toda a outra gente que por necessidade vá àquelas terras. Ali também há belos palácios, como na cidade. E sabei que na cidade não se enterra ninguém que morra, mas sim fora, nos burgos; e quem adorar ídolos será levado para fora dos burgos, para ser queimado. E ainda vos digo que dentro da cidade não ousa ficar mulher alguma de má vida, que faça mau uso de seu corpo por dinheiro; ficam todas nos burgos. E digo-vos que de mulheres que pecam por dinheiro há bem umas vinte mil; e de fato muito trabalham, pois é grande a abundância de mercadores e forasteiros que ali chegam todos os dias. Assim, podeis ver que em Camblau* é grande a abundância de gente, pelas tantas mulheres de má vida que lá há, como vos disse. E sabei que a Camblau* chegam as coisas mais preciosas e de maior valor que há nas terras do mundo; ali estão todas as ricas coisas que vêm da Índia, como pedras preciosas, pérolas e outras coisas, bem como todas as belas e ricas coisas trazidas de Catai e de todas as outras províncias. E isso para o senhor que ali mora, e para as senhoras, os barões e para a muita gente que ali mora, para a corte que o senhor ali mantém; e muitas mercadorias são ali vendidas e compradas. E sabei que todos os dias chegam a essa terra mais de mil carregamentos de seda, pois nela se produzem muitos tecidos lavrados em ouro e seda. E a ela também, de uma distância de bem duzentas milhas em torno, vem gente comprar tudo aquilo de que se precise; assim, não é de admirar que ali chegue tanta mercadoria. Agora vos falarei da moeda que se faz nessa cidade de Camblau* e mostrar-vos-ei que o grão cã pode gastar e fazer mais do que vos contei; neste livro direi como.

LXXXI
Da moeda do grão cã

Em verdade, a casa da moeda do grão senhor fica em Camblau*, sendo organizada de tal modo que se pode dizer que ele conhece perfeitamente alquimia, e mostrarei por quê. Sabei que ele manda fazer uma moeda do modo como vou dizer. Manda buscar a casca de uma árvore chamada amoreira, que é a árvore cujas folhas são comidas pelos bichos que fazem a seda. E pegam a casca mais fina, que fica entre a casca grossa e a árvore, ou, se quiserem, a madeira de dentro, e com aquela casca manda fazer papel, como de algodão, de cor negra. Quando esse papel fica pronto, com ele se fazem outros pequenos, que valem metade de um pequeno *tornesello*[148], outro vale um *tornesello*, outro vale um *grosso*[149] de prata de Veneza, outro vale meio *grosso*, outro dois *grossi*, e outro cinco, dez e um besante de ouro, e outro dois e três, e assim por diante, até dez besantes. E todos esses papéis recebem o selo do grão senhor; e ele mandou fazer tantos que todo o seu tesouro seria pago com eles. E quando tais papéis ficam prontos, com eles manda fazer todos os pagamentos, e manda gastá-los por todas as províncias, reinos e terras por ele governadas; e ninguém ousa recusá-los, sob pena de morte. E digo-vos que todas as pessoas e reinos que se acham sob seu domínio são pagos com essa moeda por qualquer mercadoria de pérola, ouro, prata e pedras preciosas e por qualquer outra coisa em geral. E digo-vos que o papel que vale dez besantes não pesa como sequer um deles; e digo-vos também que os mercadores no mais das vezes trocam essa moeda por pérolas, ouro e outras coisas preciosas. E o grão senhor recebe dos mercadores tanta mercadoria em ouro e prata que vale quatrocentos mil besantes; e o grão cã manda pagar tudo com esses papéis, e os mercadores aceitam-nos de bom grado, porque os gastam por todas aquelas terras. E muitas vezes o grão cã manda anunciar que todo aquele que tenha ouro, prata, pedras preciosas ou quaisquer outras coisas de valor deve apresentá-las à casa da moeda do grão senhor, que este mandará pagar com esses papéis; e chega-lhe tanta mercadoria dessa que é um verdadeiro milagre. E quando a alguém acontece rasgar-se ou estragar-se um desses papéis, vai essa pessoa à casa da moeda do grão senhor e incontinenti troca-o, sendo-lhe dado outro bom e novo, mas será preciso deixar três por cento[150]. E sabei também que quem quiser fazer vasilhas ou cintos de prata vai à casa da moeda do grão senhor, e em troca desse papel dão-lhe a prata que quiser, contando-se o papel conforme se vai gastando. E essa é a razão pela qual o grão senhor deve ter mais ouro e prata que qualquer outro senhor do mundo. E digo-vos que, juntos, todos os senhores do mundo não têm tanta riqueza quanta tem o grão cã sozinho. E agora que vos falei sobre a moeda de papel, passo a contar-vos sobre o governo da cidade de Camblau*.

LXXXII
Dos doze barões encarregados de governar todas as coisas do grão cã

Sabei que o grão senhor tem doze grandíssimos barões a seu lado; eles cuidam de todas as coisas necessárias a trinta e quatro províncias. Falar-vos-ei sobre seus modos de obrar e governar. Antes vos digo que esses doze barões ficam num palácio dentro de Camblau* que é muito belo e grande, com muitos salões, compartimentos e aposentos. E para cada província há um procurador[151] e muitos notários naquele palácio, e cada um tem seu próprio palácio; e esses procuradores e escrivães fazem todas as coisas necessárias às províncias que eles representam; e assim obram por ordem dos doze barões. E têm o poder que vos direi: eles elegem todos os senhores das províncias de que vos falei acima: e depois de terem chamado aqueles que lhes agradam, os melhores, dizem-no ao grão cã, e este confirma e faz aquelas tais tábulas de ouro, conforme convém ao grau de senhoria deles. Os doze barões também mandam as hostes para onde se convém em modo, quantidade e tudo, sempre conforme a vontade do senhor. E assim como vos falo dessas coisas, falo igualmente de todas as outras que são necessárias àquelas províncias. E essa é a "corte maior" que há na corte do grão cã, pois eles têm o poder de beneficiar a quem quiserem. Das províncias não vos darei os nomes pois que vos falarei delas por ordem, neste livro; contar-vos-ei como o grão senhor manda mensageiros e como os cavalos deles são aprestados.

LXXXIII
De como partem de Camblau* muitos mensageiros para irem a muitos lugares

Ora, sabei em verdade que dessa cidade saem muitos mensageiros que vão para muitas províncias: um deles vai a uma delas e o outro vai à outra, e assim fazem todos, pois a todos é dito aonde têm de ir. E sabei que, quando esses mensageiros partem de Camblau*, em todos os caminhos por onde passam, ao cabo de vinte e cinco milhas, encontram uma posta, cada uma com um grandíssimo e belo palácio onde se albergam os mensageiros do grão senhor: ali há um leito coberto com lençol de seda e tudo o que a um mensageiro convém. E se um rei ali chegasse estaria bem albergado. E sabei que os mensageiros do grão senhor encontram essas postas, e nelas há bem quatrocentos cavalos que, por ordem do grão senhor, ficam sempre ali, aprestados para os mensageiros, quando eles vão para algum lugar. E sabei que a cada vinte e cinco milhas estão aprestadas essas coisas de que vos falei. E isso nas estradas maiores que vão para as províncias de que vos falei acima. E em cada uma dessas postas estão aprestados entre trezentos e quatrocentos cavalos para os mensageiros, à disposição deles. Também há palácios belíssimos, como vos disse acima, onde se albergam os mensageiros com a riqueza que vos relatei; e dessa maneira anda-se por todas as províncias do grão senhor. E para quando os mensageiros passarem por algum lugar desabitado, o grão cã mandou fazer essas postas a maior distância, entre trinta e cinco e quarenta milhas. E desse modo vão os mensageiros do grão senhor por todas as províncias, tendo alojamento e cavalos aprestados, como ouvistes, a cada jornada. E essa é a maior grandeza que nunca teve nenhum imperador e que ter não poderia nenhum outro homem da terra, pois deveis saber que nessas postas ficam mais de duzentos mil cavalos, só para esses mensageiros. Também os palácios são mais de dez mil, providos dos ricos petrechos de que vos falei; e essas são coisas de tão grande valor e tão maravilhosas que não se poderia escrever nem contar.

Falarei também de outra coisa mui bela. Verdade é que entre uma posta e outra, a cada três milhas, há uma vila com umas quarenta casas de homens a pé, que também servem de mensageiros ao grão senhor. E digo-vos que em torno de si usam um cinto cheio de chocalhos que podem ser ouvidos de longe. E esses mensageiros correm muito, e só andam três milhas. E o outro que fica ao cabo das três milhas, quando ouve esses chocalhos, que são ouvidos de mui longe, já fica pronto e corre ao encontro dele, pega aquilo que ele estiver levando, um pequeno papel que lhe dá aquele mensageiro, e põe-se a correr, indo até três milhas, e faz o mesmo que fizera o outro. Então vos digo que por seus homens a pé o grão senhor recebe em um dia e uma noite novas de bem dez jornadas de distância, e em dois dias e duas noites de bem vinte jornadas; assim, em dez dias e dez noites terá novas de cem jornadas; digo-vos também que esses tais homens prestam contas ao senhor de fatos de dez jornadas em um só dia.

E desses homens o grão senhor não cobra tributo algum, mas manda-lhes dar cavalos e coisas que estão nos palácios dessas postas de que vos falei. E isso nada custa ao grão senhor, pois as cidades que ficam ao redor dessas postas dão os cavalos e fazem os petrechos, de tal modo que as postas são providas pelos vizinhos, e o grão senhor nada põe, salvo as primeiras postas. E digo-vos que, em sendo preciso que um mensageiro a cavalo saia prontamente, para relatar ao grão senhor novas de alguma terra rebelada ou de algum barão ou de alguma coisa de necessidade para o grão senhor, aquele cavalga bem duzentas milhas em um dia, ou mesmo duzentas e cinqüenta, e dir-vos-ei como isso acontece. Quando os mensageiros querem fazer tantas milhas em tão pouco tempo, levam a tábula com o gerifalte, significando que querem andar depressa; se são dois, saem do lugar onde estão em dois cavalos bons, frescos e corredores. Enrolam a barriga e a cabeça e correm a toda brida até chegarem à outra posta a vinte e cinco milhas: ali pegam dois cavalos bons e frescos, montam neles e não param até a outra posta; e assim passam o dia inteiro. Destarte, num dia, fazem bem duzentas e cinqüenta milhas para levar novas ao grão senhor e, em precisando, até trezentas. Mas deixemo-nos por ora desses mensageiros, pois vos falarei da grande bondade que o grão senhor faz à sua gente duas vezes por ano.

LXXXIV
De como o grão cã ajuda sua gente quando há praga de grãos

Ora, sabei que é verdade que o grão senhor manda mensageiros a todas as suas províncias para saber se seus homens tiveram perdas em seus grãos, pelo mau tempo ou por grilos[152] ou por qualquer outra praga. E se descobre que alguma de suas gentes teve essa perda, não lhes cobra o tributo que devem, mas manda-lhes dar de seus grãos, para que tenham o que semear e comer; e esse é grande feito de um senhor. Isso no verão; no inverno manda indagar se está morrendo o gado de alguém, e faz coisa semelhante; e assim o grão senhor socorre a sua gente. Mas deixemo-nos disto e falemos de outra coisa.

Sabei em verdade que à beira de todas as vias mestras do reino o grão senhor mandou plantar árvores, distantes duas passadas uma da outra; isto para que os mercadores, os mensageiros ou outras pessoas se percam quando andarem por caminhos e lugares desertos; e essas árvores são tamanhas que podem ser vistas de longe. Agora que vos falei das ruas, falarei de outras coisas.

LXXXV
Do vinho

Sabei também que a maior parte da gente de Catai bebe um vinho de que vos falarei. Fazem uma poção com arroz e muitas outras boas especiarias, e preparam-na de tal maneira que é melhor bebida que qualquer outro vinho; é clara e bela, e embebeda mais depressa que os outros vinhos, por ser mui quente. Mas deixemo-nos disto por ora, pois vos falarei das pedras que queimam como cortiça.

LXXXVI
Das pedras que ardem

Verdade é que em toda a província de Catai há uma espécie de pedra negra[153] que se tira das montanhas como veios, queima como cortiça e segura mais fogo do que a lenha. E pondo-a à noite no fogo, se pegar bem, manterá o fogo a noite inteira; e por todas as terras de Catai não queimam outra coisa. Têm lenha, sim, mas essas pedras custam menos e poupam madeira. Agora vos direi como o grão senhor obra para que não haja carestia de grãos.

LXXXVII
De como o grão cã manda guardar grãos para socorrer sua gente

Sabei que, em havendo grande abundância de grãos, o grão cã manda fazer muitos celeiros de todos eles, como trigo, alpiste, painço, cevada e arroz; e são eles arrumados de tal modo que não se estragam. Depois, quando há grande carestia, tiram-se os grãos para fora. Às vezes ficam lá dentro três ou quatro anos, e são dados por um terço ou um quarto do preço em que são vendidos comumente; e desse modo não pode haver grande carestia. E ele manda fazer isso em todas as terras que governa. Por ora deixemo-nos desta matéria e falemos da caridade que o grão cã faz.

LXXXVIII
Da caridade do senhor

Agora vos contarei como o grão cã faz caridade aos pobres de Camblau*. A todas as famílias pobres da cidade, com seis a oito pessoas, que não tenham o que comer, ele manda dar trigo e outros grãos, e isso é feito a grande quantidade de famílias. Demais, não é negado o pão do senhor a ninguém que queira ir pedi-lo. E sabei que todos os dias ali vão mais de trinta mil; e assim é o ano todo. É essa uma grande bondade do senhor; e ele é adorado como deus pelo povo. Mas agora saiamos da cidade de Camblau* e entremos em Catai, para contar as grandes coisas que ali há.

LXXXIX
Da província de Catai

Ora, sabei que o grão cã enviou o senhor Marco como embaixador ao poente[154]: por isso, contar-vos-ei tudo o que ele viu naquele caminho, em indo e volvendo. Partindo-se de Camblau*, encontra-se a cerca de dez milhas um rio que se chama Pulinzanquiz*. Esse rio vai até o mar oceano, e destarte por ele passam muitos mercadores com muitas mercadorias; e sobre esse rio há uma bela ponte de pedra. E digo-vos que no mundo não há outra igual, pois de comprimento tem trezentas passadas, e de largura oito, podendo por ela passar bem dez cavaleiros lado a lado; e ela tem trinta e quatro arcos e trinta e quatro pilastras na água, e é toda de mármore e tem colunas feitas do modo como vos direi. Fincada na cabeceira da ponte há uma coluna, e debaixo da coluna há um leão de mármore, e por cima um outro, os dois belos, grandes e bem feitos; a uma passada dessa coluna, há uma outra, de tal e qual feitio, com dois leões; e de uma coluna à outra fecha-se com placas de mármore, para que ninguém caia na água. E assim é ao longo de toda a ponte, de tal modo que essa é a coisa mais linda de se ver no mundo. Agora que falamos da ponte, falarei de coisas novas.

XC
Da grande cidade de Jogüi*

Saindo-se dessa ponte, andam-se trinta milhas para o poente, sempre encontrando belas casas, belas estalagens, árvores e vinhas, e depois se encontra uma cidade chamada Jogüi*, grande e bela. Ali há muitos templos. Vivem de mercancia e arte[155], e lá se lavram panos de seda e ouro, e também seda crua; há belas estalagens. Uma milha depois dessa cidade, encontram-se dois caminhos: um para o poente e outro para o siroco[156]. O caminho do poente é de Catai, o do siroco, vai ter no grande mar, na grande província de Manji. E sabei que em verdade cavalga-se para o poente, pela província de Catai, por bem dez jornadas, sempre encontrando belas cidades e belos castelos de mercadorias e artes, bem como belas vinhas, muitas árvores e gente amiga. Por nada mais haver para lembrar, sairemos daqui e iremos para um reino chamado Taianfu*.

XCI
Do reino de Taianfu*

Partindo da cidade de Jogüi, cavalgam-se dez jornadas e encontra-se um reino chamado Taianfu*. Nos confins dessa província aonde chegamos, há uma cidade chamada Tinafu, onde se faz muita mercancia e arte; ali também são feitos muitos petrechos para as hostes do grão senhor. Há muito vinho, e em toda a província de Catai não há vinho, senão nessa cidade, que provê todas as províncias ao redor. Ali se faz muita seda, pois há muitas amoreiras e muitos vermes que a fazem. E partindo-se de Tinafu, cavalga-se para o poente bem sete jornadas por belíssimos lugares, onde se encontram muitas vilas e castelos com muita mercancia e arte. Ao cabo das sete jornadas, encontra-se uma cidade chamada Pianfu*, onde há muitos mercadores e se faz muita seda e várias outras artes. Agora deixemo-nos daqui e falemos de um castelo chamado Caitui.

XCII
Do castelo de Caitui

Partindo de Pianfu* e indo para o poente duas jornadas, encontra-se um belo castelo chamado Caitui, feito por um rei que foi chamado de Rei de Ouro[157]. Nesse castelo há um belíssimo palácio, onde há uma bela sala, muito bem pintada com todos os reis que antigamente foram reis daquele reino; e isso é coisa mui bela de se ver. E sobre esse Rei de Ouro contar-vos-ei uma bela história, de um fato que houve entre ele e Preste João.

E ele ficava em lugar tão fortificado que Preste João não conseguia vencê-lo; e guerreavam, conforme diziam os daquelas terras. Preste João muito se agastava com isso, e sete de seus nobres disseram-lhe que trariam diante dele o Rei de Ouro bem vivo se ele assim quisesse; e Preste João disse que queria isso deveras. Ao ouvirem isso, esses nobres partiram e foram à corte do Rei de Ouro e disseram ao rei que eram de terras estranhas e que tinham ido lá para servi-lo. E ele respondeu que eram bem-vindos, que lhes faria favores e serviços; assim, os sete nobres de Preste João começaram a servir o Rei de Ouro. E depois de estarem ali uns dois anos, eram muito amados pelo rei pelos bons serviços que lhe haviam prestado: o rei tratava-os como se seus filhos fossem. Agora ouvireis o que esses malvados fizeram, pois ninguém pode guardar-se de traidores. Ora, acontece que esse rei estava a entreter-se com poucas pessoas, entre as quais esses sete, e depois de passarem um rio[158], distante do palácio de que acima se falou, vendo esses sete que o rei não tinha companhia que pudesse defendê-lo, puxaram as espadas e disseram que iam matá-lo se não fosse com eles. Quando o rei viu isso, muito se admirou e disse: "O que é isso, meus filhos? Por que me fazeis isso? Aonde queres que eu vá?" Eles disseram: "Queremos levar-vos a Preste João, que é nosso amo."

XCIII
De como Preste João prendeu o Rei de Ouro

E quando o rei ouviu o que lhe diziam, por pouco não morreu de pesar e exclamou: "Filhos, porventura não vos dei honras bastantes? Por que quereis pôr-me nas mãos de meu inimigo?" Eles responderam que convinha que assim fosse. Então levaram-no a Preste João. Quando Preste João o viu, ficou muito contente, e disse que ele era malvindo, ao que ele não soube o que dizer. Mandou-o então cuidar das bestas; e assim foi. E fez isso por despeito, não deixando nunca de vigiá-lo. Depois de dois anos a cuidar das bestas, mandou chamá-lo e dar-lhe ricas vestimentas, prestando-lhe honras; depois lhe disse: "Senhor rei, agora podes ver que não és homem de guerrear comigo." O rei respondeu: "Sempre soube que não era bastante poderoso para tanto." Então Preste João disse: "Não quero mais causar-te aborrecimentos, mas sim agrado e honras." Mandou então que lhe dessem belos petrechos, cavalos e soldados, e deixou-o ir. E este volveu para seu reino, e de então em diante foi seu amigo e servidor. Agora vos falarei de outras coisas.

XCIV
*Do grande rio de Caramera**

Partindo desse castelo e andando-se vinte milhas para o poente, encontra-se um rio chamado Caramera*, tão grande que não se pode passá-lo por ponte e vai até o mar oceano. E ao longo desse rio há muitas cidades e castelos, onde há muitos mercadores e artífices. Às margens desse rio, por todas aquelas terras, nasce muito gengibre, e há tantos pássaros que é uma maravilha, e por uma moeda que se chama *vaspre*[159], que vale um veneziano[160], compram-se três faisões. Passado esse rio, depois de andar duas jornadas, encontra-se uma nobre cidade chamada Cachafu*. Os de lá adoram ídolos, assim como todos os da província de Catai. E é uma terra de grande mercancia e arte, havendo ali muita seda; ali são feitos muitos panos de seda e ouro. Aqui não há o que lembrar: por isso sairemos daqui, e falar-vos-ei de uma nobre cidade que fica nos confins do reino de Qüengianfu*.

XCV
Da cidade de Qüengianfu*

Saindo-se da cidade de que se falou acima, cavalgam-se oito jornadas para o poente, sempre encontrando castelos e cidades em abundância, com mercancia e arte, belos jardins e campos. Digo-vos ainda que todas aquelas terras estão cheias de amoreiras; os de lá adoram ídolos, e ali há animais e aves em quantidade para caçar. Depois de cavalgar essas oito jornadas, encontra-se a nobre cidade de Qüengianfu*, que é grande e nobre sede do reino. Foi outrora um reino bom e poderoso; agora seu senhor é o filho do grão cã, chamado Mangala[161], que tem coroa. É terra de grande mercancia, que tem seda em grande quantidade, e lá se lavram panos de ouro e seda de muitas maneiras, bem como todos os petrechos de guerra. Eles têm todas as coisas de que se precisa para viver, em grande abundância e a bom preço. A cidade é no poente, e lá todos adoram ídolos. Fora da cidade está o palácio de Mangala, e falar-vos-ei de sua beleza. Fica numa planície bela e grande, onde há um rio largo, pauis e fontes em abundância. Em torno dele há um muro que tem bem cinco milhas, é todo ameado e bem feito; e no centro desse muro fica o palácio tão belo e grande que não se poderia achar outro igual no mundo: ele tem muitas belas salas e belos aposentos pintados com ouro batido. Esse Mangala governa bem o seu reino com justiça e razão, e é muito amado: ali muito se preza a caça. Agora deixemo-nos destas terras, pois vos falarei de uma província que fica entre montanhas e se chama Cuncum*.

XCVI
Da província de Cuncum*

Ao se deixar o palácio de Mangala, andam-se três jornadas para o poente por bela planície, sempre a encontrar muitas cidades e castelos. Vivem lá de mercancia e arte, e têm muita seda. Ao cabo dessas três jornadas, encontram-se montanhas e vales que ficam na província de Cuncum*. E por montanhas e vales há cidades e castelos em abundância. Adoram ídolos e vivem da terra lavrada e dos bosques, que os há muitos, com muitos bichos selvagens, como leões, ursos, cabritos-monteses, lobos-cervais, gamos e cervos, bem como muitos outros bichos, de tal modo que é grandíssima a sua serventia. E por essas terras cavalgam-se vinte jornadas por montanhas, vales e bosques, sempre encontrando cidades, castelos e boas estalagens. Por ora saiamos daqui, pois vos falarei de outra província.

XCVII
De uma província de Ambalet*

Depois de partir e cavalgar essas vinte jornadas das montanhas de Cuncum*, chega-se à província chamada Ambalet Manji*. Ali há muitas cidades e castelos; ficam para os lados do poente, adoram ídolos e vivem de mercancia e arte; e nessa província há tanto gengibre que ele se espalha por todo o Catai e dá grandes ganhos. Eles têm arroz, trigo e outros grãos, tudo a bom preço; é rica em tudo. A capital é chamada Ambalet Mangi*, que significa "cidade nos confins

Mangi". Essas terras duram duas jornadas. Ao campo dessas duas jornadas encontram-se grandes vales, montes e bosques em abundância, e andam-se bem vinte jornadas para o poente encontrando cidades e castelos em quantidade. Os de lá adoram ídolos, vivem dos frutos da terra, da caça de aves e animais; ali há leões, ursos, lobos-cervais, gamos e cabritos-monteses. Há grande quantidade daqueles bichinhos que fazem almíscar. Agora saiamos daqui, pois vos falarei de outras terras em boa ordem, como vereis.

XCVIII
Da província de Sindafa*

E depois de ir vinte jornadas para o poente, como vos disse, encontra-se uma província também chamada dos limites de Mangi, Sindafa*. A capital chama-se Sardafu*, e antigamente foi cidade grande e nobre; nela houve um grande rei, mui rico: ela tem um giro de umas vinte milhas. Então aconteceu que ela foi assim arranjada: o rei morreu e deixou três filhos, que repartiram a cidade em três, e cada um encerrou o seu terço com muros, dentro desse circuito. E todos foram reis, com grande poder em terras e haveres, pois o pai deles fora muito poderoso. E o grão cã deserdou os três reis, e pegou a terra para si. Sabei que pelo meio dessa cidade passa um grande rio de água doce, com cerca de meia milha de largura, onde há muitos peixes. Ele vai para o mar oceano, tem de oitenta a cem milhas, e é chamado Qüiiafu*. Em suas margens há cidades e castelos em abundância, e tem tantas naves que é preciso ver para crer; e é tão grande a multidão de mercadores a subi-lo e a descê-lo que causa admiração. E o rio é tão largo que, vendo, mais parece mar que rio. E dentro da cidade, sobre esse rio, há uma ponte toda de pedra, com bem meia milha de comprimento e oito passadas de largura. E sobre a ponte há colunas de mármore que sustentam a sua cobertura. E sabei que essa ponte tem uma linda cobertura toda pintada com belas histórias; e sobre ela há lojas onde se faz muita mercancia e arte: mas digo-vos que essas casas são de madeira, que à noite são desfeitas e pela manhã refeitas. Ali é o recebedor do grão senhor quem recolhe os direitos[162] pelas mercadorias vendidas na ponte; e digo-vos que os direitos recolhidos naquela ponte valem por ano cerca de mil besantes de ouro. Todos são dados a ídolos. E partindo-se dessa cidade, andam-se cinco jornadas por planícies e vales, encontrando-se cidades e castelos em abundância. Os homens vivem dos frutos da terra e há muitos bichos selvagens: leões, ursos e outros; ali são feitos belos panos de seda crua e ouro. São de Sardafu*. Depois de andar essas cinco jornadas de que vos falei, encontra-se uma província mui danificada, que se chama Tibet e da qual falaremos em seguida.

XCIX
Da província do Tibete

Ao cabo das cinco jornadas de que vos falei, encontra-se uma província que Mangu Khan assolou com a guerra, e que tem muitas cidades e castelos destruídos. Ali há cana da grossura de quatro palmos e pelo menos quinze passadas de altura, com bem três palmos de um nó ao outro. E digo-vos que os mercadores e os viandantes pegam essa cana à noite e põem-na no fogo para arder, pois ela faz tal estrondo que todos os leões, os ursos e outros bichos ferozes ficam com medo e fogem, e por nada deste mundo chegariam perto do fogo. E isso fazem por medo desses bichos, pois há muitos deles. A cana estala por ir verde para o fogo; por isso se torce e fende-se ao meio. E ao fender-se, faz tal ruído à noite que se ouve a cerca de cinco milhas ou mais; e é coisa tão terrível de ouvir que quem a isso não estivesse acostumado sentiria muito medo. E os cavalos que não estão acostumados assustam-se tanto que rompem cabrestos e tudo, e fogem; e isso acontece muitas vezes. E, para remediarem esse mal, pegam os cavalos que não estão acostumados e mandam encabrestar-lhes as quatro patas e vendar-lhes os olhos e tapar-lhes os ouvidos, para que não possam fugir quando ouvem os estouros. E assim passam a noite os homens e seus animais. E andando-se por essas terras umas vinte jornadas, não se encontra estalagem nem comida, e por isso convém levar alimento para si e para as bestas, todas essas jornadas, em que sempre se encontram feras cruéis e bichos selvagens mui perigosos. Depois se encontram castelos e casas em abundância, onde há um costume de casar as mulheres como vos contarei. Verdade é que homem algum, por nada no mundo, tomaria uma virgem por esposa, pois dizem que elas nada valem se não estiverem acostumadas com muitos homens. E quando os mercadores passam por aquelas terras, as velhas põem suas filhas nas ruas, nas estalagens e nas tendas, e assim ficam dez, vinte ou trinta juntas; e mandam-nas deitar-se com esses mercadores, e depois as casam. E depois que o mercador fez sua vontade, convém dar-lhe alguma jóia, para que ela possa mostrar que alguém com ela deitou-se. E aquela que tem mais jóias é sinal de que se deitou com muitos homens, e mais cedo se casa. E a cada uma, antes de casar, convém ter mais de vinte sinais no pescoço, para mostrar que muitos homens deitaram-se com ela; e a que mais os tiver por melhor será tida, e dizem que é mais graciosa que as outras. É gente malvada que adora ídolos, pois não tem por pecado fazer mal e roubar; e são os melhores pelejadores do mundo. Vivem dos frutos da terra e da caça de animais e aves. E digo-vos que naquelas terras há muitos daqueles bichos que fazem almíscar. E essa gente ruim tem muitos bons cães, que pegam muitos daqueles bichos. Não têm papéis nem moedas como as do grão cã, mas fazem-nas de sal. Vestem-se pobremente, pois suas roupas são de cânhamo, peles de animais e seda. Falam sua própria língua. E esse Tibete é mui grande província, e dele vos falarei brevemente, como podereis ouvir.

C
Ainda sobre a província do Tibete

O Tibete é uma grandíssima província que tem sua própria língua e onde o povo adora ídolos; confina com os *manji*[163] e com muitas outras províncias. São grandes bandidos. E é tão grande essa província que nela há bem oito reinos e grande quantidade de cidades e castelos. E em muitos lugares há rios, lagos e montanhas, onde se encontra grande quantidade de ouro em pó. E nessa província encontra-se o coral, que é muito caro, e eles o põem no pescoço de suas mulheres e de seus ídolos, e acham-no uma bela jóia. E nessa província há muito chamalote e tecidos de ouro e seda; e nela nascem muitas especiarias que nunca foram vistas nestas nossas terras; e eles têm os mais sábios encantadores e astrólogos de todas aquelas terras. Eles fazem coisas tais por obra do diabo que não queremos contar nesse livro, pois as pessoas muito se admirariam; e não são corteses. Têm grandes cães, mastins do tamanho de um asno, bons para agarrar bichos selvagens. Têm também outras espécies de cães de caça; e ali nascem também bons nebris, grandes voadores. Mas por ora deixemo-nos desta província do Tibete e falemos de outras terras, de que se escreve abaixo, e que estão submissas ao grão cã. E todas as províncias e regiões de que se escreve neste livro são do grão cã, salvo as do princípio do livro, que são conforme vos descrevi. E por isso, afora essas, todas aquelas das quais se escreveu neste livro são do grão cã; e ainda que aqui nada encontreis escrito, entendei dessa maneira. Agora, deixemo-nos daqui e falemos da província de Gaindu*.

CI
*Da província de Gaindu**

Gaindu* é uma província que fica para os lados do poente e só tem um rei. Adoram ídolos e são submissos ao grão cã; ali há cidades e castelos em abundância. E há um lago onde se encontram muitas pérolas, mas o grão cã não quer que sejam apanhadas, pois se fossem apanhadas todas as que ali se encontram, elas se tornariam tão vis que nenhum valor teriam; mas o grão senhor manda pegar só aquelas de que ele precise; e quem apanhasse outras perderia a vida. Há também uma montanha onde se encontram pedras em quantidade, chamadas "turquesas" e que são mui belas. E o grão senhor só permite que sejam tiradas as que ele ordena. E digo-vos que nessas terras há tal costume que ninguém se envergonha porque um forasteiro ou outra pessoa deitou-se com sua mulher, com sua filha ou com alguma outra mulher de casa. E têm isso por boa coisa, e dizem que por isso seus ídolos lhes darão muitos bens temporais; e assim dão suas mulheres aos forasteiros com tanta largueza quanto vos contarei. Pois sabei que, quando um homem dessas terras vê que um forasteiro vai visitá-lo, incontinenti sai de casa, e ordena à mulher e ao restante da família que lhe façam tudo o que ele quiser, como se fosse para ele mesmo; sai, e fica no campo ou outro lugar enquanto o forasteiro ali fica três dias. E o forasteiro dependura o chapéu ou outra coisa sua na janela para significar que ele ainda está lá dentro, para que o marido ou outro forasteiro não entre; e enquanto aquele sinal estiver em casa, ele não volve: e assim é em toda a província.

Eles têm moeda própria, como vos contarei. Pegam sal, levam-no para cozer e põem-no numa fôrma; e essa fôrma pesa mais ou menos meia libra; oitenta destes tais sais valem um sêxtulo(*) de ouro fino. E esta é a pequena moeda que gastam. Têm animais que fazem almíscar em quantidade. Têm muitos peixes, que tiram do lago de que vos falei, onde se encontram as pérolas; leões, lobos-cervais, ursos, gamos, camurças e cervos há muitos; e têm todas as aves em quantidade. Vinho de uva não têm, mas fazem vinho de trigo e de arroz com muitas especiarias, que é uma boa bebida. Nessa província nascem cravos em quantidade. É uma árvore pequena que cria folhas grandes quase como as do louro, algo mais longas e estreitas; as flores são brancas, pequenas como o cravo. Eles têm gengibre, canela e outras especiarias em grande quantidade que não crescem em nossas terras. Agora, deixemo-nos disto, pois vos falarei desta mesma província mais adiante. Quando se deixa Gaindu*, cavalgam-se bem dez jornadas por castelos e cidades; e as pessoas têm os mesmos costumes e modos destes de que acabei de falar. Passadas essas dez jornadas, encontra-se um rio chamado Brunis*, onde termina a província de Gaindu*; e nesse rio encontra-se muito ouro em pó, e há canela em abundância. E ele entra no mar. Agora, deixemo-nos desse rio, de que não há mais o

....

(*) Um sêxtulo = um sexto de uma onça. O termo usado no texto italiano é *saggio*, que tem exatamente esse sentido (no francês, *sajes*). Daqui por diante esse termo será muito freqüente. (N. do T.)

que contar, e falemos de outra província chamada Caraja*, como ouvireis.

CII
Da província de Caraja*

Passado esse rio, entra-se na província de Caraja*, que é tão grande que tem sete reinos; fica no poente, adoram ídolos, súditos do grão cã. E o rei dali é filho do grão cã[164], é rico e poderoso, e governa suas terras com justiça, sendo homem denodado. Depois de passar o rio de que falei acima e andar seis jornadas, encontram-se cidades e castelos em quantidade: ali nascem bons cavalos, e o povo vive do gado e da terra. E têm língua própria, muito difícil de entender. Ao cabo dessas cinco jornadas, encontra-se a principal cidade do reino, Iatchi*, grande e nobre, onde há mercadores e artífices. Há muitas leis: uns adoram Maomé, outros os ídolos, e outros são cristãos nestorianos. E há arroz e trigo em abundância, sendo essas terras mui enfermas[165]. Por isso comem arroz, e fazem vinho de arroz com especiarias: é claro e bom e embriaga depressa como o vinho. Como moeda usam conchas brancas, encontradas no mar[166], com que fazem escudelas[167]. E oitenta dessas conchas valem um sêxtulo de prata, que vale dois *grossi* venezianos, e oito sêxtulos de prata fina valem um sêxtulo de ouro fino. Têm muitas salinas, de onde se tira e se faz muito sal, com que se abastecem todas aquelas terras: deste sal o rei tem grandes ganhos. E não se importam se alguém tocar na mulher do outro, desde que seja por vontade da mulher. Ali há um lago[168] com bem cem milhas de giro, onde há muitos peixes grandes, os melhores do mundo, de todas as feições. Comem carne crua, e qualquer carne. Os pobres vão ao matadouro, e quando se abre o carneiro castrado ou o boi, de lá retiram as tripas e as põem num molho de alho e as comem, e assim fazem com todas as carnes. Os nobres as comem cruas, que mandam cortar miudamente: depois as põem no molho e as comem com boas especiarias, e comem-nas cozidas assim como nós. Ainda vos falarei dessa mesma província de Caraja*.

CIII
Ainda sobre a província de Caraja*

Ao se deixar a cidade de Iatchi* e caminhar dez jornadas rumo ao poente, chega-se à província de Caraja*. E a capital do reino chama-se Caraja*; o povo adora ídolos e é súdito do grão cã. E o rei é neto do grão cã[169]. E nessa província encontra-se ouro em pó, ou seja, no rio: e também se encontra nos lagos e nas montanhas ouro mais grosso que o ouro em pó, e tanto ouro há nessas terras que se troca um sêxtulo de ouro por seis de prata. Ali também se usam as conchas de que vos falei; e nessa província não se encontram essas conchas, que vêm da Índia. E nessa província nascem a grande cobra[170] e a grande serpente, que, de tão grandes, deveriam maravilhar a todos. São coisa horrível de se ver: digo-vos que de fato há algumas com dez passadas de comprimento, dez palmos de grossura; estas são as maiores. Têm duas patas na frente, perto da cabeça, e seus pés têm garras como as do leão; o focinho é muito grande, e a cara é maior que um pão grande; a boca é tal que poderia engolir um homem inteiro; tem dentes imensos e é desmedidamente grande e feroz, não havendo homem nem bicho que não lhe tenha respeito e medo; há também outras menores, com oito ou seis passadas. O modo de pegá-las é assim: durante o dia, ficam debaixo da terra por causa do calor, e à noite saem para comer, e pegam todos os bichos que conseguem; vão beber no rio, no lago e nas nascentes. São tão grandes e gordas que, quando vão comer ou beber à noite, fazem tal buraco na areia por onde passam que parece ter rolado por ali um tonel. E os caçadores que querem pegá-la vêem o caminho por onde passou a serpente, e levam um pau grande e forte; nesse pau está enfiada uma lâmina de aço, como navalha; e são eles cobertos com areia, e fazem-se muitos desses engenhos; quando a grande cobra[171] vem por esse caminho, bate na lâmina tão dura que se corta da cabeça ao peito, até o umbigo, morrendo incontinenti. E assim a pegam os caçadores; e logo depois que morreu, tiram-lhe o fel do corpo, e vendem-no muito caro, pois é o melhor remédio para mordida de cão raivoso, dando-se para beber um sexto de um pequeno denário. E quando uma mulher não pode parir, dando-lhe um pouco desse fel para beber, ela pare incontinenti. A terceira coisa é que, quando há furúnculos, pondo-se em cima um pouco desse fel, em pouco tempo se curam. E por isso esse fel é muito precioso naquelas terras. E a carne também se vende, pois é boa para comer. E digo-vos que essa serpente vai a covas de leões e ursos e apanha seus filhotes, se puder, e todos os outros bichos do lugar. Ali há cavalos enormes, e muitos vão para a Índia; cortam-lhes dois ou três nós da cauda, para que não as meneiem quando são cavalgados, pois isso lhes parece coisa feia. Cavalgam com estribos longos como os franceses, fazem armas damasquinadas com couro de búfalo, têm balestras e envenenam todas as suas lanças. E tinham estas usanças antes que o grão cã os conquistasse: se a uma pessoa sucedesse hospedar-se em sua casa alguém que fosse gracioso, belo e sábio, matavam-no com veneno ou de outro modo; e não o faziam por moeda, mas diziam que toda a prudência, a graça e a ventura daquele ficariam na casa. E desde que o grão cã os conquistou, e isso há trinta e cinco anos, não o fazem mais por medo dele. Deixemo-nos por ora desta província e passemos para outra.

CIV
Da província de Ardanda*

Quando se parte de Caraja*, andando-se cinco jornadas para o poente, chega-se a uma província que se chama Ardanda*. Ali todos adoram ídolos e são súditos do grão cã. A capital é Vatchan*. O povo usa fôrma de ouro em todos os dentes, nos de cima e nos de baixo, de tal modo que todos os dentes parecem de ouro: isso é feito pelos homens mas não pelas mulheres. Os homens são todos cavaleiros, e, segundo suas usanças, não fazem nada senão a guerra. As mulheres fazem todas as suas tarefas junto com os escravos que têm. E quando uma mulher tem filho, o marido fica de cama quarenta dias, e lava a criança e dela cuida; e fazem isso porque dizem que a mulher teve muito trabalho para carregar a criança, e por isso querem que ela descanse. E todos os amigos vão vê-lo em seu leito e fazem muitas festas; e a mulher se levanta da cama e faz as tarefas da casa, e serve o marido na cama. E todos comem carne crua e cozida e arroz cozido com carne. O vinho é de arroz com especiarias, e é muito bom. Têm moedas de ouro e conchas, e um sêxtulo de ouro vale cinco de prata porque não têm minas de prata em cinco meses de viagem; e com isso os mercadores têm grandes ganhos, quando passam por ali. Essa gente não tem ídolos nem igrejas, mas adoram o ancião da casa, e dizem: "Dele viemos." Não têm letras nem escrevem, e isso não é de admirar, pois estão em lugar mui distante, aonde não se pode ir no verão por nada no mundo, pois o ar é tão corrompido que nenhum forasteiro ali consegue viver. Quando fazem negócios, cortam um pedaço de pau, e um fica com uma metade e outro com a outra metade; quem tem de pagar, paga e pede a outra metade do pau. Em todas aquelas províncias não há médicos. E quando têm algum doente, mandam-no aos seus magos e encantadores de diabos; e quando estes vêm ter com o enfermo, e ele lhes conta o que sente, tocam seus instrumentos, cantam e dançam; depois de dançarem um pouco, um desses magos cai no chão com espuma na boca, desmaia[172] e o diabo se apodera de seu corpo. E assim fica muito tempo, parecendo morto, e os outros magos interrogam esse desmaiado sobre a enfermidade do doente e por que ele tem aquilo. Ele responde que o enfermo tem aquilo porque desagradou a alguém; e os magos dizem: "Pedimos-te que o perdoes e tomes um pouco do seu sangue, para que te restaures com o que te agradar." Se o doente tiver de morrer, o desmaiado diz: "Desagradou tanto a tal espírito que ele não quer perdoá-lo." Se o doente tiver de curar-se, diz o espírito que está no corpo do mago: "Tomai tantos carneiros de cabeça preta e tais bebidas que são mui preciosas e fazei um sacrifício a tal espírito." Ao ouvirem isso, os parentes do enfermo fazem tudo o que o espírito manda, matam os carneiros e derramam o sangue onde ele mandou, para sacrifício; depois, assam um carneiro ou mais na casa do doente, e ali ficam muitos daqueles magos e mulheres, tantas quantas o espírito tenha dito. Quando o carneiro está cozido e a bebida preparada e as pessoas reunidas para comer, começam a cantar, a dançar e a tocar, e jogam caldo de carne aqui e ali pela casa, e têm incenso e mirra, e fumegam e iluminam toda a casa. Depois de fazerem isso por um tempo, um deles desmaia e os outros perguntam ao espírito se já perdoou o doente. Ele responde: "Ainda não foi perdoado; fazei tal coisa e será perdoado." E, feito aquilo que pediu, diz ele: "Será curado incontinenti". E então lhe dizem: "O espírito está de bem conosco." E ficam muito alegres, comem aquele carneiro e bebem; e todos volvem para casa; e o doente se cura incontinenti. Mas deixemo-nos por ora destas terras e falemos de outra, como ouvireis.

CV
Da grande quebrada

Partindo-se da província de que vos falei, começa-se a descer por uma grande quebrada[173], que dura bem duas jornadas e meia de descida; e sobre essas duas jornadas e meia nada há para contar, senão que ali há uma grande praça onde se faz certa feira em certos dias do ano. E para ali vão muitos mercadores levando ouro, prata e tantas outras mercancias, sendo essa uma grande feira. E à terra daqueles que levam ouro e prata para esse lugar ninguém pode ir, senão eles mesmos, por serem essas terras tão difíceis e diferentes das outras; tampouco pode alguém saber onde ficam, porque ninguém lá pode ir. Passadas essas duas jornadas, chega-se a uma província do meio-dia, que confina com a Índia, chamada Mie*. Depois, anda-se por mais quinze jornadas de lugares desabitados e feios, onde há muitas selvas e bosques, com elefantes, unicórnios[174] e muitos outros bichos diversos; homens e habitações não há. Por isso, sairei destas terras e contar-vos-ei uma história, como podereis ouvir.

CVI
Da província de Mie*

Sabei que depois de cavalgar quinze jornadas por esse tão estranho lugar, chega-se a uma cidade que tem nome Mie*; é grande e nobre; seu povo adora ídolos e submete-se ao grão cã e tem linguagem própria. E nessa cidade há uma casa mui rica. Sucede que outrora houve nessa cidade um riquíssimo rei que, chegada a hora de morrer, ditou que em cada ponta de sua sepultura fosse feita uma torre, uma de ouro e outra de prata. E essas torres são feitas como vos direi: têm bem dez passadas de altura e têm a grossura que convém a essa altura; a torre é de pedra, coberta por fora com ouro da grossura de um dedo, e assim, vendo-a, acha-se que é toda de ouro. E em cima é redonda, e esse redondo está cheio de pequenos sinos dourados que soam sempre que o vento neles bate. A outra é de prata, feita tal e qual a de ouro. E esse rei mandou fazê-las para sua grandeza e sua alma; e digo-vos que é a coisa mais linda de se ver no mundo e também a de maior valor. E o grão cã conquistou essa província como vos contarei. Mandou os jograis[175] que tinha na corte conquistar a província de Mie*, e disse que lhes daria capitães e ajudantes. Os jograis aceitaram de bom grado. Chegaram com essa gente e dominaram a província. Quando chegaram a essa cidade, acharam as torres tão belas que mandaram contar ao grão cã sobre a sua beleza e riquezas e sobre o modo como eram feitas, e onde estavam, e perguntaram se ele queria que as desfizessem e lhe mandassem o ouro e a prata. E o grão cã, ouvindo dizer que aquele rei as mandara fazer por sua alma e por sua memória, mandou dizer que não fossem estragadas, mas que ali ficassem para aquele que as mandara fazer, ou seja, o rei que foi daquela terra. E com isso não houve admiração, pois nenhum tártaro toca em coisas de homem morto. Eles têm muitos elefantes e bois selvagens, grandes e belos, e de todos os bichos em grande abundância. Agora que vos falei desta província, passarei a falar-vos de outra que se chama Gangala*.

CVII
Da província de Gangala*

Gangala* é uma província ao meio-dia, que no ano da Graça de 1290, quando eu, Marco, estava na corte do grão cã, ainda não fora conquistada, mas ainda estavam lá suas hostes e sua gente para conquistá-la. Nessa província as pessoas têm rei, sua própria língua, e são malvados adoradores de ídolos; confina com a Índia; ali há muitos castrados. Os barões dessas terras têm bois do tamanho do elefante. Vivem de carne e de arroz, e é grande a mercancia, pois têm nardo, galanga, gengibre e açúcar e muitas outras especiarias preciosas. Os mercadores vão para lá e compram as especiarias de que vos falei, encontrando-as em abundância. E sabei que os mercadores compram muitas especiarias nessa província e depois as vão vender em muitos outros lugares. E nada mais há que eu queira contar daqui; por isso, partiremos, e falaremos de outra província a levante, cujo nome é Canjigu*.

CVIII
Da província de Canjigu*

Canjigu* é uma província do levante que tem rei: adoram ídolos e têm sua própria língua. Obedecem ao grão cã e todos os anos pagam-lhe tributo. E digo-vos que o rei que ali reinava era tão luxurioso que tinha bem trezentas mulheres; e se houvesse uma bela mulher em suas terras, incontinenti tomava-a por esposa. Ali há muito ouro e especiarias preciosas, mas fica muito longe do mar: por isso suas mercancias não valem muito. Têm muitos elefantes e muitos outros animais, e vivem de carne e de arroz, e o vinho é feito de arroz. Os homens e as mulheres pintam-se como pássaros, bichos, águias e também se disfarçam de outros modos; e pintam o rosto, as mãos, o corpo e tudo. E isso é feito por fidalguia, e quem tiver mais dessas pinturas mais fidalgo e nobre será considerado. Mas deixemo-nos disto por ora, pois vos falarei de outra província chamada Amu*, a levante.

CIX
*Da província de Amu**

Amu* é uma província a levante, submissa ao grão cã; adoram ídolos. Vivem de animais e da terra, e têm sua própria língua. As mulheres usam nos braços e nas pernas braceletes de ouro e prata de grande valor; os homens usam também, melhores e mais preciosos. Têm muitos bons cavalos, e quem vem da Índia faz grande mercancia com eles. Têm também grande abundância de bois, búfalos e vacas, porque têm muitos bons lugares para fazer bons pastos pela relva que têm; e há de todos os víveres. E sabei que de Amu* a Canjigu*, que fica atrás, há quinze jornadas; e dali até Gangala*, que é a terceira província, há vinte jornadas para a frente[176]. Agora, partiremos de Amu* e iremos para outra província chamada Toloma*, que daqui dista oito jornadas a levante.

CX
*Da província de Toloma**

Toloma* é uma província a levante, que tem sua própria língua e é submissa ao grão cã. Sua gente adora ídolos, é boa; não são bem brancos, mas morenos; e bons homens de armas. Têm muitas cidades e castelos, e grandíssima quantidade de montanhas e fortes. E quando morrem, seus corpos são queimados, e os ossos que não podem queimar são postos em caixinhas, que levam para as montanhas, onde as deixam penduradas em cavernas, de modo que nenhum homem nem animal possa tocá-las. Aqui se encontra ouro em quantidade; a moeda miúda é de conchas. E assim todas estas províncias, como Gangala*, Canjigu* e Amu*, despendem ouro e conchas. Ali há poucos mercadores, porém ricos. Vivem de carne, leite, arroz e de muitas boas especiarias. Agora, deixemo-nos desta província, pois vos falarei de outra, que se chama Kujiu* e fica a levante.

CXI
Da província de Kujiu*

Kujiu* é uma província que fica a levante: deixa-se Toloma* e viaja-se doze jornadas por um rio cheio de cidades e castelos. Nada há para ser lembrado. Ao cabo dessas doze jornadas encontra-se a mui nobre e grande cidade de Sinuglil*. Sua gente adora ídolos e submete-se ao grão cã, vive de mercancia e arte, e faz panos de cascas de árvores, bons de vestir no verão. São homens de armas; não têm moeda, salvo os papéis do grão cã[177]. E ali há tantos leões que, se alguém dormisse à noite fora de casa, seria comido incontinenti. E quem à noite viaja por esse rio, se o barco não fica bem distante da terra, na hora do repouso bem pode algum leão ir até o barco e pegar um de seus homens e comê-lo; mas os homens sabem muito bem guardar-se deles. Os leões são mui grandes e perigosos. E passo a contar-vos uma grande maravilha: que dois cães destas terras lançam-se contra um leão e matam-no de verdade, de tão valentes que são. E digo-vos como. Quando um homem está a cavalo com dois desses bons cães, assim que os cães vêem o leão logo correm até ele, um pela frente e outro por trás; mas são tão bem amestrados e ligeiros que o leão não os toca, pois o leão teme muito o homem. Depois o leão parte à procura de uma árvore onde possa assentar-se para mostrar o focinho aos cães; mas os cães mordem-lhe as coxas sem parar, e fazem-no volver-se de um lado para outro; e o homem, que está a cavalo, segue-o, ferindo-o muitas vezes com suas setas, até que o leão caia morto; pois que não pode defender-se de um homem a cavalo com dois bons cães. Nessas terras há seda em quantidade, e por esse rio e por seus ramos[178] faz-se muita mercancia de todos os lados. E viajando mais doze jornadas por esse rio, encontram-se cidades e castelos em abundância. Os povos adoram ídolos e submetem-se ao grão cã, e usam moeda de papel: vivem de mercancia e arte. Ao cabo dessas doze jornadas, está Sindifu*, de que se falou atrás neste livro. Ao cabo dessas doze jornadas, cavalgam-se bem setenta jornadas por terras e províncias de que se falou atrás neste livro; ao cabo dessas setenta jornadas, encontra-se Cunhi*, aonde já estivemos; partindo-se de Cunhi* anda-se por mais quatro jornadas encontrando castelos e cidades em quantidade. E aí vivem artesãos e mercadores, submissos ao grão cã, e têm moeda de papel. E ao cabo dessas quatro jornadas, encontra-se Cachanfu*, que fica na província de Catai; e passo a falar-vos de seus usos e costumes, como podereis ouvir.

CXII
Da cidade de Cacafu*

Cacafu* é uma cidade grande e nobre situada no meio-dia[179]. Sua gente adora ídolos e submete-se ao grão cã; mandam queimar os corpos quando morrem. São mercadores e artífices, pois fazem muita seda e cendal: fazem panos de seda urdidos com muito ouro. E sob seu domínio há muitas cidades e castelos. Mas agora saiamos daqui e vamos três jornadas para o meio-dia, pois falaremos de outra cidade que se chama Chaglu*.

CXIII
Da cidade de Chaglu*

É uma cidade muito grande da província de Catai, submissa ao grão cã; adoram ídolos, têm moeda de papel e mandam queimar os corpos mortos. Nessa cidade faz-se sal em grandíssima quantidade, e direi como: aqui há uma terra muito salgada, com que fazem grandes montes, e sobre esses montes jogam muita água, até que a água chegue embaixo. Depois põem essa água para ferver em grandes caldeiras de ferro; e é muita água; ela se transforma em sal branco, miúdo. Esse sal é carregado para muitas províncias. Aqui nada mais há para lembrar. Agora vos falarei de outra cidade chamada Chagli*, para os lados do meio-dia.

CXIV
Da cidade de Chagli*

Chagli* é uma cidade da província de Catai; adoram ídolos e submetem-se ao grão cã; têm moeda de papel. Dista cinco jornadas de Chaglu*, encontrando-se sempre castelos e cidades. E essas terras são do grão cã. E pelo meio da terra corre um grande rio, por onde sempre passa muita mercancia de seda, de especiaria e outras coisas. Partiremos agora e falaremos de outra cidade chamada Codifu*, que daqui dista seis jornadas para o meio-dia.

CXV
Da cidade chamada Codifu*

Partindo-se de Chagli* e viajando seis jornadas rumo ao meio-dia, encontram cidades e castelos de grande nobreza por todo o caminho. Adoram ídolos, queimam o corpo morto e submetem-se ao grão cã; têm moeda de papel e vivem de mercancia e arte, tendo abundância de todos os víveres. Mas não há coisas para lembrar, e por isso falaremos de Codifu*. Sabei que Codifu* foi grandíssimo reino, mas o grão cã conquistou-o[180] pela força das armas: ainda assim, é a mais nobre cidade destas terras. Ali há grandes mercadores; há tanta seda que causa admiração, e belos jardins e muitos bons frutos. E sabei que essa cidade tem sob seu domínio quinze cidades de grande poder, todas de grande mercancia e de muitos ganhos. E digo-vos que no ano da Graça de 1272 o grão cã deu a um de seus barões cerca de oitenta mil cavaleiros, que deveriam ir a essa cidade para guardá-la e defendê-la; e este, depois de estar nessas terras por algum tempo, deliberou com certos homens dessas mesmas terras trair o senhor e rebelar toda a sua gente contra o grão cã. Sabendo disso, o grão senhor mandou para lá seus dois barões[181] com cem mil cavaleiros. Quando esses dois barões se acercaram, o traidor saiu em campo com a gente que tinha, bem cem mil cavaleiros e muitos caçadores. Aí houve imensa batalha: o traidor foi morto com muitos outros; e o grão cã mandou matar todos os da terra que fossem culpados, e perdoou todos os outros.

CXVI
Da cidade que se chama Sinhi*

Partindo-se de Codifu*, anda-se por três jornadas rumo ao meio-dia, encontrando pelo caminho cidades e castelos, e também bichos e aves para caçar: tudo em abundância. E ao cabo dessas três jornadas, encontra-se a cidade de Sinhi*, mui grande e bela, com grande mercancia e arte. Adoram ídolos e submetem-se ao grão cã; sua moeda é de papel. E digo-vos que eles têm um rio do qual tiram grandes ganhos, e dir-vos-ei como os homens dessas terras fizeram esse rio que vai para o meio-dia. Dividiram-no em duas partes: uma vai para o levante até os manji[182], e outra para o poente, até Catai. E devo dizer-vos que esta cidade tem tão grande número de navios que causa admiração, mesmo não sendo grandes navios. E com esses navios levam destas províncias e a elas trazem mercancias tantas que custa acreditar. Mas deixemo-nos daqui por ora, pois vos falarei de outra província do meio-dia, chamada Linhi*.

CXVII
Da cidade que se chama Linhi*

Partindo-se de Sinhi* e seguindo-se oito jornadas por terras meridionais, vai-se encontrando por todo o caminho cidades e castelos ricos e grandes. Adoram ídolos, mandam queimar os corpos e submetem-se ao grão cã; a moeda é de papel. E ao cabo dessas oito jornadas, encontra-se uma cidade que se chama Linhi*, capital do reino. A cidade é nobre, e seus homens são de armas. Também é terra de artífices e mercadores, com bichos e aves em grande abundância, com muita coisa para comer e beber. Fica às margens do rio de que vos falei acima, e possui navios maiores que os daquela cidade. Mas vamos sair daqui, pois vos falarei de outra cidade, que se chama Pinhi* e é mui grande e rica.

CXVIII
*Da cidade de Pinhi**

Partindo-se de Linhi* e viajando três jornadas para o meio-dia, vão-se encontrando muitos castelos e cidades. São do Catai, adoram ídolos, mandam queimar os corpos mortos e submetem-se ao grão cã; ali há aves e bichos em abundância, os melhores do mundo. Víveres têm em grande abundância. Ao cabo dessas três jornadas, chega-se a Pinhi*, grande e nobre cidade que tem muita mercancia e arte: essa cidade fica na entrada da vasta província dos manji. Dá muitos ganhos ao grão cã. Mas deixemo-nos daqui por ora e passemos a falar de outra cidade, chamada Chinhi*, ainda em terras meridionais.

CXIX
*Da cidade de Chinhi**

Partindo-se da cidade de Pinhi*, andam-se duas jornadas para o meio-dia, por belas e ricas terras. Ao cabo dessas duas jornadas, encontra-se a cidade de Chinhi*, que é muito grande e rica de mercancia e arte. Adoram ídolos, mandam queimar os corpos mortos, têm moeda de papel e submetem-se ao grão cã; têm trigo e grãos em abundância. E como não há mais para dizer, daqui partiremos para ir adiante. E depois de andar mais três jornadas para o meio-dia, encontram-se belas cidades e castelos, bichos e aves para caçar, bons campos e grãos em quantidade; e seu povo é como aquele de que falei acima. Ao cabo dessas duas jornadas encontra-se o grande rio de Caramera*, que vem das terras de Preste João[183]. Sabei que tem uma milha de largura e é tão profundo que um grande navio pode nele bem estar. E esse rio tem bem quinze mil navios, todos do grão cã para carregar suas coisas quando ele faz guerra às ilhas do mar, pois o mar está a uma jornada. E cada um dos navios precisa de uns quinze marinheiros, e em cada um deles põem quinze cavalos com seus homens, seus arneses e víveres. E depois desse rio, entra-se na grande província dos manji, e direi como o grão cã a conquistou.

CXX
De como o grão cã conquistou o reino dos manji[184]

Digo-vos que o senhor da grande província dos manji era Fafur[185], que depois do grão cã era o maior senhor do mundo e o mais poderoso em haveres e gente. Mas não são afeitos a armas, pois se o fossem, com a proteção que têm aquelas terras, não as teriam perdido, pois as terras são rodeadas por água mui funda, e ali não se chega por ponte. Assim é que o grão cã mandou para lá um barão chamado Baiam Anasa, ou seja, "Baiam cem olhos"[186]; isso foi no ano 1278 de Nosso Senhor. E graças à sua astronomia o rei dos manji descobriu que sua terra só seria derrotada por um homem que tivesse cem olhos. E Baiam foi com muita gente e com muitos navios, que carregavam homens a pé e a cavalo, e chegou à primeira cidade dos manji, que não quis se lhe render. Depois, foi para outras cidades, em número de seis, e deixava-as porque o grão cã mandava-lhe muita gente atrás, esse grão cã que hoje reina. Ora, acontece que este tomou essas seis cidades à força, e depois tomou outras tantas, ficando com doze; depois foi para a capital dos manji, que se chama Quinsai*, onde estavam o rei e a rainha. Quando o rei viu tanta gente, ficou com tanto medo que saiu da cidade com muita gente e uns mil navios, foi para o mar, e fugiu para as ilhas. E a rainha ficou, defendendo-se o melhor que podia. E a rainha perguntou quem era o senhor daquelas hostes. Disseram-lhe: "Baiam cem olhos é o nome dele." E a rainha lembrou-se da profecia de que falamos acima, e incontinenti todas as cidades dos manji se renderam a Baiam.

E no mundo inteiro não havia reino tão grande como esse, e direi algumas de suas grandezas. Sabei que esse rei criava todos os anos vinte mil criancinhas, e direi como. Naquela província, enjeitam-se as criancinhas assim que nascem, e isso fazem os pobres que não as podem criar; e quando um homem rico não tem filhos, vai ter com o rei e pede-lhe quantos quiser; e quando ele tem rapazes e raparigas para casar, esposa-os juntos e dá-lhes lugar para morar; e deste modo cria todo ano uns vinte mil entre meninos e meninas. Faz mais outra coisa: quando o rei passa por algum lugar e vê duas belas casas com uma pequena ao lado, pergunta por que aquelas são maiores que a outra, e se for porque ali há algum pobre que não a pode fazer maior, incontinenti ordena que ela seja feita com seu dinheiro. Esse mesmo rei faz-se servir por mais de mil rapazes e raparigas.

Ele mantém seu reino com tanta justiça que ali não se faz mal algum, que todas as mercancias ficam sob céu aberto. E agora que vos falei do reino, falar-vos-ei da rainha[187]: ela foi levada ao grão cã, e este lhe fez grandes honras, como se faz a grande rainha, que era; e o rei, marido dessa rainha, nunca mais saiu das ilhas, e ali morreu. Mas por ora deixemo-nos desta matéria, pois tornarei a falar da província dos manji e de suas usanças e de seus costumes por ordem; antes começaremos pela cidade de Caijagui*.

CXXI
Da cidade chamada Caijagui*

Caijagui* é uma grande e nobre cidade, que fica na entrada da província dos manji, na direção do siroco[188]. Adoram ídolos, mandam queimar os corpos mortos e submetem-se ao grão cã; fica perto do grande rio de Caramora* e ali há muitos navios. Essa cidade tem grande mercancia porque é capital da província e está em lugar próprio para isso. Ali se faz muito sal, que abastece umas quarenta cidades; o grão cã recebe grandes rendas dessa cidade, entre sal e mercancias. Mas deixemo-nos daqui por ora e falemos de outra cidade, chamada Pauqui*.

CXXII
Da cidade chamada Pauqui*

Partindo daqui, anda-se bem uma jornada rumo ao siroco, por uma estrada toda calçada com belas pedras: e de cada lado da estrada é muita a água[189], e só se pode entrar nessa província por essa estrada. Ao cabo dessa jornada, encontra-se a cidade chamada Pauqui*, muito grande e formosa; lá adoram ídolos, queimam os corpos mortos, submetem-se ao grão cã, e são artífices e mercadores. É muita a seda que têm, e fazem muitos panos de seda e ouro; víveres, têm-nos em abundância. Não havendo mais o que dizer, partiremos para falar de outra cidade chamada Cain*.

CXXIII
Da cidade chamada Cain*

Partindo-se de Pauqui*, anda-se uma jornada rumo ao siroco e encontra-se uma cidade chamada Cain*, que é muito grande. É como as de que falei acima, salvo por ter aves mais formosas; por um *veneziano*[190] compram-se três faisões. Agora vos falarei de outra, que se chama Tinhi*.

CXXIV
*Da cidade chamada Tinhi**

Tinhi* é uma cidade formosa e agradável, não muito grande, distando uma jornada daquela de que vos falei acima. Adoram ídolos e submetem-se ao grão cã; a moeda é de papel. Ali se faz grande mercancia e arte; há muitos navios. Fica a siroco. Há muitas aves e animais de caça, e fica a três jornadas do mar. Ali se faz muito sal, e o cã tem tantas rendas com isso que se custa a acreditar. Mas por ora saiamos daqui; vamos para outra cidade que fica a uma jornada desta.

Partindo de Tinhi*, vai-se para o siroco por uma jornada, encontrando castelos e casas em abundância. Ao cabo dessa jornada, encontra-se uma cidade grande e formosa[191], que tem domínio sobre vinte e sete cidades, todas boas, e tem grande mercancia. Nela está um dos doze barões do senhor; e o senhor Marco Polo governou essa cidade por três anos. Ali se fazem muitos petrechos de guerra e de cavaleiro. E partindo daqui, falarei de duas grandes províncias dos manji, que ficam a levante; falarei antes de uma que se chama Nanji*.

CXXV
*Da província de Nanji**

Nanji* é uma província muito grande e rica. Adoram ídolos, têm moeda de papel e submetem-se ao grão cã. Vivem de mercancia e arte, têm muita seda, aves e animais, víveres e leões. Mas daqui sairemos, pois falarei das três nobres cidades de Saianfu*, que são de grandíssima importância. Saianfu* é grande e nobre cidade, que tem sob seu domínio doze cidades grandes e ricas. Ali se faz muita arte e mercancia, e adoram ídolos; a moeda é de papel, queimam os corpos mortos e submetem-se ao grão cã; e há muita seda e todas as nobres coisas que a nobres cidades convêm. E sabei que essa cidade resistiu três anos depois que todos os manjis se haviam rendido, mesmo diante de tal hoste; mas podia-se estar por tramontana[192], pois do outro lado há um lago muito profundo. Comida tiravam bastante desse lago, e assim a cidade jamais se teria rendido a tal assédio. E querendo as hostes de lá sair mui iradas, os senhores Niccolò e Marco Polo e seu irmão disseram ao grão cã que tinham consigo um homem de grande engenho, capaz de fazer tais trabucos que a cidade seria vencida pela força. E o grão cã ficou feliz, e ordenou que aquilo fosse feito de pronto. Estes então mandaram que esse seu familiar[193], cristão nestoriano, fizesse esses trabucos. Eles foram feitos e erguidos diante de Saianfu*, e eram três, e começaram a arremessar pedras de trezentas libras; e todas as casas caíam. Os da cidade, vendo esse perigo, pois nunca tinham visto antes um trabuco, e aquele foi o primeiro jamais visto por qualquer tártaro, os da cidade fizeram conselho e renderam a cidade ao grão cã, como se haviam rendido todas as outras. E isso aconteceu mercê dos senhores Niccolò, Matteo e Marco, e não foi pouco, pois essa é uma das maiores províncias do grão cã. Mas por ora deixemo-nos desta província e passemos a falar de outra, que se chama Sigui*.

CXXVI
De Sigui* e do grande rio Quian*

Saindo daqui e andando quinze milhas rumo ao siroco, encontra-se uma cidade chamada Sigui*, que não é tão grande, mas tem grande mercancia e muitos navios. Submetem-se ao grão cã; a moeda é de papel. Sabei que essa cidade está às margens do maior rio do mundo, que é chamado Quian*; em certo lugar ele tem dez milhas de largo, em outro oito, e em outro seis; tem mais de cem jornadas de comprido. Esse rio e essa cidade têm muitos navios e são do grão cã; são grandes as vendas, pois mercancia há muita, que sobe e desce o rio e ali faz parada. E pelas muitas cidades que ficam às margens daquele rio passa mais mercancia que por todos os rios dos cristãos, e mercancia mais preciosa; e também é maior que por todos os mares, pois já vi nessa cidade quinze mil navios de carregar mercancias. Ora, sabei que essa cidade, que não é mui grande, tem tantos navios quantos têm outras que ficam no mesmo rio; e há pelo menos dezesseis províncias, com cerca de duzentas boas cidades, e todas têm mais navios que esta. As naves são cobertas e só têm um mastro, mas são de grande porte, pois carregam bem quatro mil quintais e até doze mil. Todos os navios têm amarras de cânhamo, isto é, cordames para prender e puxar as naves pelo rio. As pequenas são de cana larga e longa, como disse acima. Ligam uma à outra, até que tenham umas trezentas passadas de comprido; racham-nas, e são mais fortes que o cânhamo. Agora saiamos daqui e voltemos a Caigui*

CXXVII
Da cidade de Caiguí*

Caigui* é uma pequena cidade a siroco; adoram ídolos, são do grão cã e usam moedas de papel; ficam à beira desse rio. Aí se recolhe grande abundância de trigo e arroz que vai até a cidade de Camblau*, por água, para a corte do grão cã: não por mar, mas por rios e lagos. Dos grãos dessas cidades a corte do grão cã logra grande parte. E o grão cã mandou arranjar os caminhos dessa cidade até Camblau*: mandou fazer fossas largas e profundas de um rio a outro e de um lago a outro, de tal modo que por lá passam grandes navios. E também se pode ir por terra, pois ao longo da estrada de água está a de terra. E no meio do rio há uma ilha de rochas, onde há um mosteiro de ídolos e trezentos frades[194]. E ali há muitos que adoram ídolos; e esse é o principal de muitos outros mosteiros de ídolos. Mas agora deixemo-nos daqui e atravessemos o rio: vou falar-vos de Chinguianfu*.

CXXVIII
Da cidade chamada de Chinguianfu*

Chinguianfu* é uma cidade dos manji, como as outras: são mercadores e artífices, têm aves e animais em abundância, muitos grãos e seda, e panos de seda e ouro. Ali há duas igrejas de cristãos nestorianos, desde o anno Domini 1278 a esta parte; direi por quê. Digo-vos que naquele tempo foi seu senhor por vontade do grão cã um cristão nestoriano chamado Masarquim[195]: foi este que as mandou fazer, e desde então lá estão. Agora saiamos daqui, pois vos falarei de outra grande cidade, chamada Chinguinju*.

CXXIX
Da cidade de Chinguinju*

Partindo-se de Chinguianfu* e andando-se três jornadas rumo ao siroco, encontram-se por todo o caminho muitas cidades e castelos de grande mercancia e arte. Adoram ídolos, são do grão cã e a moeda é de papel. Ao cabo dessas três jornadas, encontra-se a grande e nobre cidade de Chinguinju*; sua gente é em tudo como a das outras; têm víveres em abundância. Ali aconteceu uma coisa que vos contarei. Quando Baiam[196], barão do grão cã, tomou toda essa província depois de tomar a capital, mandou sua gente[197] tomar essa cidade, que se rendeu. Chegando à cidade, encontraram tão bom vinho que todos se embebedaram, e pareciam mortos, tanto dormiam. E os da cidade, vendo aquilo, mataram-nos todos naquela noite, e assim ninguém escapou, e ninguém disse palavra, pois mortos estavam. E quando Baiam, senhor do exército, soube daquilo, mandou muita gente para a cidade, e tomou-a pela força; e tomada a cidade, passou todos à espada. Mas deixemo-nos daqui, pois vos falarei de outra cidade que se chama Sinhi.

CXXX
Da cidade chamada Sinhi*

Sinhi* é nobre cidade; lá adoram ídolos, submetem-se ao grão cã e sua moeda é de papel. Têm seda e vivem de mercancia e arte, fazem muitos panos de seda e são ricos mercadores. É tão grande a cidade que seu giro é de sessenta milhas, e tem tanta gente que ninguém poderia saber seu número. E digo-vos que, se fossem bons em armas, os povos do manji conquistariam o mundo todo; porém não são homens de armas, mas prudentes mercadores de todas as coisas, bons e naturais filósofos e médicos.

E sabei que nessa cidade há bem seis mil pontes de pedra, e que por baixo delas passaria uma galera; e digo-vos também que nas montanhas dessa cidade nascem ruibarbo e gengibre em grande abundância: por um *grosso* veneziano compram-se quarenta libras de gengibre fresco e bom. E tem domínio sobre dezesseis cidades muito grandes e com grande mercancia e arte. Agora sairemos de Sinhi* e falarei de outra que se chama Inju*; esta dista uma jornada de Sinhi*. É grande e nobre cidade, mas como nada há para ser lembrado, falarei de outra que se chama Unguin*. É grande e rica; adoram ídolos, submetem-se ao grão cã e têm moeda de papel. É grande a abundância de tudo, e são mercadores, muito prudentes, e bons artífices. Mas vamos sair daqui, pois vos falarei de Changui*, que é grande e bela, e tem de tudo como as outras, e lá se faz muito cendal. Não há outra coisa para lembrar: partiremos então para ir à nobre cidade de Quinsai*, que é a capital do reino dos manji.

CXXXI
Da cidade que se chama Quinsai*

Partindo-se de Changui*, viajam-se três jornadas por formosas cidades e por ricos e nobres castelos, de grande mercancia e arte. Adoram ídolos, submetem-se ao grão cã e usam moeda de papel. Para viver têm tudo aquilo de que precisa o corpo do homem. Ao cabo dessas três jornadas encontra-se a nobilíssima cidade de Quinsai*, que em francês vale dizer "cidade do céu"[198]: contarei de sua nobreza, pois que ela é a mais nobre e melhor cidade do mundo. E contarei de sua nobreza, segundo o que o rei[199] dessa província escreveu a Baiam, que conquistou essa província dos manji; e este mandou dizê-lo ao grão cã, porquanto, conhecendo tanta nobreza não a poria a perder[200], e eu vos contarei por ordem o que continha o escrito: e tudo é verdade, porque eu, Marco, vi-o depois com os meus olhos. A cidade de Quinsai* tem um giro de cem milhas e tem doze mil pontes de pedra; e sob o arco da maior parte dessas pontes poderia passar um grande navio, e pelas outras cerca de meio navio. E que ninguém se admire com isso, porquanto está ela toda na água e é cercada por água, e por isso há tantas pontes para ir a todos os lugares da cidade. E nessa cidade há doze mesteres[201], ou seja, para cada ofício há um; e cada mester possui doze mil estabelecimentos, isto é, doze mil casas, e em cada oficina há ao menos dez homens, numas quinze, noutras vinte, nestas trinta, naquelas quarenta, nem todos mestres, mas discípulos. Essa cidade abastece muitas terras. E há tantos mercadores, tão ricos e em tal número que custaria acreditar se contado fosse. Digo-vos também que todos os homens de bem, suas mulheres e os mestres nada fazem com suas próprias mãos, mas permanecem assim, delicadamente, como se fossem reis, e as mulheres como se fossem coisas angélicas. E há uma ordem, de que ninguém pode praticar outra arte senão a que praticou seu pai: mesmo quem possuísse em haveres cem besantes de ouro não ousaria praticar outro ofício[202]. Digo-vos também que na direção do meio-dia[203] há um lago com cerca de trinta milhas de giro, cercado de belos palácios e casas maravilhosamente feitas, que pertencem a fidalgos, onde há mosteiros e abadias de ídolos em grande quantidade. No meio desse lago há duas ilhas: em cada uma há um formoso e rico palácio, tão bem feito que bem parece palácio de imperador. E quem quer celebrar bodas ou banquetes, celebra em tais palácios, que têm sempre louças, escudelas, baixelas e outros utensílios. Na cidade há muitas belas casas e espessas torres de pedra, aonde as pessoas levam as coisas quando a cidade pega fogo, que são muitas as casas de madeira. Comem de todas as carnes, tanto de cão e de outros bichos ruins quanto das boas, e por nada no mundo um cristão comeria a carne desses animais que eles comem. Digo-vos ainda que cada uma das doze mil pontes é guardada por dez homens dia e noite, para que ninguém se atreva a rebelar a cidade. No meio da cidade há um monte e sobre ele há uma torre, e sobre ela fica sempre um homem com uma tábua na mão, e nela bate com um pau, e ouve-se de longe: faz isso quando na cidade há fogo, briga ou peleja. O grão cã manda guardá-la muito bem, pois é ela a capital de toda a província dos manji e porque dela recebe muitas rendas, tão grandes que a custo se poderia acreditar. E todos os caminhos da cidade são calçados com pedras e tijolos, assim como todas as estradas dos manji, de tal modo que nelas se pode cavalgar e andar a pé sem empeços. E digo-vos também que essa cidade tem ao menos três mil banhos quentes, onde se deleitam grandemente homens e mulheres; e ali vão vezes sem conta, pois vivem em grande limpeza de corpo; e são os mais formosos banhos do mundo e os maiores, pois ali bem se banham cem pessoas juntas.

A quinze milhas dessa cidade está o mar oceano, entre o nordeste e o levante. E ali há uma cidade chamada Jafu*, onde há mui bom porto, com muitos navios que vêm da Índia e de outros lugares. E dessa cidade ao mar há um grande rio, por onde os navios podem chegar à cidade. Essa província dos manji foi repartida pelo grão cã em oito partes, que fez oito[204] reinos grandes e ricos, e todos prestam tributos todos os anos ao grão cã. E nessa cidade mora um desses reis, que tem sob seu domínio bem cento e quarenta grandes e ricas cidades. E sabei que a província dos manji tem bem umas mil e duzentas cidades, e que cada uma tem guardas para o grão cã, como vos direi. E sabei que, em cada uma delas, por menos que haja, há mil guardas: numas dez mil, noutras vinte mil, noutras ainda trinta mil, de tal modo que o número seria tão grande que não se poderia contar nem acreditar de pronto. Tampouco entendais que esses homens sejam todos tártaros, pois há os que são de Catai; e nem todos vão a cavalo, mas boa parte a pé. A renda do grão cã nessa província dos manji não se poderia acreditar nem mesmo escrever, e menos ainda a sua nobreza. Os costumes dos manji são tais quais vos contarei. É verdade que ao nascer uma criança, menino ou menina, o pai manda escrever o dia e a hora, o ponto, o signo e o planeta sob o qual nasceu, de tal forma que todos sabem essas coisas sobre si: e quando alguém quer fazer uma viagem ou alguma coisa, vai ter com seus astrólogos, nos quais têm grande fé, e pede-lhes que digam o que é melhor fazer. Digo-vos ainda que, quando um corpo morto é levado a queimar, todos os parentes vestem-se com canhamaço[205], isto é, vilmente, pelo luto; e assim vão junto ao morto, e vão tocando seus instrumentos e vão cantando suas orações aos ídolos. E quando chegam ao lugar onde o corpo deve arder, fazem homens, mulheres, cavalos, dinheiro, camelos e muitas outras coisas de papel; quando o fogo está bem aceso, põem o corpo para queimar com todas essas coisas: e acreditam que aquele morto terá no outro mundo todas aquelas coisas de verdade a seu serviço; e que todas as honras que lhe sejam feitas neste mundo, enquanto está queimando, lhe serão feitas pelos ídolos no outro mundo. E nessa cidade fica o palácio do rei que fugiu[206], e que era o senhor dos manji, o mais nobre e mais rico do mundo; e dele vos direi alguma coisa. Tem um giro de dez milhas, é quadrado com muro alto e espesso, e dentro e em torno desse muro há belos jardins, onde há bons frutos; e há também muitas fontes e vários lagos com muitos bons peixes. E no meio fica o palácio grande e formoso; a sala é formosíssima, onde muitos comeriam juntos, toda pintada de ouro e azul, com belas histórias, sendo, pois, um prazer vê-la, e no teto não se pode ver outra coisa senão pintura em ouro. Não se poderia relatar a nobreza desse palácio: ele tem vinte salas, todas iguais em grandeza, e são tão grandes que nelas comeriam à vontade dez mil homens, e esse palácio tem bem mil câmaras. E sabei que nessa cidade há pelo menos cento e sessenta mil *tomains* de chaminés[207], ou seja, de casas. E cada *tomain* é dez mil casas que soltam fumaça: a soma é de um milhão e seiscentos mil casas de habitantes, entre as quais há grandes palácios. E há somente uma igreja de cristãos nestorianos. Sabei que cada homem da cidade e dos burgos escreve na porta seu nome, o da mulher, dos filhos, dos criados e dos escravos, e quantos tem: e se algum deles morre, manda apagar o nome, e se alguém nasce manda escrevê-lo, de modo que o senhor da cidade sabe o número de toda a gente que na cidade vive. E assim se faz em toda a província dos manji e de Catai. Ainda há outro costume: os albergadores escrevem na porta da casa todos os nomes de seus hóspedes e o dia em que chegaram; e no dia em que se vão, apagam-se os nomes, e assim o senhor pode saber quem vai e quem vem. E é isso coisa bela e sabiamente feita.

Contei-vos uma parte de tudo isso: agora falarei da renda que o grão cã tem dessa cidade e de seu distrito, que das oito[208] partes dos manji é apenas uma.

CXXXII
Da renda do sal

Falar-vos-ei da renda que o grão cã recebe da cidade de Quinsai*, das terras e da gente a ela submetidas; antes falarei do sal. O sal dessas terras rende ao grão cã oitenta *tomains*[209] de ouro por ano: cada *tomain* vale oitenta mil sêxtulos de ouro, o que monta a seis milhões e quatrocentos mil sêxtulos de ouro, e cada sêxtulo de ouro vale mais de um florim: e isso é coisa admirável. Agora falarei das outras coisas. Nessas terras cresce e faz-se mais açúcar que no resto do mundo, e isso também rende muito. Mas falarei de todas as especiarias juntas. Sabei que todas as especiarias e todas as mercancias rendem ao rei três por cento; e o vinho que fazem de arroz também rende muitíssimo; e do carvão e dos doze mesteres[210], que são doze mil oficinas, o grão cã também recebe grande renda, pois por tudo se paga gabela; pela seda pagam-se dez por cento. Assim pois, eu, Marco Polo, que vi isso e ali estive a fazer a razão[211], digo que a renda anual, sem o sal, vale duzentos e dez mil *tomains* de ouro: e esse é o mais desmesurado número de moedas do mundo, pois monta a quinze milhões e setecentos mil. E isso em uma das oito partes da província. Mas deixemo-nos desta matéria para falarmos de uma cidade chamada Tapinhi*.

CXXXIII
Da cidade que se chama Tapinhi*

Partindo de Quinsai*, viaja-se uma jornada para o siroco[212], encontrando-se palácios e jardins formosíssimos por todo o caminho, onde se encontram todos os víveres. Ao cabo dessa jornada, encontra-se essa formosa e grande cidade que se chama Tapinhi*, sob o domínio de Quinsai*; adoram ídolos, mandam queimar os corpos mortos; a moeda é de papel e submetem-se ao grão cã. Sobre ela, nada mais há para dizer. Agora falarei da que se chama Nagui*, que dista daquela três jornadas a siroco; e os da cidade são como os de que acima falei. Daí vai-se duas jornadas para o siroco, encontrando-se castelos e cidades por todo o caminho. Saindo-se, pois, dessa cidade, encontra-se outra que se chama Quenhi*, e todos ali são como os de que acima falei. Daí se vai quatro jornadas para o siroco, como acima, e há aves e animais em quantidade, ou seja, leões grandes e ferozes. E não há carneiros nem ovelhas por todas as terras dos manji, mas eles têm bois, bodes, cabras e porcos em abundância.

Mas daqui saiamos, pois não há mais para dizer; e andando quatro jornadas, encontraremos a cidade de Chafia*, que fica no alto de um monte que divide o rio, e uma metade vai para cima e outra para baixo. Todas essas cidades estão sob o domínio de Quinsai*. Todas são como as de que acima falei. Ao cabo das quatro jornadas, encontra-se a cidade de Cajiu*; e os que lá moram são como os outros de que falei acima, e é a última cidade de Quinsai*. Aí começa outro reino dos manji, chamado Fugui*.

CXXXIV
Do reino de Fugui*

Partindo desta última cidade de Quinsai*, entra-se no reino de Fugui*. E a três jornadas na direção do siroco, encontram-se cidades e castelos em abundância; lá adoram ídolos, submetem-se ao grão cã e estão sob o domínio de Fugui*: vivem de mercancia e arte. Têm tudo em abundância: gengibre e galanga de sobejo, pois com um *grosso* veneziano pode-se comprar mais de oitenta libras de gengibre. E há um fruto que semelha o açafrão, mas não é, porém vale tanto quanto ele pelo uso que lhe dão. Comem todas as carnes ruins, também de homem que não tenha morrido de doença; e muitos a comem de bom grado, e têm-na por boa carne. Quando vão à guerra, cortam-se bem curtos os cabelos, pintam o rosto de azul, com uma ponta de lança, e são os homens mais cruéis do mundo, pois passam o dia todo a matar homens e a beber seu sangue, e depois os comem: e outra coisa não buscam. No meio dessas seis jornadas, há uma cidade chamada Quelafu*, grande e nobre, submissa ao grão cã. E tem três pontes de pedra, as mais formosas do mundo, com uma milha de comprido e ao menos oito passadas de largo; e são todas de colunas de mármore, e tão formosas são que custaria um tesouro fazer uma. Vivem de mercancia e arte; têm seda, gengibre e galanga. Têm belas mulheres; e têm galinhas que não têm penas, mas pêlos como gatas, e são pretas; põem ovos como as nossas, e são boas de se comer. E nessas seis jornadas de que falei acima nada mais há senão castelos e cidades, que são como as de que falei acima. E três milhas depois de outras três jornadas há uma cidade onde se faz tanto açúcar que dele se abastecem o grão cã e toda a sua corte, e vale um tesouro; seu nome é Ungüe*. Aqui não há mais para dizer. E depois de quinze milhas, encontra-se a nobre cidade de Funhi*, capital desse reino; e dela contarei o que souber.

CXXXV
Da cidade chamada Funhi*

Sabei que essa cidade de Funhi* é a capital do reino de *Canca*, que é uma das nove partes dos manji. Nessa cidade fazem mercancia e arte, adoram ídolos e submetem-se ao grão cã. E o grão cã mantém um grande exército nas cidades e nos castelos, pois amiúde se rebelam, e logo correm até eles, para saqueá-los e destruí-los. E pelo meio dessa cidade passa um rio que tem bem uma milha de largo. Ali são feitos muitos navios, que navegam por aquele rio; fazem muito açúcar; é grande a mercancia de pedras preciosas e de pérolas, que são levadas pelos mercadores que chegam da Índia. Disto nada mais falarei, pois contarei outras coisas.

CXXXVI
Da cidade chamada Zarton*

Ora, sabei que, partindo-se de Funhi* e passando-se o rio,[213] andam-se cinco jornadas a siroco, encontrando-se por todo o caminho cidades e castelos, onde há de tudo em grande abundância. E há montes, vales e planos, e há muitos bosques e árvores que dão cânfora, e há pássaros e bichos em quantidade; vivem de mercancia e arte, e adoram ídolos, como os de cima. Ao cabo dessas cinco jornadas, encontra-se uma cidade que se chama Zarton*, grande e nobre, porto aonde vão fundear todos os navios da Índia com muita mercancia em pedras preciosas e outras coisas, como grandes e boas pérolas. E esse é o porto dos mercadores dos manji; e ao redor desse porto há tantos navios de mercadores que causa admiração; e dessa cidade vão depois para toda a província dos manji. E para cada navio de pimenta que da Alexandria vai para a cristandade aportam cinqüenta nessa cidade, pois esse é um dos bons portos do mundo, aonde chega mais mercancia. E sabei que o grão cã recebe grande renda da mercancia desse porto, porque de cada coisa que ali chega é mister que ele receba dez por cento, isto é, das dez partes de cada coisa, uma. Os navios retêm pelo frete de mercancias miúdas trinta por cento; da pimenta, quarenta e quatro por cento, e quarenta por cento pela madeira de aloés, sândalo e outras mercancias graúdas. Assim, os mercadores pagam, entre navios e o grão cã, a metade de tudo. E por isso o grão cã ganha grande quantidade de tesouro dessa cidade. E lá adoram ídolos, e a terra tem grande abundância de tudo o que careça para viver. E nessa província há uma idade chamada Tenunhise*, onde se fazem as mais belas escudelas de porcelana do mundo. E por não serem feitas em mais nenhum lugar do mundo, são levadas para todos os lugares. E por um *veneziano*[214] comprar-se-iam três, as mais belas do mundo e as mais diversas. E até aqui, dos oito reinos dos manji, temos falado de três, Signi*, Quinsai* e Fugui*. Dos outros reinos não falo, pois que seria enredo longo demais, mas falarei da Índia, onde há coisas formosas para lembrar; e eu, Marco Polo, tanto tempo ali estive que saberei relatar por ordem.

CXXXVII
Onde se começa a falar de todas as maravilhosas coisas da Índia

Havendo falado de tantas províncias de terra firme, como haveis ouvido, falaremos das coisas maravilhosas que há na Índia. E começarei pelos navios, em que os mercadores vão e vêm. Sabei que são de u'a madeira chamada abeto e de pinheiro alvar; têm uma coberta, e sobre essa coberta há pelo menos quarenta câmaras na maioria dos navios, podendo em cada uma estar à vontade um mercador. E têm um timão e quatro mastros, e amiúde acrescentam dois mastros, que tiram e põem. As tábuas são todas cravadas e duplas, uma sobre a outra, com bons cravos: e nelas não passam pez, que não o têm, mas um unto do modo como vos direi, pois têm coisa que acham melhor que o pez. E pegam cânhamo moído e cal apagada e um óleo de árvore[215], e misturam tudo, fazendo como um visgo, e este é tão bom quanto o pez. Nesses navios é mister que haja uns duzentos marinheiros, mas são tão grandes que carregam bem cinco mil cabazes de pimenta, e alguns até seis mil. E vogam com remos, e em cada remo é mister que haja quatro marinheiros; e esses navios têm tais barcas que cada uma carrega bem mil cabazes de pimenta[216]. E digo-vos que nos remos dessas barcas devem estar cerca de quarenta marinheiros, e elas muitas vezes ajudam a puxar o navio maior. E o navio ainda leva dez batéis para carregar peixes. E digo-vos ainda que as grandes barcas também levam batéis. E tendo o navio passado um ano a navegar, acrescenta-se mais uma tábua às outras duas, e assim fazem até seis tábuas. Falei até agora dos navios que navegam pela Índia. E antes que vos fale da Índia, falarei das muitas ilhas que ficam no oceano onde estamos, a levante; antes falaremos de uma que se chama Zipagu*.

CXXXVIII
Da ilha de Zipagu*

Zipagu* é uma ilha a levante, a mil e quinhentas milhas em alto mar. A ilha é bem grande, e sua gente é branca, de boas maneiras e formosa; adoram ídolos e não estão sob o domínio de ninguém, senão de si mesmos. Ali se encontra muito ouro, porque o têm em abundância, mas ninguém ali vai e nenhum mercador leva daquele ouro, e por isso o têm em tamanha quantidade[217]. E o palácio do senhor da ilha é muito grande, coberto de ouro, assim como aqui se cobrem as igrejas de chumbo. E todo o chão dos aposentos é coberto de ouro em bem dois dedos; e todas as janelas e as paredes de todas as coisas e também as salas são cobertas de ouro; e não se poderia dizer o seu valor. Têm pérolas em abundância, que são vermelhas, redondas e grandes, e são mais preciosas que as brancas; também há muitas pedras preciosas, e não se poderia contar a riqueza dessa ilha. E o grão cã que hoje reina, por toda a riqueza que há nessa ilha, quis tomá-la para si, e mandou dois barões com muitos navios e muita gente a pé e a cavalo. Um desses barões chamava-se Abata e o outro Sanichi[218], e eram mui prudentes e valorosos. Lançaram-se ao mar e foram a essa ilha[219], onde saquearam muita coisa de seus campos e de suas casas, mas não tomaram castelos nem cidades. Ora, sucedeu-lhes então uma desventura, como vos direi. Sabei que entre esses dois barões havia grande inveja, e um nada fazia pelo outro. Ora, sucede que um dia o vento de tramontana chegou tão forte que lhes pareceu que, se não partissem, todas as naves se danificariam. E subiram nas naves e fizeram-se ao largo, e foram-se dali até quatro milhas, chegando a uma ilha não muito grande[220]. Quem logrou subir até a ilha escapou, os outros afundaram. E foram bem trinta mil homens que se abrigaram na ilha, e consideravam-se mortos, pois viam que não podiam escapar. E viam outras naves que se haviam salvo e que se volviam a casa, e tanto vogaram que chegaram às suas terras. Mas deixemo-nos destes que volveram, e falemos daqueles que ficaram naquela ilha e foram tidos por mortos.

Sabei que, porquanto se consideravam mortos, por não verem meio de escapar, aqueles trinta mil homens que se abrigaram na ilha ali ficaram, naquela ilha, mui desconsolados. Quando os homens da grande ilha viram o exército tão desbaratado e danificado, e viram os que haviam ido para a ilha, sentiram grande alegria; e quando ao mar chegou a bonança, pegaram muitas naves que tinham pela ilha e foram até a pequena ilha onde estavam aqueles, alcançaram terra firme e foram saltear os que estavam na ilha. Quando esses trinta mil homens viram os inimigos em terra e viram que nas naves não ficara ninguém para guardá-las, useiros que eram naquilo, quando o inimigo ia chegando para salteá-los, fizeram um giro e, fugindo sem parar, foram para os navios e neles subiram incontinenti, e ali não havia quem os detivesse. Nos navios, tiraram os estandartes que neles encontraram e tomaram o rumo da ilha onde estava a capital daquela ilha pela qual tinham ido: e os que haviam ficado na cidade, vendo aquelas insígnias, acreditaram ser a gente que fora saltear aqueles trinta mil homens na outra ilha. Chegando às portas da cidade, eram tão fortes que puseram para fora da cidade aqueles que ali se encontravam, e só ficaram com as mulheres formosas que lá havia para que os servissem. E desse modo foi que a gente do grão cã tomou a cidade. Quando os da cidade viram-se assim logrados, quase morreram de dor: foram com outras naves a terra, circundaram-na, de tal modo que ninguém podia sair nem entrar; e assim mantiveram a cidade seis meses assediada. E os que estavam dentro tudo engenharam para mandar novas de si ao grão cã, mas não lograram e, ao cabo de seis meses, renderam a cidade com o pacto de, salvas as pessoas e os petrechos de guerra, poderem volver ao grão cã. E isso foi no ano da Graça de 1269[221]. E ao primeiro barão, que chegou antes, o grão cã mandou cortar a cabeça, e o outro deixou morrer na prisão[222]. De uma coisa se esquecera: de que, quando esses dois barões iam para aquela ilha, havia um castelo que não queria render-se, e eles o assaltaram e mandaram cortar a cabeça de todos, salvo de oito que, por virtude de umas pedras que tinham nos braços, dentro de suas carnes, de modo algum no mundo se lhes podia cortar a cabeça. E os barões, vendo aquilo, mandaram matá-los com maças e depois que lhes tirassem as pedras dos braços. Mas deixemo-nos desta matéria e sigamos em frente.

Sabei agora que os ídolos dessas ilhas e os de Catai são todos da mesma maneira. E entre os ídolos dessas ilhas e também os de outras ilhas que têm ídolos alguns há que têm cabeça de boi, outros de porco e assim de muitas feições de bicho, de porcos, de carneiros e de outros; e uns têm uma cabeça e quatro caras, outros quatro cabeças, e outros ainda dez: e quanto mais tiverem, maior a esperança e a fé que neles têm. Os feitos desses ídolos são tão diversos e com tanta diversidade de diabos, que aqui não queremos contar[223]. Agora, falarei de uma usança que há nessa ilha. Quando alguém dessa ilha prende algum homem que não possa ser resgatado, convida seus parentes e seus companheiros, manda-o cozer e dá-lhes o amigo para comer; e dizem que é a melhor carne do mundo. Mas deixemo-nos desta matéria e voltemos à nossa. Sabei que esse mar onde está essa ilha chama-se mar de Chin[224], que vale dizer "mar que está de frente para os manji"[225]. E nesse mar de Chin, segundo dizem os expertos marinheiros que bem o sabem, há sete mil e quatrocentas e cinqüenta ilhas, das quais a maioria habitada. E digo-vos que em todas essas ilhas não nasce árvore alguma de onde não se tire aroma, como madeira aloés ou maior; e têm ainda várias e preciosas especiarias. E nessas ilhas nasce pimenta branca como neve, e da preta em grande quantidade. Há muito ouro e de grande valor, havendo também outras coisas; mas estão tão distantes que custa muito lá ir. E as naves de Quinsai* e de Zarton*, quando lá vão, trazem grandes ganhos, e custam um ano para ir, pois vão no inverno e volvem no verão. E ali não reinam senão dois ventos, um que vai para lá e outro para cá: e desses ventos um é de inverno e o outro é de verão[226]. E essas terras distam muito da Índia. E esse mar é bem um mar oceano, e chama-se "de Chin" assim como se diz "mar da Inglaterra", "mar de La Rochelle"; e o mar da Índia também é mar oceano. Dessas ilhas não vos falarei mais, pois nelas não estive, e o grão cã nada tem a ver com elas. Agora volveremos a Zarton*, por onde recomeçaremos nosso livro.

CXXXIX
Da província de Chamba*

Sabei que, partindo-se do porto de Zarton* e navegando-se mil e quinhentas milhas a poente e um pouco a sudoeste, encontra-se um lugar que se chama Chamba*, mui rico em terras e grande, que tem rei só seu e onde se adoram ídolos. Pagam de tributo ao grão cã vinte elefantes por ano, e não lhe dão outra coisa: são os mais belos que se possam encontrar, e os têm em abundância. E o grão cã conquistou essas terras no ano da Graça de 1278[227]. Agora vos falarei das coisas do rei e do reino. Sabei que naquele reino não se usa esposar nenhuma bela donzela sem que antes o rei a experimente: se lhe agradar, fica com ela; se não, casa-a com algum barão. E digo-vos que no ano de 1285, conforme eu, Marco Polo, vi, aquele rei tinha trezentos e vinte e seis filhos entre meninos e meninas, e destes bem cento e cinqüenta em estado de portar armas. Nesse reino há muitos elefantes e madeira aloés em abundância, e têm grande quantidade da madeira chamada ébano, com que se fazem cálamos. Aqui não há mais o que lembrar. Agora partimos e vamos para um ilha que se chama Java.

CXL
Da ilha de Java

Partindo-se de Chamba* e viajando-se entre meio-dia e siroco[228] cerca de mil e quinhentas milhas, chega-se a uma ilha imensa, que se chama Java. E dizem os marinheiros que é a maior ilha do mundo, com um giro de bem três mil milhas. Têm um grande rei e adoram ídolos, não pagam tributo a nenhum homem do mundo e têm grandes riquezas. Ali há pimenta, noz-moscada, alfazema, galanga, pimenta cubeba, cravo-da-índia e de todas as preciosas especiarias. A essa ilha chega grande quantidade de naves e mercancias, e são grandes os ganhos. Ali há tantos tesouros que não se poderia contar. O grão cã não a pôde conquistar pelos perigos do navegar e pelo longe que fica. E dessa ilha os mercadores de Zarton* e dos manji já lograram e ainda logram grandes tesouros. Mas vamos adiante.

CXLI
Das ilhas de Sodur* e Codur*

Partindo-se da ilha de Java[229] e indo-se setecentas milhas entre meio-dia e sudoeste encontram-se duas ilhas, uma grande e outra pequena, que se chamam Sodur* e Condur*. E daí se vai para siroco por quinhentas milhas e encontra-se uma província que se chama Locac*, grande e rica. E ali há um grande rei, adoram ídolos e não pagam tributos a ninguém, pois que não vivem em lugar aonde se possa ir fazer mal; nessa província nasce pau-brasil em grande quantidade. Têm tanto ouro que não se poderia crer; têm elefantes, bichos e aves em abundância. E dessa província saem todas as conchas com que se faz moeda naquelas terras. Nada mais há, que eu saiba, pois é lugar tão ruim que pouca gente lá vai; e o rei com isso se alegra, pois não quer que outros conheçam o tesouro que tem. Agora iremos adiante e vos falarei de outras coisas.

CXLII
Da ilha de Petam*

Sabei agora que, partindo-se de Locac* e indo-se quinhentas milhas a meio-dia, encontra-se uma ilha chamada Petam*, que é lugar mui selvagem: todos os seus bosques são de madeira odorífera. Passemos essas duas ilhas: em cerca de sessenta milhas a água não tem mais que quatro passadas de fundo, e não se usa timão em naves pequenas, pela pouca água que há, donde convém puxar as naves. Passadas essas sessenta milhas, continua-se trinta milhas a siroco: aí se encontra uma ilha onde há um rei, e o nome é Malavir*, para a cidade e para a ilha. A cidade é grande e nobre: ali se faz grande mercancia de tudo:

especiarias têm em abundância. Nada mais há para lembrar: por isso partiremos e falaremos de Java Menor*.

CXLIII
Da ilha de Java Menor*

Partindo-se da ilha de Petam* e indo-se cem milhas a siroco, encontra-se uma ilha chamada Java Menor*, mas não é tão pequena que não tenha um giro de duzentas mil milhas. E desta ilha o que vos contar será tudo verdade. Sabei que nessa ilha há oito reis coroados, que todos adoram ídolos, e que cada um desses reinos tem língua sua. Ali é grande a abundância de riquezas e de preciosas especiarias. Agora vos contarei como são esses reinos, um de cada vez. Direi uma coisa que parecerá admirável a todos: que essa ilha está tão a meio-dia que não se vê a tramontana nem muito nem pouco[230].

Volvendo às usanças dos homens, falarei do reino de Ferbet*. Sabei que, por freqüentarem esse reino com seus navios, os mercadores sarracenos converteram essa gente à lei de Maomé, mas isso só nas cidades. Os das montanhas são como bichos, comem carne de homem[231] e de qualquer outro animal, bom ou ruim. Adoram muitas coisas, pois a primeira coisa que vêem de manhã adoram. Agora que vos falei de Ferbet* falarei do reino de Basma*. O reino de Basma*, que fica na saída de Ferbet*, é reino livre e tem língua sua; ali não têm lei alguma, senão a dos bichos. Dizem-se súditos do grão cã, mas não lhe pagam tributo algum, por estarem tão distantes que a gente do grão cã lá não pode ir; mas às vezes o presenteiam com alguma coisa preciosa. Têm elefantes selvagens e têm unicórnios[232], que não são muito menores que os elefantes. Têm pêlo de búfalo e patas de elefante. No meio da testa têm um corno preto e grosso; e digo-vos que não ferem com o corno, mas com a língua, que têm toda espinhosa com grandes espinhos. A cabeça é como a do porco-montês, e levam-na sempre inclinada para o chão; e ficam à vontade no lodo e na lama: é bicho mui feio de se ver. Não é, como se diz aqui, que se deixe levar por donzela, mas ao contrário. Há macacos em abundância, de muitas feições, e falcões negros bons para caçar pássaros. E cumpre-vos saber que quantos levem consigo "homenzinhos da Índia" estarão mentindo se disserem que são homens, pois são feitos nessa ilha, e digo-vos como. Nessa ilha há macacos mui pequenos, com cara que semelha à dos homens. Os homens pelam esses macacos, salvo na barba e no pente[233], deixam-nos secar, dão-lhe forma e curtem-lhe a pele com açafrão e outras coisas, e assim parece que são homens. Mas deixe-mo-nos deste reino, que nada mais há para lembrar; falarei de outro, que se chama Samarca*.

CXLIV
Do reino de Samarca*

Sabei que, partindo-se de Basma*, chega-se ao reino de Samarca*, que fica nessa mesma ilha. E eu, Marco Polo, ali fiquei cinco meses pelo mau tempo que ali me detinha, e ainda não se via a tramontana nem as estrelas das sete-flamas[234]. Os de lá são selvagens adoradores de ídolos, e têm um grande e rico rei; também se dizem súditos do grão cã. Lá ficamos cinco meses: saímos das naves e em terra fizemos fortalezas de madeira; e nas fortalezas ficávamos por medo daquela gente bestial que come homens. Têm o melhor peixe do mundo. E não têm trigo, mas arroz; e só têm o vinho de que vos falarei. Têm umas árvores cujos ramos cortam, e estes gotejam, e essa água que cai é vinho[235]; e do dia para a noite enche-se um cântaro, que fica dependurado no tronco: é muito bom. Essa árvore tem a feição de um pequeno pé de tâmara, e tem quatro ramos. E quando o tronco não deita mais esse vinho, jogam-lhe água ao pé e, esperando-se um pouco, o tronco deita vinho; e há do branco e do vermelho. Nozes-da-índia[236] há em grande abundância. Comem de todas as carnes, boas e ruins. Mas deixemo-nos disto e falemos de Draguan*.

CXLV
Do reino de Draguan*

Draguan* é um reino à parte com sua própria língua, ainda na mesma ilha; sua gente é mui selvagem e adora ídolos. Mas falarei dum mal costume que têm: que se alguém está doente, mandam-no a adivinhos e encantadores que fazem artes do diabo, e perguntam se o doente deve curar-se ou morrer. E se o doente deve morrer, mandam-no a outro, do mister, e dizem: "Este doente foi condenado à morte, faze o que deves fazer." E este lhe põe alguma coisa na garganta e o afoga; depois o cozem; e quando está cozido, vêm todos os parentes do morto, e comem-no. Digo-vos ainda que comem toda a medula dos ossos, e isso fazem dizendo que não querem sobejos de sustância alguma; porque, se sobrasse alguma sustância, esta criaria vermes, e estes vermes morreriam por falta de comida, e da morte destes vermes adviria grande pecado para a alma do morto. Por isso comem tudo; depois pegam os ossos e põem-nos numa arca, em cavernas sob terras de montanhas, em lugar onde não os possam tocar nem homens nem animais. E se conseguem pegar algum homem de outro lugar, que ninguém possa resgatar, comem-no. Deixemo-nos deste reino e falemos de outro.

CXLVI
*Do reino de Lambri**

Lambri* é um reino à parte que se diz submisso ao grão cã; adoram ídolos. Têm muito pau-brasil e cânfora e outras preciosas especiarias. Trouxe algumas sementes de pau-brasil a Veneza, mas não nasceram aqui, pelo frio que faz. Nesse reino há homens com rabo[237] de mais de um palmo, e são a maior parte; moram nas montanhas, longe da cidade. Os rabos são grossos como os dos cães; há também muitos unicórnios[238], bichos e aves em abundância. Falei-vos de Lambri*; agora vos falarei de Fransur*.

CXLVII
*Do reino de Fransur**

Fransur* é reino à parte; adoram ídolos e dizem-se submissos ao grão cã; ficam nessa mesma ilha. E ali nasce a melhor cânfora do mundo[239], que se vende a peso de ouro. Não têm trigo, mas comem arroz; vinho tiram das árvores de que vos falei acima. Ali há uma coisa admirável: tiram farinha de árvores[240], que são grossas e têm casca fina, e por dentro estão cheias de farinha; e dessa farinha fazem muitos e bons manjares de massa, e eu os comi vezes sem conta. Agora que falamos desses reinos, dos outros da mesma ilha não falaremos porque lá não fomos. Por isso, falarei de outra ilha pequenina, que se chama Neníspola*.

CXLVIII
*Da ilha de Neníspola**

Partindo de Java e do reino de Lambri*, e indo cento e cinqüenta milhas a tramontana, encontram-se duas ilhas. Uma se chama Negüeram*; nessa ilha não há rei: sua gente vive como bicho, ficam nus, sem nada por cima. Adoram ídolos, e todos os seus bosques são de árvores de grande valor, tais como sândalo, nozes-da-índia[241], cravo-da-índia e outras boas árvores. Outras coisas não há para lembrar, e por isso daqui sairemos para falar de outra ilha que se chama Agama*.

CXLIX
Da ilha de Agama*

Agama* é uma ilha; não têm rei e adoram ídolos. São como bestas selvagens; e todos os da ilha têm cabeça de cão[242], dentes e olhos semelhantes a grandes mastins. É uma gente má, que come todos os homens que consegue pegar, entre os daquelas terras em fora. Seus víveres são leite e arroz; comem carne de toda espécie; têm frutos diferentes dos nossos. Agora partiremos daqui e falaremos de outra ilha chamada Seilla*.

CL
Da ilha de Seilla*

Partindo-se da ilha de Agama* e indo-se mil milhas a poente e sudoeste, encontra-se a ilha de Seilla*, que é a melhor ilha do mundo em grandeza. E digo-vos que ela tem duas mil e quatrocentas milhas de giro, segundo diz o mapa-múndi. E digo-vos que ela já foi maior, com giro de três mil e seiscentas milhas, mas o vento de tramontana chega tão forte que fez grande parte dela ir de água abaixo. Essa ilha tem um rei que se chama Sedemai[243]. Adoram ídolos, não pagam tributos a ninguém e andam nus em tudo, salvo na natureza. Não têm grãos, salvo arroz, e têm gergelim, com que fazem óleo, e vivem de arroz, de carne e de leite; vinho fazem das árvores de que já falei. Deixemo-nos disto por ora, pois vos falarei das coisas mais preciosas do mundo. Sabei que essa ilha dá bons e nobres rubis, como em lugar mais nenhum do mundo; e também dá safiras, topázios, ametistas e algumas outras pedras preciosas. E digo-vos que o rei dessa ilha tem o mais belo rubi do mundo que já se viu, e direi como é: tem quase um palmo de comprido e outro tanto de largo, como o braço de um homem. É a coisa mais esplendente do mundo, não tem mancha alguma, é vermelho como fogo e é tão grande seu valor que não poderia ser comprado. E o grão cã mandou pedir esse rubi, e quis dar por ele o valor duma boa cidade; e ele disse que não o daria por coisa alguma do mundo, porquanto fora de seus avoengos. Ora, a gente que ali há é vil e torpe; e se precisam de gente de armas, vão buscar em outras terras, especialmente sarracenos. Aqui nada mais há para lembrar; por isso partiremos, e falarei de Maabar*, que é província.

CLI
*Da província de Maabar**

Partindo da ilha de Seilla* e indo sessenta milhas a poente, encontra-se a grande província de Maabar*, conhecida como Índia Maior. E essa é a maior Índia que há, e fica em terra firme. E sabei que essa província tem cinco reis que são irmãos carnais, e falarei de cada um por si. Sabei que essa é a mais nobre e rica província do mundo. Sabei que desse lado da província reina um desses reis; que se chama Sender Bandi Devar[244]. Nesse reino encontram-se pérolas boas e grandes, e direi como as pegam. Sabei que nesse mar há um golfo[245], que fica entre a ilha e a terra firme, que não tem de fundo mais que dez ou doze passadas, e em alguns lugares não mais de duas, e nesse golfo pegam pérolas do seguinte modo. Pegam naves grandes e pequenas e vão para esse golfo, do mês de abril até meados de maio, num lugar que se chama Batalar*. Fazem-se sessenta milhas ao largo e ali lançam suas âncoras; entram em barcos pequenos e pescam como vos direi. E são muitos os mercadores que ali vão juntos, e assoldadam muitos homens por esses dois meses que dura a pesca. E ao rei os mercadores dão uma parte de cada dez que pegam. E também dão algo aos que encantam peixes para que não façam mal aos homens que afundam na água para buscar pérolas: dão-lhes uma parte em vinte, e são brâmanes encantadores. E esse encantamento só vale de dia, e por isso à noite ninguém pesca; e eles também encantam todos os bichos e aves. E depois que esses homens a soldo afundam na água, duas, quatro, seis e até doze passadas, ali ficam tanto tempo quanto podem; e pegam uns peixes que chamamos de ostras do mar, e destas tiram pérolas graúdas e miúdas de todos os feitios. E sabei que as pérolas encontradas nesse mar espalham-se por todo o mundo, e com isso o rei tem grandes ganhos. Assim vos disse como pegam pérolas; e de meados de maio em diante não mais são encontradas. É verdade que, a trezentas milhas dali, elas são encontradas de setembro até outubro. E digo-vos que em toda a província de Maabar* não há mister de alfaiate, pois andam nus em qualquer tempo, pois que o tempo todo é tempo temperado, ou seja, nem frio nem calor. Por isso andam nus, cobrindo-se apenas a natureza com um pouco de pano. E assim anda o rei como os outros, só que ele usa outras coisas, como direi: sobre a natureza usa pano mais bonito que o dos outros, e no pescoço, um pequeno colar cheio de pedras preciosas, de tal modo que aquela gargantilha vale um grandíssimo tesouro. Pende-lhe também do pescoço um cordão de seda fina[246], que na frente cai quatro palmos, e nesse cordão há cerca de cento e quatro pedras, entre pérolas grandes e rubis; e esse cordão é de grande valor. E direi por que usa esse cordão: porque convém que diga todos os dias cento e quatro orações aos seus ídolos. E assim quer sua lei, e assim faziam os outros reis antigos, e assim fazem os de hoje. E também usam nos braços braceletes cheios de preciosíssimas pedras e pérolas; e também nas pernas, em três lugares, usam braceletes assim guarnecidos. Digo-vos ainda que esse rei carrega sobre si tantas pedras que elas valem bem uma grande cidade: e isso não é de admirar, havendo tantas delas ali, como vos disse. E digo-vos também que ninguém pode tirar do reino pedra ou pérola que pese de meio sêxtulo para cima. E o rei manda anunciar por todo o seu reino que quantos tenham pedras grandes e boas ou grandes pérolas levem-nas até ele, e ele lhes mandará dar duas vezes o valor que custaram. E é usança do reino dar duas vezes o que custaram; donde que os mercadores e qualquer um, quando as têm, levam-nas de bom grado ao senhor, pois são bem pagos. Agora sabei que esse rei tem bem quinhentas mulheres; pois em vendo bela mulher ou donzela já a quer para si, e faz isso do modo como vos direi. Tão logo vê que o irmão tem mulher formosa, rouba-a e com ela fica como sua; e o irmão, por ser prudente, agüenta isso e não quer briga com ele. Sabei também que esse rei tem muitos filhos que são grandes barões, que lhe vão ao redor quando cavalga; e quando, depois de morto o rei, seu corpo é posto a queimar, todos os seus filhos são queimados com ele, salvo o maior, que deverá reinar. E isso fazem para servi-lo no outro mundo. Há ainda outra usança: que no tesouro deixado pelo rei ao filho maior este nunca toca, dizendo que não quer diminuir o que lhe foi deixado pelo pai, mas ao contrário aumentar. E cada um aumenta; e um deixa para o outro, por isso esse rei é tão rico. Digo-vos também que nesse reino não nascem cavalos, e por isso toda a sua renda é gasta em cavalos. E digo-vos que os mercadores de Quinsai*, Ofar*, Cormos*, Ser* e Dan* (essas províncias têm muitos cavalos) enchem seus navios com esses cavalos e levam-nos a esses cinco reis que são irmãos, e vendem cada um por cerca de quinhentos sêxtulos de ouro, pois valem mais de duzentos marcos de prata[247]. E esse rei compra todo ano dois mil desses cavalos ou mais, e os irmãos outro tanto. Ao cabo de um ano, estão todos mortos, pois não há um alveitar sequer, e assim não os sabem tratar; e aqueles mercadores não levam nenhum por quererem mais que todos os cavalos morram, para ganhar. Há também tal usança que quando algum homem comete algum malefício deve perder a vida, e esse homem diz que ele mesmo quer matar-se por amor de certo ídolo e em sua homenagem; e o rei lhe diz que está bem. Então os parentes e os amigos desse tal malfeitor pegam-no e põem-no num carro e dão-lhe cerca de doze cutiladas e arrastam-no por toda a cidade, dizendo: "Este homem valoroso", dizendo em voz alta, "vai matar-se por amor de tal ídolo." E chegando ao lugar onde se deve fazer justiça, aquele que deve morrer pega um cutelo e diz em altos brados: "Morro por amor de tal ídolo." E depois de dizer isso, fere-se com o cutelo no meio do braço, e depois pega outro e golpeia o outro braço, e depois com outro golpeia-se o corpo, e tanto se fere que se mata. E depois que morre, os parentes o queimam com grande alegria. E ainda há outro costume: que, enquanto um homem morto está a arder, a mulher joga-se ao fogo e queima-se com ele; e as mulheres que isso fazem são mui louvadas pelas pessoas, e muitas o fazem. Essa gente adora ídolos, a maior parte ao boi, pois dizem que é boa coisa. E ninguém há que coma carne de boi, nem ninguém o mataria por nada. Mas ali há uma raça de homens, que têm o nome de "gavi"[248], que comem bois mas não ousariam matá-lo; assim, se algum morre de morte natural, comem-no. E digo-vos que eles untam toda a casa com óleo de fezes de vaca. E há mais um costume: que os reis, os barões e toda a outra gente só se sentam no chão; e dizem que o fazem porque são de terra e à terra volverão, de modo que nunca é demais a homenagem que lhe prestam. E esses *gavi*, que comem carne de boi, são aqueles cujos avoengos mataram São Tomé apóstolo; e nenhum dessa raça pode entrar ali onde está o corpo de São Tomé. Digo-vos ainda que vinte homens não conseguiriam ali enfiar nenhum sequer dessa raça dos *gavi*, graças às virtudes do santo corpo. Ali nada mais há para comer senão arroz. Digo-vos ainda que se um grande ginete fosse dado a uma grande égua, não nasceria mais que um pequeno rocim de pernas tortas, que nada vale e não se pode cavalgar. E esses homens vão para a batalha com escudos e lanças, e vão nus, e não são homens valorosos, mas ao contrário são vis e torpes. Não matariam bicho algum, mas quando querem comer carne, mandam os sarracenos ou gente de outra lei matá-los. Têm também esta usança: que todos os dias homens e mulheres se lavam todo o corpo duas vezes, de manhã e à noite; e não comem nem bebem antes de fazerem isso. E quem não fizesse isso seria tido pelos seus como são tidos entre nós os paterinos[249].

E nessa província é dura a justiça com quem comete homicídio, roubo ou qualquer malefício. E quem é useiro em beber vinho não é recebido como testemunha por causa da bebedice, tampouco os que vivem no mar, pois dizem que são dissolutos. E sabei que não têm por pecado a luxúria. E ali é tanto o calor que causa admiração; andam nus; e só chove três meses no ano, junho, julho e agosto; e, não fosse essa água para refrescar o ar, seria tanto o calor que ninguém agüentaria. Ali há muitos homens sábios numa arte que se chama fisionomia[250], ou seja, aquela que permite conhecer um homem pela sua aparência. Atentam para agouros mais que ninguém no mundo, e entendem muito disso, pois amiúde volvem atrás de viagens por um espirro ou por verem um pássaro. E de todas as crianças que lhes nascem escrevem a carta celeste e o planeta que reinava quando ela nasceu, pois há muitos astrólogos e adivinhos.

E sabei que em toda a Índia os pássaros são diferentes dos nossos, salvo a codorniz e o morcego, que são do tamanho dos açores e negros como corvos. E aos cavalos dão carne cozida com arroz e muitas outras coisas cozidas. Ali há muitos mosteiros de ídolos, e são muitas as donzelas oferecidas pelos pais e pelas mães por alguma razão. E o senhor do mosteiro, quando quer agradar aos ídolos, pede tais oferendas; e são obrigados a lá ir, e ali dançam, e bailam e fazem festa. São muitas as donzelas, e amiúde essas donzelas levam comida a esses ídolos, onde ela lhes é oferecida; e põem mesa diante dos ídolos, e sobre a mesa põem comida, e ali a deixam estar por bom pedaço, e por todo esse tempo as donzelas ficam cantando e bailando pela casa. E depois de fazerem isso, dizem que o espírito do ídolo comeu toda a sutileza(*) da comida; escondem-no e se vão. E isso as donzelas fazem até que se casem.

Deixemo-nos por ora deste reino, pois falarei de outro que se chama Multifili*.

....

(*) A parte não material, sutil, do alimento. (N. do T.)

CLII
Do reino de Multifili*

Multifili* é um reino que se encontra quando se parte de Maabar* e viaja-se cerca de mil milhas para tramontana. Esse reino é de uma sábia rainha[251], que ficou viúva por cerca de quarenta anos, e queria tanto bem ao seu senhor que nunca mais quis ter outro marido. E esta manteve o reino em excelente estado, e era mais amada do que jamais foi rei ou rainha.

Ora, nesse reino encontra-se diamante, e direi como. Esse reino tem grandes montanhas, e quando chove a água despenha-se por essas montanhas, e os homens vão buscando pelos caminhos por onde a água passou, e acham muitos diamantes. E no verão, quando não chove, eles são encontrados no alto das montanhas; mas é tanto o calor que mal se pode agüentar. E por essas montanhas há tantas serpentes e tão grandes que os homens para ali vão com medo; são mui venenosas; e os homens não se atrevem a ir perto das cavernas dessas serpentes. Os homens também pegam diamantes de outro modo: ali há fossos tão grandes e profundos que ninguém neles pode entrar, e dentro desses fossos eles jogam pedaços de carne: e, em caindo a carne sobre esses diamantes, estes se fincam na carne. E no alto das montanhas vivem águias brancas que ficam entre essas serpentes; quando as águias cheiram essa carne nesses fossos, vão lá para baixo e trazem-na para a beira do fosso. E os homens vão ao encontro das águias, e elas fogem, e na carne os homens encontram os diamantes. E se descobrem que essas águias bicam o diamante junto com a carne, os homens vão de manhã ao ninho da águia e junto com suas fezes encontram as pedras. Assim, encontram-se diamantes desses três modos, e em lugar nenhum do mundo se encontram diamantes senão neste reino. E não acrediteis que os bons diamantes passem aqui por mãos de cristãos; ao contrário, são levados ao grão cã e a outros reis e barões daquelas terras que têm o grande tesouro. E sabei que nessas terras se faz o melhor *buquerame*[252], o mais fino que se faz no mundo, e o mais precioso. Eles têm bestas em abundância; têm os maiores carneiros do mundo e víveres de sobejo. Agora, ouvireis falar do corpo de São Tomé apóstolo e onde está.

CLIII
De São Tomé Apóstolo

O corpo de São Tomé Apóstolo está na província de Maabar*, numa pequena cidade[253] onde não há muita gente, e nem mercadores ali vão porque não há mercancia e porque o lugar é mui distante. Mas ali vão muitos cristãos e muitos sarracenos em peregrinagem; pois os sarracenos daquelas terras têm muita fé nele, e dizem que ele foi sarraceno e grande profeta; chamam-no de *varria*[254], isto é, "santo homem". Ora, sabei que há uma coisa admirável: que os cristãos que ali vão em peregrinagem pegam torrão do lugar onde São Tomé morreu e dão um pouco dessa terra a quem tenha febre quartã ou terçã: incontinenti se curam; e essa terra é vermelha. E digo-vos que no ano da Graça de 1288 sucedeu uma maravilha. Havia um barão naquela cidade que enchera de arroz todas as casas[255] da igreja, de tal modo que nenhum peregrino ali se podia albergar. E isso deixava irados os cristãos que guardavam a igreja; e de nada adiantava rogar a esse barão que a desembaraçasse. Assim, uma noite São Tomé apareceu-lhe com um forcado na mão, e pondo-o em sua boca disse: "Se não mandares limpar logo a minha casa, faço-te morrer de má morte." E com o forcado apertou-lhe tanto a garganta que o fez muito penar. E São Tomé partiu, e na manhã seguinte o barão mandou desembaraçar as casas da igreja e contou o que lhe sucedera. Com isso os cristãos muito se alegraram e ainda mais reverenciaram São Tomé.

E sabei que ele cura todos os cristãos leprosos. Agora vos contarei como foi morto, conforme ouvi, se bem que sua lenda diga outra coisa; agora digamos o que ouvi. O Senhor São Tomé estava numa ermida dum bosque a dizer suas orações, e ao seu redor havia muitos pavões, pois naquela terra há mais pavões que em qualquer outro lugar do mundo. E, enquanto São Tomé orava, um adorador de ídolos da casta dos *gavi* estava a caçar pavões, e, atirando a flecha a um pavão, acertou São Tomé pelas costas, pois não o vira; e assim ferido, São Tomé ficou a orar bem baixinho, e assim orando morreu. E, antes de ir para aquela ermida, muita gente se convertera na Índia à fé de Cristo.

Por ora deixemo-nos de São Tomé, pois falarei das coisas do lugar. Digo-vos que meninos e meninas nascem negros, mas não tão negros quanto o serão depois, visto que passam a ungir-se todas as semanas com óleo de gergelim para ficarem bem negros, pois naquelas terras, os mais negros são os mais prezados. Digo-vos ainda que aquela gente pinta de preto todos os seus ídolos, e de branco como neve todos os seus demônios, pois dizem que seu deus e seus santos são negros. E digo-vos que tamanha é a fé e a esperança que têm nos bois selvagens que, indo para a guerra, os cavaleiros levam pêlo de boi na rédea dos cavalos, e os caçadores o levam no escudo, e outros prendem-no aos cabelos. E fazem isso para livrar-se dos perigos que podem encontrar na guerra. Por essa razão, ali o pêlo de boi é mui precioso, e assim homem algum se sente seguro se não o tem consigo. Agora sairemos daqui e iremos a uma província onde se chamam brâmanes.

CLIV
Da província de Iar*

Iar* é uma província a poente, partindo-se do lugar onde está o corpo de São Tomé. E nessa província nasceram os brâmanes e é dali que vieram primeiramente. E digo-vos que esses brâmanes são os melhores e mais leais mercadores do mundo, pois jamais diriam mentira, por coisa alguma do mundo. Não comem carne nem bebem vinho, e vivem em grande abstinência e honestidade, e não tocariam mulher que não fosse a sua, nem matariam animal algum, nem fariam coisa alguma em que acreditassem haver pecado. Todos os brâmanes são conhecidos por um cordão de algodão que usam debaixo do ombro esquerdo, preso ao ombro direito, de tal modo que o cordão lhes atravessa o peito e as costas. E digo-vos que têm rei rico e poderoso a quem apraz comprar pérolas e pedras preciosas, e que sói receber todas as pérolas trazidas pelos mercadores dos brâmanes de Maabar*, que é a melhor província da Índia. Adoram ídolos e atentam mais que ninguém para agouros de bichos e pássaros. E há tal costume que, quando algum mercador faz um negócio, atenta para a própria sombra, e se a sombra for do tamanho que deve ser, faz o negócio, mas se não for como deve ser, não o faz naquele dia por coisa alguma do mundo; e fazem sempre isso. Fazem mais uma coisa: que, quando estão em alguma loja para comprar alguma coisa, se aparece uma tarântula, que ali há muitas, olha-se de que lado ela vem; e se vem de um tal lado, faz-se o negócio; se vem de tal outro, não se faz o negócio por coisa alguma no mundo. Também quando saem de casa, se espirram ou se alguém espirra, e isso não lhes agrada, voltam de pronto para casa e não vão mais aonde iam. Esses brâmanes vivem mais que qualquer outra gente do mundo porque comem pouco e fazem grande abstinência: seus dentes são excelentes, por uma erva que soem comer. E há regulares[256] que vivem mais que os outros, e vivem de cento e cinqüenta até duzentos anos, e todos são diligentes no serviço aos ídolos: e tudo isso é pela grande abstinência que fazem. E esses regulares chamam-se *congüigati*[257]. Comem sempre comida boa, ou seja, no mais das vezes arroz e leite; e todos os meses bebem uma beberagem: pegam azougue e enxofre, misturam com água e bebem. E dizem que isso os mantém sãos e prolonga a juventude, e todos os que a usam vivem mais que os outros. Adoram ídolos, e tanta é a fé que têm no boi que o adoram; e a maioria deles usa um boi de couro ou de latão dourado sobre a fronte. E alguns desses regulares andam nus, sem cobrir a natureza; e dizem que o fazem por grande penitência. Digo-vos ainda que eles queimam as fezes do boi e com isso fazem pó, e com esse pó se untam várias partes do corpo com grande reverência, como fazem os cristãos com água benta. E não comem em pratos nem em escudelas, mas em folhas de certas árvores, secas e não verdes, pois dizem que as verdes têm alma, e seria pecado. E guardam-se de fazer coisas em que acreditem haver pecado: antes morreriam. E quando lhes perguntam: "Por que andais desnudos?", dizem: "Porque a este mundo nada trouxemos, e nada queremos deste mundo: não temos vergonha alguma de mostrar nossas naturezas, porque com elas não fazemos pecado. E por isso não temos mais vergonha de um membro que de outro; mas vós as trazeis cobertas porque as usais em pecado, e por isso tendes vergonha delas." E digo-vos outra vez que eles não matariam um animal sequer do mundo, nem pulgas nem piolhos nem moscas nem nenhum outro, porque dizem que têm alma: por isso seria pecado. Tampouco comem coisa alguma verde, nem erva nem frutos, enquanto não estiverem secos, porque dizem que também têm alma. Dormem nus sobre a terra, e nada usam nem embaixo nem em cima; e por todo o ano jejuam, e só comem pão e água. Digo-vos ainda que eles têm certos regulares que guardam os ídolos. Por vezes, querendo pôr à prova sua honestidade, mandam-lhes belas donzelas que são oferecidas aos ídolos, e dizem-lhes que os toquem em várias partes do corpo e que com eles se entretenham; e se o membro deles se altera, mandam-no embora, e dizem que não é honesto e não querem ali ter um homem luxurioso; e se o membro não se altera, ele fica ali, a servir os ídolos do mosteiro. Queimam os corpos dos mortos porque dizem que, se não os queimassem, criariam vermes, e esses vermes morreriam quando não tivessem mais comida, e assim eles seriam a causa da morte desses vermes: e como dizem que os vermes têm alma, a alma daquele tal corpo muito penaria no outro mundo por isso. E por isso queimam os corpos, para que não criem vermes. E agora que vos falei dos costumes desses idólatras, falarei de umas novas de que me esqueci, sobre a ilha de Seilla*.

CLV
Da ilha de Seilla*

Seilla* é uma grande ilha, e tem o tamanho que já vos disse antes. Verdade é que nessa ilha há uma grande montanha que é tão íngreme que só se pode ir lá em cima de um modo: dependurando-se nela correntes de ferro com tal arranjo que os homens possam por estas subir. E digo-vos que nessa montanha está o sepulcro de Adão, nosso pai. Isso é o que dizem os sarracenos, mas os adoradores de ídolos dizem que ali está o sepulcro de Sergamo Borgani[258]. Este Sergamo foi o primeiro homem em cujo nome se fez um ídolo, pois, segundo as usanças deles e o que dizem, ele foi o melhor homem que jamais esteve entre eles e o primeiro que tiveram por santo. Este Sergamo foi filho de um grande rei, rico e poderoso, e foi tão bom que nunca quis atentar para coisa alguma que fosse mundana. Quando o rei viu que o filho levava essa vida e que não queria sucedê-lo no reinado, foi tomado por grande aflição, e mandou buscá-lo, e prometeu-lhe muitas coisas, e disse que queria fazê-lo rei e que queria renunciar ao trono. Mas o filho não quis ouvir nada daquilo. Vendo isso, o rei foi tomado de tão grande ira que por pouco não morreu, pois não tinha outro filho senão aquele, nem tinha a quem deixar o reino. Mas o pai assentou que devia fazer o filho volver às coisas mundanas. Mandou-o para um belo palácio, e com ele deixou bem trezentas donzelas formosas, para que o servissem. E essas donzelas o serviam à mesa e em seus aposentos, sempre a bailar e a cantar com grande alegria, como ordenara o rei. Mas o jovem permanecia firme, e assim não se inclinava a coisa alguma que de pecado fosse, levando vida santa segundo suas usanças. Sucede que tanto tempo ficara em casa que nunca vira nenhum morto nem doente algum; e o pai quis um dia cavalgar pela cidade com esse seu filho. E cavalgando pai e filho, viram um homem morto, que levavam a enterrar, e muita gente ia-lhe atrás. E o jovem disse ao pai: "O que é isso?" E o pai disse: "Meu filho, é um homem morto." E aquele, atônito, disse ao pai: "Mas todos os homens morrem?" E o pai lhe disse: "Sim, meu filho." E o jovem nada mais disse e ficou mui pensativo. Indo um pouco mais adiante, encontraram um velho que não podia andar e que era tão velho que perdera os dentes. E esse jovem volveu ao palácio e disse que não queria mais ficar neste mísero mundo, em que só lhe cabia morrer ou viver tão velho que carecesse da ajuda alheia; disse que queria buscar o que nunca morresse nem nunca envelhecesse, buscar aquele que o criara e fizera, para servi-lo. E incontinenti partiu daquele palácio, e foi para aquela alta montanha, que fica apartada das outras, e ali morou depois por toda a sua vida mui honestamente, de tal modo que por certo, fosse ele cristão batizado, teria sido um grande santo aos pés de Deus. Pouco tempo depois morreu e foi levado diante do pai. O rei, vendo-o, era o mais triste homem do mundo, e imediatamente mandou fazer uma estátua toda de ouro à sua semelhança, ornada com pedras preciosas, e chamou toda a gente da sua terra e do seu reino, e fê-lo adorar como se fosse deus. E disse que esse filho morrera oitenta e quatro vezes[259]; e disse: "Quando morreu a primeira vez virou boi, e depois morreu e virou cavalo."[260] E assim dizem que morreu oitenta e quatro vezes, sempre virando algum animal, cavalo, pássaro ou outro. Mas ao cabo das oitenta e quatro vezes dizem que morreu e virou deus; os idólatras o têm pelo melhor deus que há. E sabei que esse foi o primeiro ídolo que fizeram, e dele vieram todos os ídolos. E isso foi na ilha de Seilla*, na Índia. E digo-vos que os idólatras vêm de terras distantes em peregrinação, assim como os cristãos vão para São Tiago, na Galícia[261]. Mas os sarracenos, que ali vão em peregrinagem, dizem que aquele é o sepulcro de Adão; mas, segundo dizem as Santas Escrituras, o sepulcro de Adão está em outro lugar. E disseram ao grão cã que o corpo de Adão estava nessa montanha, bem como seus dentes e a escudela em que comia: achou ele que devia ter os dentes e a escudela, chamou embaixadores e mandou-os ao rei da ilha de Seilla* para pedir essas coisas. E o rei de Seilla* deu-as: a escudela era de pedra verde mui bela. Os embaixadores volveram e entregaram ao grão cã a escudela e os dois dentes molares, que eram grandíssimos. E quando o grão cã soube que os embaixadores estavam perto da cidade onde ele morava, que estavam chegando com aquelas coisas, mandou anunciar que todos os homens e todos os regulares[262] fossem ao encontro daquelas relíquias, que acreditava serem realmente de Adão: e isso foi no ano de 1284[263]. E tais coisas foram recebidas em Camblau* com grande reverência; e encontrou-se escrito que aquela escudela tinha tal virtude que, em nela se pondo comida para um homem só, cinco homens teriam comida bastante: e o grão cã experimentou, e viu que era verdade.

Agora ouvireis sobre a cidade de Caver*.

CLVI
Da cidade de Caver*

Caver* é cidade nobre e grande, do rei Achiar[264], primeiro irmão dos cinco reis. E sabei que a essa cidade aportam todas as naves que vêm por poente, ou seja, de Cormos*, Quis*, Arden* e de toda a Arábia, carregadas de mercancias e cavalos. E ali vão ter porque é bom porto. E esse rei tem um grande tesouro, e nesse tesouro há muitas e ricas pedras preciosas. E digo-vos que os mercadores ali vão de bom grado porque esse bom rei mantém bem o seu reino. E vê-se que ali têm grandes proveitos e grandes ganhos. E quando esses cinco irmãos reis brigam entre si e querem combater, a mãe, que ainda está viva, põe-se no meio e pacifica-os: quando não consegue isso, pega uma faca e diz que vai matar-se e cortar-se "as tetas do peito donde vos dei de mamar":

então os filhos, pelo dó que lhes dá a mãe, convêm no que é melhor, e fazem as pazes. E isso sucedeu várias vezes; porém, uma vez morta a mãe, não deixará de haver briga entre eles. Deixemo-nos daqui e vamos para o reino de Coilu*.

CLVII
Do reino de Coilu*

Coilu* é um grande reino, partindo-se de Maabar* e viajando-se quinhentas milhas a sudoeste. Todos adoram ídolos, mas há também cristãos e judeus, e têm sua própria língua. Ali nascem *mirobalanos êmblica*(*) e pimenta em grande quantidade, que enchem todos os seus campos e bosques: são colhidos em maio, junho e julho. E as árvores que dão pimenta são domésticas: são plantadas e aguadas.

E é tanto o calor que mal se pode agüentar, e, se alguém pegasse um ovo e o pusesse em algum rio, quase nada demoraria para estar cozido. Muitos mercadores vêm da terra dos manji e da Arábia e de levante, trazendo e levando mercancia com suas naves. Aqui há bichos diferentes dos outros: eles têm leões negros[265] e papagaios de várias feições, havendo alguns brancos, com pés e bico vermelhos, muito belos de se ver; e há pavões e galinhas maiores e mais belas que as nossas. E todas as coisas são diferentes das nossas, e não têm fruto algum que se assemelhe aos nossos. Fazem um vinho de açúcar que é excelente. Têm de tudo a bom preço, salvo trigo e grãos, que não têm, mas têm muito arroz. E é grande o número

....

(*) Do grego *myrobalanos* (*myron* = ungüento, perfume + *balanos* = bolota); êmblica: do árabe amlaj pelo latim medieval *emblica* = espécie de groselheira indiana. Segundo a edição italiana, tratar-se-ia da *Emblica officinalis*, euforbiácia que produz uma espécie de ameixa. (N. do T.)

de sábios astrólogos. Essa gente é negra, e todos andam nus, homens e mulheres, a não ser pelo pano belíssimo com que cobrem as naturezas. Não têm por pecado luxúria alguma; e tomam por mulher a prima e a madrinha, quando lhes morre o pai, e também a mulher do irmão. Tal é o costume deles, como ouviste. Agora sairemos daqui e iremos para os lados da Índia, numas terras que têm nome de Comachi*.

CLVIII
Das terras de Comachi*

Comachi* é na Índia, de onde se pode ver alguma coisa da tramontana[266]. Esse lugar não é muito hospitaleiro, mas um tanto bravio, pois há muitos bichos selvagens e ferozes de diversas feições. Deixemo-nos daqui e vamos para o reino de Eli*.

CLIX
Do reino de Eli*

Eli* é reino a poente, longe de Comachi* quatrocentas milhas. Aqui há rei, e sua gente adora ídolos; não pagam tributo a ninguém mais. Este reino não tem porto, mas tem um grande rio[267] com boa foz. Aqui nasce pimenta, gengibre e muitas outras especiarias. O rei é rico de tesouro, mas não de gente. A entrada do reino é tão difícil que mal se pode entrar para salteá-lo; e se alguma nave chegar àquela foz sem antes ter parado em outras terras, dela se apoderam e tiram tudo, e dizem: "Foi Deus que te mandou, para que sejas nossa." E não acham que pecaram; e assim obram por toda a província da Índia. E se alguma nave ali chega levada por tormenta, pegam-na e tiram-lhe tudo, e isso só não sucederá se ela antes parar em alguma costa. E sabei que as naves dos manji e de outros lugares ali vão no verão, e carregam-se em três, quatro e até oito dias, e se vão tão logo possam, porque ali não há bom porto onde ficar, pelos pendores e pelo saibro que há. Verdade é que as naves dos manji não temem vento, pelas boas âncoras de madeira que usam, sendo essas naves capazes de agüentar todas as tormentas. Eles têm leões e outros bichos em quantidade, animais e aves. Partiremos daqui e falaremos de Melibar*.

CLX
Do reino de Melibar*

Melibar* é um grandíssimo reino; têm seu próprio rei e sua língua, não pagam tributo a ninguém e adoram ídolos. Deste lugar e de um outro que fica perto dele, que se chama Gufarat*, vê-se mais a tramontana. E dele saem todos os dias bem cem naves de corsários que vão roubando pelo mar. E levam consigo mulheres e filhos; e por todo o verão praticam o corso. Causam grande dano aos mercadores e se vão; e são tantos que tomam cerca de cem milhas ou mais de mar: e fazem sinais de fogo uns para os outros, de tal modo que nenhuma nave pode passar por aquele mar sem ser salteada. Os mercadores, que sabem disso, vão juntos, em grande número, e armados, e assim não têm medo deles; e muitas vezes lhes impõem reveses, mas nem tantos que nunca deixem de perder alguma coisa. Mas não ferem os outros, apenas roubam e levam os haveres, e dizem: "Ide buscar mais." Aqui há pimenta, gengibre, canela, turbito, noz-da-índia[268] e muitas outras especiarias, bem como o mais formoso *buquerame*[269] do mundo. Os mercadores para lá levam cobre, panos de seda e de ouro, prata, cravos-da-índia e nardo, que são coisas que não têm. Para lá vão os mercadores dos manji, e levam essas mercancias para muitos lugares. Falar-vos de todos os reinos dessas plagas seria ingente empresa; falarei do reino de Gufarat*, bem como de suas usanças e costumes.

CLXI
*Do reino de Gufarat**

Gufarat* é um grande reino; têm rei e sua própria linguagem; adoram ídolos e não pagam tributo a senhor nenhum do mundo. São os piores corsários que se encontram nos mares, os mais maliciosos, pois quando salteiam algum mercador dão-lhe de beber tamarindo com água salgada, para fazê-lo ir de corpo; depois examinam-lhe as fezes, para encontrar pérolas e outras coisas preciosas, caso o mercador as tenha engolido. Ora vede se isso não é malícia: pois dizem que os mercadores as engolem quando são presos, para que os corsários não as encontrem. Nessas terras há pimenta e gengibre, bem como bombazina, porque têm árvores que dão paina, que têm bem seis passadas de altura e duram cerca de vinte anos. Mas quando estão assim velhas não dão mais bom algodão para fiar, e com ele se faz outra coisa: de doze anos até os vinte são tidas por velhas. Aqui são curtidos muitos couros de boi e de carneiro e de unicórnios[270] e de muitos outros bichos, com que se faz grande mercancia e se abastecem muitas outras terras. Deixemo-nos daqui e vamos para outro lugar, que se chama Tana*.

CLXII
*Do reino de Tana**

Tana* é também um grande reino, e semelha-se aos de cima, e também têm seu rei. Ali não há especiarias: há incenso, mas não é branco, porém escuro[271], com que se faz grande mercancia. Aqui há *buquerame* e bombazina; os mercadores trazem ouro, prata e cobre em quantidade, e tudo de que aqui precisem, e levam as coisas deles. Também daqui saem muitos corsários que causam grande dano aos mercadores: e isso por vontade de seu senhor. E o rei faz com eles o seguinte pacto: que os corsários lhe dêem todos os cavalos que pegarem, pois são muitos os que por ali passam, visto que em Índia se fazem com eles grandes negócios, de tal modo que poucas naves vão para a Índia sem cavalos, e todas as outras coisas serão dos corsários. Agora saiamos daqui e vamos para outro lugar que se chama Cambaet*.

CLXIII
Do reino de Cambaet*

Cambaet* é também outro grande reino, semelhante aos de cima, salvo por não ter corsários nem má gente: vive de mercancia e arte, e é boa a sua gente. Fica a poente, e de lá se vê melhor a tramontana. Não há mais para lembrar. Falarei dum reino que se chama Quesmacora*.

CLXIV
Do reino de Quesmacora*

Quesmacora* é um reino que tem seu rei; também adoram ídolos e têm língua sua. É reino de muita mercancia, e vivem de arroz, carne e leite. Esse reino é da Índia. Sabei que de Maabar* até aqui as terras são da Índia Maior, que é a melhor; e as cidades e os reinos de que vos falamos foram apenas os que ficam ao longo do mar, pois falar dos de terra firme ingente empresa seria. Quero falar-vos de algumas ilhas que há perto da Índia.

CLXV
De algumas ilhas que há perto da Índia

A ilha que se chama Malle[272] fica em alto mar, a cerca de quinhentas milhas para o meio-dia, partindo-se de Quesmacora*. São cristãos batizados e acatam a lei do Velho Testamento[273]: pois nunca tocariam mulher prenhe, e tampouco nos quarenta dias de paridas. E digo-vos que nessa ilha não há mulher alguma, mas que elas ficam numa ilha mais além, que se chama Femelle, a trinta milhas. E os homens vão a essa ilha onde ficam essas mulheres, e com elas ficam três meses do ano, e ao cabo desses três meses volvem à sua ilha. E nessa ilha nasce âmbar fino e belo.

Vivem de arroz, carne e leite; são bons pescadores, e secam muitos peixes, de tal modo que por todo o ano os têm em abundância. Ali não há senhor, salvo um bispo que está sob as ordens do arcebispo de Scara*. E por isso não ficam o ano todo com suas mulheres, porque não teriam víveres. E seus filhos ficam com as mães catorze anos; e depois o menino vai-se com o pai, e a menina fica com a mãe. Aqui não encontramos mais o que lembrar: partiremos pois, para ir à ilha de Scara*.

CLXVI
Da ilha de Scara*

Partindo-se dessas duas ilhas, vai-se para o meiodia cerca de quinhentas milhas, e encontra-se a ilha de Scara*. Ali também são cristãos batizados e têm arcebispo. Há muito âmbar. Têm boa bombazina e outras mercancias, têm muitos e bons peixes salgados, e vivem de arroz, carne e leite; andam todos nus. Ali vão muitas naves de mercadores. Esse arcebispo nada tem a ver com o papa de Roma, mas obedece ao arcebispo que fica em Baudac*[274]. Ora, esse arcebispo que fica em Baudac* manda vários bispos e arcebispos por todas aquelas terras, como faz o papa de Roma. E todos esses bispos e prelados obedecem a esse arcebispo como se papa fosse. Aqui vêm muitos corsários para vender sua presa, e vendem-na bem. E os daqui compram porque sabem que tais corsários só roubam sarracenos e idólatras, e não cristãos.

E quando esse arcebispo da ilha de Scara* morre, convém que de Baudac* venha outro, pois se assim não for nunca haverá aqui arcebispo. E digo-vos também que os cristãos dessa ilha são os mais expertos encantadores que há no mundo. É de se ver que o arcebispo não quer que façam esses encantamentos, e por isso os castiga e admoesta. Mas isso de nada vale, pois dizem que seus avoengos fizeram aquilo sem peias, e por isso dizem que querem fazê-lo também. Falarei de seus encantamentos. Se uma nave estivesse sendo levada por vento forte, eles fariam vir vento contrário, e a fariam voltar a ré; e fazem cair tormenta no mar quando querem; e também fazem outras coisas maravilhosas que não está bem lembrar. Outra coisa não há que eu queira lembrar; daqui partiremos para ir à ilha de Madagascar.

CLXVII
Da ilha de Madagascar

Madagascar[275] é uma ilha situada a meio-dia, distante de Scara* mil milhas. Lá são sarracenos que adoram Maomé; têm quatro *xeiques*, isto é, quatro anciãos que dominam toda a ilha. Sabei que é a melhor e maior ilha de todo o mundo, pois diz-se que tem quatro mil milhas de giro. Lá vivem de mercancia e arte. Ali nascem mais elefantes que em qualquer lugar do mundo; e por todo o resto do mundo não se vendem nem se compram tantos dentes de elefantes quanto nessa ilha e na de Zachibar*. Sabei que nessa ilha não se come outra carne senão a de camelo, e come-se tanta que não se poderia acreditar. E dizem que essa carne é a mais sã e a melhor que há no mundo. Ali há grandíssimas árvores de sândalo vermelho[276], e há grandes bosques. Há âmbar em abundância, mas naqueles mares há muitas baleias e cachalotes[277]; e como pegam muitas dessas baleias e desses cachalotes, têm muito âmbar. Têm leões e todos os bichos de caçar, pássaros muito diferentes dos nossos. Para lá vão muitos navios, trazendo e levando muita mercancia. E é de se ver que os navios não podem ir mais adiante desta ilha rumo ao meio-dia, e a Zachibar*, pois o mar corre tão forte para o sul que mal se poderia volver[278]. E digo-vos que os navios que de Maabar* vêm a esta ilha, vêm em vinte dias, mas quando voltam para Maabar* demoram três meses: isso sucede pelo mar que corre tão forte para o meio-dia. Sabei ainda que àquelas ilhas de que falamos, que ficam ao meio-dia, as naves não vão de bom grado, por correrem tão fortes suas águas. Isso me foi dito por certos mercadores que lá foram, pois que lá há grifos[279], e estes aparecem em certas partes do ano; mas não são feitos como se diz aqui, meio pássaro, meio leão, mas são como águias, e são grandes como vos direi. Pegam um elefante e carregam-no pelo ar, e depois o deixam cair, e ele se desfaz por inteiro e serve-lhe de pasto. Dizem também os que o viram que suas asas são tão grandes que cobrem vinte passadas, e que as penas têm doze passadas de longo, e que são grossas como convém a esse comprimento. O que vi desses pássaros dir-vos-ei noutro lugar.

O grão cã mandou mensageiros para saber dessas coisas dessa ilha, e pegaram um deles; assim, mandou outros para soltarem aquele. Esses mensageiros trouxeram ao grão cã um dente de porco-montês que pesava catorze libras. Viram animais e pássaros que é uma maravilha. Os da ilha chamam esse pássaro de "ruc", mas por seu tamanho acreditamos que seja o grifo. Agora sairemos dessa ilha e iremos para Zachibar*.

CLXVIII
Da ilha de Zachibar*

Zachibar* é uma grande e formosa ilha que tem um giro de duas mil milhas; lá todos adoram ídolos, têm seu próprio rei e sua língua. Sua gente é alta e robusta, porém mais alta deveria ser, pelo robusta que é; pois são tão robustos e membrudos que parecem gigantes, e são tão fortes que um deles pode carregar o peso que só quatro homens carregariam: e isso não é de admirar, pois cada um come por cinco. E todos são negros, andam nus, salvo por cobrirem a natureza; seus cabelos são crespos. Têm boca grande e ventas largas, e os lábios e os olhos são tão grandes que quem os vê se admira, e, se em outras terras fossem vistos, seriam tomados por diabos. Têm muitos elefantes, com cujos dentes fazem muita mercancia. Têm muitos leões, de feições diferentes dos outros, e há onças e leopardos em grande quantidade. É de se ver que têm bichos diferentes de todos os outros do mundo, e têm capões e ovelhas de tal feição e cor que são todos brancos com cabeça preta; e em toda essa ilha não seriam encontrados com outras cores. Têm belíssimas girafas, como vos direi. Têm elas peito largo, mas são um tanto baixas atrás, pois as pernas de trás são curtas, e as da frente e o pescoço são bem longos. E do chão têm bem três passadas de alto, a cabeça é pequena, e não fazem mal algum; sua cor é vermelha e branca, em círculos, e são coisa belíssima de se ver.

O elefante deita-se com a elefanta tal qual o homem com a mulher, ou seja, ela fica de costas porque tem a natureza no corpo. Aqui estão as mais feias mulheres do mundo, pois têm boca grande, nariz grosso e curto, e suas mãos são quatro vezes maiores que as das outras. Vivem de arroz e carne, de leite e tâmaras. Não têm vinho de videiras, mas de arroz, açúcar e especiarias. Aqui é grande a mercancia, com muitos mercadores que levam e trazem coisas. Têm também muito âmbar porque pegam muitas baleias. Os homens dessa ilha são bons e fortes pelejadores, e não temem a morte. Não têm cavalos, mas pelejam sobre camelos e elefantes, e fazem fortalezas sobre elefantes[280], e nelas cabem de doze a vinte homens, e combatem com lanças, espadas e pedras, e suas batalhas são cruéis. E quando querem levar elefantes para a batalha, dão-lhe muito vinho para beber, pois assim vão com mais vontade, orgulho e brio. Daqui não há mais para dizer. Direi mais alguma coisa sobre a Índia; pois sabei que da Índia só vos falei das ilhas maiores, mais nobres e melhores, pois falar de tudo seria ingente empresa: porque, segundo dizem os expertos marinheiros que pela Índia vão, e segundo se encontra escrito, as ilhas da Índia, entre povoadas e não povoadas, são doze mil e setecentos. Mas por ora deixemo-nos da Índia Maior, que vai de Maabar* até Quesmacora*[281], que são treze grandíssimos reinos, dos quais só falamos de nove; e sabei que a Índia Menor[282] vai de Chamba* até Multifili*[283], e lá há oito grandes reinos; e sabei que não vos falei dessas ilhas, que ainda são grande quantidade de reinos. Falarei da Índia do Meio, que se chama Abache*.

CLXIX
Da Índia do Meio, chamada Abache*

Abache* é grandíssima província que se chama Índia do Meio. E sabei que o maior rei dessa província é cristão, e todos os outros reis da província lhe são submissos, e são seis: três cristãos e três sarracenos. Os cristãos desta província têm três sinais no rosto: um vai da fronte ao meio do nariz, e o outro de uma bochecha à outra. E esses sinais são feitos com ferro quente, pois, após serem batizados na água, fazem-se tais sinais, e fazem-nos como grande fidalguia, dizendo que assim se cumpre o batismo. E os sarracenos têm só um sinal, que vai da fronte até o meio do nariz. O rei maior mora no meio da província[284]. Os sarracenos moram perto de Dan*, em cujas terras o Senhor São Tomé converteu muita gente: depois partiu e foi para Maabar*, onde morreu. E sabei que nessa província de Abache* há muitos cavaleiros e muita gente de armas, e disso precisam, porque é grande a guerra com o sultão de Dan* e com o da Núbia*, e com muita outra gente. Agora quero contar-vos uma nova que sucedeu ao rei de Abache*, quando quis sair em peregrinação.

CLXX
De algo que sucedeu ao rei de Abache*

O rei de Abache* teve vontade de ir ao Santo Sepulcro de Cristo em peregrinação[285]. Cabia-lhe então passar pela província de Adan*, que era povoada por inimigos seus, e por isso foi aconselhado a mandar um bispo em seu lugar; assim, mandou um santo bispo de mui santa vida. Ora, chegou esse bispo ao santo sepulcro como peregrino honoravelmente e com boa companhia, e, feitas as reverências como convêm, e feita a oferta, pôs-se a caminho para volver à sua terra. E chegando perto de Adan*, sabendo o sultão de lá que aquele bispo ali se achava, despeitado com seu senhor, fê-lo prender, e disse-lhe que queria torná-lo sarraceno; e esse bispo, como santo homem que era, disse que isso não faria. Então o sultão mandou que, por força, lhe fizessem a circuncisão, como a um sarraceno, e fazendo-lhe isso deixou-o ir. Depois de curar-se, o bispo, que já podia cavalgar, pôs-se a caminho e foi ter com seu rei. E, vendo-o de volta, o rei muito se alegrou, e perguntou do santo sepulcro e de todas as coisas. E quando soube que por despeito o sultão o havia daquele modo diminuído, por pouco não morreu de dor, e disse que aquela vergonha seria vingada. Então o rei mandou reunir um grande exército para marchar sobre a província de Adan*. Depois de tudo aprestado, pôs-se em marcha o rei com toda a sua gente e impôs grandes reveses ao sultão, matando muitos sarracenos. Depois de fazer-lhes todos os danos que pudessem, não podiam ir mais adiante por serem malíssimos aqueles caminhos, e por isso aviaram-se para suas terras. E sabei que esses cristãos são muito melhores em armas que os sarracenos. E isso foi no anno Domini 1288. E tendo-vos contado esse caso, passo a falar-vos da vida dos que moram em Abache*. Vivem de arroz, leite e carne; têm elefantes, que ali não nascem, mas vêm de outras terras. Ali nascem muitas girafas e muitos outros bichos; têm belíssimas galinhas e avestruzes do tamanho de asnos, ou um pouco menos; têm muitas outras coisas, e querer de todas falar seria ingente empresa. Aves e bichos para caçar ali há em grande quantidade; têm papagaios belíssimos e de muitas feições; têm babuínos e macacos em grande quantidade.

Agora que vos falei de Abache*, falarei das terras de Dan*.

CLXXI
*Da província de Adan**

A província de Adan* tem um senhor que se chama "sultão". São todos sarracenos e adoram Maomé; são grandes inimigos dos cristãos. Nessa província há muitas cidades e castelos; tem porto, aonde vão ter todas as naves da Índia com suas mercancias, que são muitas. E nesse porto os mercadores carregam barcas pequenas com suas mercancias, e descem por um rio[286] que dura sete jornadas; depois tiram-nas das barcas e com elas carregam camelos, com que andam trinta jornadas por terra; depois chegam ao rio de Alexandre[287], e por ele vão até Alexandria; é por esse caminho e desse modo que os sarracenos de Alexandria recebem pimenta e outras especiarias de Adan*; e do porto de Adan* partem naves que volvem carregadas de outras mercancias, levando-as pelas ilhas da Índia[288]. E desse mesmo porto esses mesmos mercadores levam belíssimos ginetes para a ilha de Índia; e sabei que um bom e belo cavalo desses é vendido na Índia por cem marcos de prata. E sabei que o sultão de Adan* tem grandes rendas com a gabela que recebe desses navios e dessas mercancias; e por essa tão grande renda é tão grande senhor, um dos grandes do mundo. E sabei que, quando o sultão de Bambelônia* marchou sobre Acre* com seus exércitos, o sultão de Adan* ajudou-o com trinta mil cavalos e quarenta mil camelos; e sabei que não lhe deu essa ajuda pelo bem que lhe queria, mas só pelo grande mal que queria aos cristãos, pois o sultão de Bambelônia* nunca lhe quis bem.

Agora deixarei de falar de Adan* e falarei de uma grandíssima cidade que se chama Chier*, onde há um pequeno rei.

CLXXII
Da cidade de Chier*

Chier* é uma grande cidade, que dista quatrocentas milhas do porto de Adan*. É governada por um conde que obedece ao sultão de Adan*. Tem muitos castelos[289] sob seu domínio, e mantém boa razão e justiça. São sarracenos, que adoram Maomé; têm excelente porto, aonde chegam muitas naves que vêm da Índia com muita mercancia, e que de lá levam muitos bons cavalos de duas selas. Aqui há muitas tâmaras: arroz têm pouco e os outros grãos vêm de muitos outros lugares. Têm peixes em grande quantidade, e muito atum: por um *veneziano* comprar-se-iam dois dos grandes; vinho, fazem de açúcar, arroz e tâmaras. Digo-vos que têm carneiros sem orelhas nem furos de orelhas, pois onde as deveriam ter têm dois corninhos, sendo bichos pequenos e belos. E sabei que aos bois, aos camelos, aos carneiros e aos cavalos de tiro dão peixes para comer; é essa a comida que dão às suas bestas. Isso porque em suas terras não há pasto, pois é a terra mais seca que há no mundo. Os peixes, que esses bichos pastam, são pescados em março, abril e maio em tão grande quantidade que é de admirar. Secam-nos e guardam-nos o ano inteiro, e assim os dão às suas bestas. Verdade é que as bestas lhes são tão avezadas que os comem vivos como saem da água. Digo-vos ainda que eles têm um peixe muito bom com que fazem um biscoito que cortam em pedacinhos, com quase uma libra cada pedaço, e que depois dependuram ao sol, deixando-os a secar. E depois de secos, guardam-nos, e assim os comem o ano todo, como biscoito. Aqui nasce incenso em grande quantidade, e com ele se faz grande mercancia. Não havendo mais o que lembrar, daqui partiremos para ir à cidade de Dufar*.

CLXXIII
Da cidade de Dufar*

Dufar* é grande e bela cidade; dista quinhentas milhas de Chier*, a noroeste. São sarracenos, e seu senhor é um conde que obedece ao reino de Adan*. Também têm porto, e sua mercancia é quase como a de que vos falei acima. Contarei de que modo se faz o incenso. Sabei que há certas árvores em que se fazem certos talhos, e por esses talhos saem gotas que se coalham; e esse é o incenso. Também, pelo grande calor que faz, nascem nessas árvores certas bolhas de goma, que também são incenso. E com esse incenso e com os cavalos que vêm da Arábia e vão para a Índia faz-se grande mercancia. Agora quero falar-vos do golfo de Calatu*, de onde fica e que cidade há ali.

CLXXIV
Da cidade de Calatu*

Calatu* é uma grande cidade, dentro do golfo que se chama Calatu*, e dista de Dufar* quinhentas milhas a noroeste; é nobre cidade de mar, onde todos são sarracenos e adoram Maomé. Ali não há grãos, mas, pelo bom porto que há, chegam muitas naves que trazem muitos grãos e outras coisas. A cidade está na boca do golfo de Calatu*, e digo-vos que nenhuma nave pode nele entrar ou dele sair contra a vontade dessa cidade. Mas deixemo-nos daqui e vamos para uma cidade que se chama Curmos*, e que dista de Calatu* trezentas milhas, entre norte e noroeste. Mas quem partisse de Calatu* e se mantivesse entre nordeste e poente, depois de quinhentas milhas encontraria a cidade de Quis*. Mas falarei da cidade de Curmos*, aonde chegamos.

CLXXV
Da cidade de Curmos*

Curmos* é uma grande cidade de mar, à semelhança daquela de que vos falei acima. Nesta cidade é tão forte o calor que mal se pode agüentar: que se os de lá não fizessem alfurjas, que trazem o vento para suas casas, de outro modo não agüentariam. Nada mais vos direi desta cidade, pois que nos convirá aqui volver, e em volvendo falaremos de tudo o que agora deixamos. E falarei da Grande Turquia*, onde entramos.

CLXXVI
Da Grande Turquia*

A Grande Turquia* tem um rei chamado Caidu, que é sobrinho do grão cã, filho de um primo coirmão seu. Estes são tártaros, valentes homens de armas, porque estão sempre em guerras e pelejas. Essa Grande Turquia* fica a nordeste. Partindo-se de Curmos*, passando-se pelo rio de Geon* e indo-se para o norte até as terras do grão cã, encontram-se os domínios de Caidu. E sabei que entre este Caidu e o grão cã há grande guerra, porque Caidu queria conquistar parte das terras do Catai e dos manji; mas o grão cã quer ser por ele reverenciado, assim como o é por quantos dele recebem terras: e este não quer fazer isso, porque não se fia, e assim entre eles houve muitas batalhas. E dispõe este rei Caidu de uns cem mil cavaleiros, e várias vezes venceu os barões e os cavaleiros do grão cã, porque é denodado em armas, ele e sua gente. Ora sabei que esse rei Caidu tinha uma filha que se chamava Aijarne[290], em tártaro, que em latim vem a ser "lua luzente". Essa donzela era tão forte que não se encontrava ninguém que a pudesse vencer. O rei seu pai quis casá-la: ela disse que nunca se casaria, se não encontrasse gentil-homem que a vencesse em prova de força ou outra. O rei lhe concedera casar-se segundo a sua vontade. E com esse consentimento do rei, a donzela muito se alegrou; mandou então anunciar por todas as terras que, se houvesse algum gentil-homem que quisesse medir-se com a filha do rei Caidu, que fosse à corte, sabendo-se que ela daria sua mão àquele que a vencesse. Quando a nova foi anunciada por todas as partes, foram muitos os gentis-homens que acorreram à corte do rei. Foi então a prova arranjada deste modo. Na sala magna do palácio ficaram o rei e a rainha com muitos cavaleiros e muitas mulheres e donzelas: chega então a donzela sozinha, vestida com uma túnica de cendal bem talhada. A donzela era formosíssima e bem feita de todas as belezas. Convinha então que se apresentasse o mancebo que com ela se mediria, segundo os pactos que direi: se o mancebo vencesse a donzela, ela o tomaria por marido e ele a tomaria por mulher; se fosse a donzela a vencer o homem, convinha que o homem lhe desse cem cavalos. E desse modo havia a donzela ganho bem dez mil cavalos. E sabei que não era de admirar, pois essa donzela era tão bem feita e formada que parecia uma giganta. Ali havia um mancebo que era filho do rei de Pumar[291], e que ali fora ter com essa donzela; e levou consigo mui bela e nobre companhia, bem como mil cavalos para pôr na porfia: mas tinha tomado a peito vencer, e disso parecia estar bastante seguro. Foi no ano de 1280. Quando o rei Caidu viu chegar esse mancebo, alegrou-se muito, e em seu coração desejava que aquele mancebo a vencesse, por ser ele um belo jovem e filho de grande rei; pediu então à filha que se deixasse vencer por aquele. E ela respondeu: "Sabei, meu pai, que por coisa alguma do mundo eu faria algo que não fosse por direito e razão." Entra então a donzela na sala para a prova: todos os que ali estavam rezavam para que ela perdesse, para que tão belo par ficasse junto. E sabei que aquele mancebo era forte e valoroso, e não achava homem que o vencesse, nem que com ele se pudesse medir em qualquer prova. Ora, os dois foram às vias de fato e aferraram-se pelos braços, e começaram muito bem, mas isso pouco durou, pois foi fatal que também aquele mancebo perdesse. Então na sala fez-se sentir o maior pesar do mundo, porque o mancebo perdera, e era um dos mais belos homens que já ali tivera ido ou que jamais iria. E então a donzela ganhou aqueles mil cavalos, e o mancebo partiu, e foi para sua terra mui envergonhado. E quero que saibais que o rei Caidu levou essa sua filha para várias batalhas: e quando ela estava na peleja lançava-se sobre os inimigos com tal furor que não havia cavaleiro tão audaz nem tão forte que ela não vencesse pela força e pusesse fora de combate; e eram muitas as suas proezas nas armas. Mas deixemo-nos desta matéria, pois falarei de uma batalha que houve entre o rei Caidu e Argun, filho do rei Abaga, senhor do levante[292].

CLXXVII
Duma batalha

Sabei que o rei Abaga[293], senhor do levante, domina muitas terras e províncias, e suas terras confinam com as do rei Caidu, ou seja, pelo lado da árvore solitária, que chamamos de "árvore seca"[294]. O rei Abaga, para que o rei Caidu não causasse danos às suas terras, mandou seu filho Argun com muita gente a cavalo e a pé para as terras da árvore solitária, até o rio de Geon[295], para tomar conta daquelas terras de fronteira. Sucede então que o rei Caidu mandou um irmão seu, mui valente cavaleiro, que se chamava Barac, com muita gente, para devastar as terras onde estava esse Argun. Quando Argun ficou sabendo que aqueles estavam chegando, reuniu sua gente, e foi de encontro aos inimigos. Quando ambas as partes se juntaram e os instrumentos começaram a tocar de ambos os lados, começou a mais cruel batalha que já se viu no mundo; mas no fim Barac e sua gente não puderam agüentar, de tal modo que Argun venceu-os e acossou-os para além do rio. E uma vez que começamos a falar de Argun, contarei como foi preso e como se fez senhor depois da morte de seu pai[296].

Depois que Argun venceu essa batalha, chegou-lhe a nova de que o pai se fora desta vida[297]. Ao ouvir isso, ficou muito pesaroso e aviou-se para tomar posse de sua senhoria, mas estava distante cerca de quarenta jornadas. Sucede que aquele que fora irmão de Abaga[298], que era sultão e se fizera sarraceno[299], chegou antes de Argun, e incontinenti assenhoreou-se de tudo e dispôs a cidade em seu favor. E ali encontrou tão grande tesouro que mal se podia acreditar, e deu-o tão largamente aos barões e aos cavaleiros da cidade que estes disseram que nunca mais iriam querer outro senhor. Este sultão a todos fazia agrados e honras.

Ora, quando o sultão ficou sabendo que Argun estava chegando com muitos homens, preparou todos os seus num grande esforço de guerra durante uma semana. E essa gente, por amor do sultão, ia de bom grado de encontro a Argun, para assaltá-lo e matá-lo com todas as suas forças.

Depois de todo o esforço de guerra, o sultão e sua gente puseram-se a caminho e foram de encontro a Argum. E quando estavam próximos, acampou numa bela planície e disse à sua gente: "Senhores, cumpre-nos ser denodados, porque defendemos a razão, pois este reino foi de meu pai: meu irmão Abaga tomou conta dele por toda a sua vida, e eu deveria ter a metade, mas por cortesia deixei-a para ele. Ora, uma vez que ele morreu, justo é que eu fique com tudo; mas digo-vos que não quero outra coisa senão a honra de ser senhor, e que sejam vossos todos os frutos." Esse sultão tinha uns quarenta mil cavaleiros e grande quantidade de caçadores. E seus homens responderam dizendo que ficariam com ele até a morte.

Argun, sabendo que o sultão tinha acampado perto dele, reuniu sua gente e disse: "Senhores, irmãos e amigos meus, sabeis bem que meu pai, enquanto viveu, teve-vos todos por irmãos e filhos, e sabeis bem que tanto vós quanto vossos pais estiveram com ele em muitas batalhas e na conquista de muitas cidades: sabeis muito bem que sou filho dele e que ele vos amou muito, e que ainda vos amo de todo o meu coração; por isso, é bem justo que me ajudeis a reconquistar aquilo que foi de meu pai e vosso, contra aquele que vai de encontro à razão, e quer-nos deserdar de nossas terras e acossar todas as nossas famílias. E sabei também que ele não é de nossa lei, pois é sarraceno e adora Maomé; e vede se é coisa digna que os sarracenos dominem os tártaros, e visto ser ele desse modo, a vós cumpre ser denodados e valentes. Assim, como bons irmãos, ajudai-me a defender o que é nosso, e eu espero em Deus que o matemos, pois disso ele é digno: por isso peço-vos a todos que façais mais do que vossas forças consentirem, para vencermos a batalha." Os barões e os cavaleiros de Argun, depois de ouvirem o que ele dizia, responderam que ele falara bem e prudentemente; e afirmaram todos em comum que antes queriam com ele morrer do que sem ele viver, e que ninguém lhe faltaria. Então um barão levantou-se e disse a Argun: "Senhor, o que dissestes é tudo verdade, mas quero dizer algo: a mim parece justo que sejam mandados embaixadores ao sultão, para saber a razão do que está fazendo e para saber o que quer." E assim se deliberou. E depois de assim deliberarem, escolheram dois embaixadores para irem ter com o sultão e expor-lhe essas coisas, de que entre eles não deveria haver batalha, por serem todos uma só coisa, e de que o sultão deveria deixar a cidade e entregá-la a Argun. O sultão respondeu aos embaixadores: "Ide ter com Argun e dizei-lhe que quero tê-lo como sobrinho e filho, tal como devo"[300], e que queria dar-lhe poder, que ele ali fosse e se lhe submetesse, mas que não queria que ele fosse o senhor. "E se não quiser fazer isso, dizei-lhe que se prepare para a batalha."

Argun, ouvindo isso, foi tomado de ira e disse: "Nada nos resta mais a dizer." Então marchou com seus homens e foi para o campo onde deveria ser travada a batalha; e depois de preparadas ambas as partes e depois que os instrumentos começaram a tocar de ambos os lados, principiou feroz e cruel batalha para cada uma das partes. Naquele dia foi grande o denodo de Argun e de sua gente, mas de nada valeu.

Para grande desventura, Argun foi preso, perdendo então a batalha para o sultão. E como este fosse homem luxurioso, pensou em volver à cidade e pegar muitas das belas mulheres que lá havia. Partiu então, e deixou alguém em seu lugar, que se chamava Meliqui[301], e que deveria guardar muito bem Argun; e assim foi para a cidade, e Meliqui ficou.

Sucede, porém, que um barão tártaro, que naquele tempo estava sob as ordens do sultão, viu que Argun deveria ser seu senhor por justiça. Teve um grande pensamento, que lhe encheu alma e coração, e dizia-se a si mesmo que lhe parecia mal estar assim preso o seu senhor, e pensou em tudo fazer para que ele fosse solto. E então começou a falar com outros barões daquelas hostes, e a cada um pareceu de bom alvitre e de boa intenção arrepender-se do que haviam feito. E depois de bem acordados, um barão, chamado Boga[302], foi quem tudo começou. Então sublevaram-se todos em motim, e foram até a prisão onde estava Argun e disseram-lhe de como haviam reconhecido o erro, que tinham feito mal, e que queriam voltar à misericórdia e fazer e dizer o bem, tendo-o por senhor.

E assim acordaram; e Argun perdoou a todos pelo que tinham feito contra ele. E imediatamente todos aqueles barões foram até o pavilhão onde estava Meliqui, vicário do sultão, e o mataram; então todos os do exército confirmaram Argun como seu legítimo senhor.

Depressa chegaram aos ouvidos do sultão as novas sobre o fato e de como Meliqui, seu vicário, morrera. Ouvindo isso, sentiu muito medo e pensou em fugir para Bambelônia*, e aviou-se com a gente que tinha. Um barão, que era grande amigo de Argun e estava de guarda, vendo o sultão passar, reconheceu-o e imediatamente barrou-lhe a passagem e, prendendo-o à força, levou-o prisioneiro a Argun, na cidade, pois ele ali chegara havia três dias. E Argun, vendo-o, alegrou-se muito e incontinenti ordenou que o levassem à morte por traição. Feito isto, Argun mandou um de seus filhos[303] guardar as terras da árvore solitária, e com ele mandou trinta mil cavaleiros. Naquele tempo, em que Argun tomou o poder, corria o ano de 1285[304]; e ele reinou seis anos, sendo então envenenado, e assim morreu. E morto Argun, um tio seu tomou o poder (porque o filho de Argun estava muito longe), e foi senhor dois anos, e ao cabo de dois anos também foi morto por beberagem. Agora deixarei de falar sobre isso, pois nada mais há para dizer, e falarei um pouco das terras que ficam a tramontana.

CLXXVIII
Das terras a tramontana[305]

Nas terras a tramontana há um rei que se chama rei Conchi[306]; são tártaros, gente bestial. Têm um deus feito de pano a que chamam Nattigai, e fazem também a mulher dele. E dizem que são deuses terrenos que guardam todos os seus bens terrenos; por isso lhe dão de comer e fazem a esse tal deus tudo o que fazem os outros tártaros de que falamos antes. Esse rei Conchi é da estirpe de Gêngis, sendo parente do grão cã. Essa gente não tem cidades nem praças-fortes, ao contrário estão sempre em planos ou montanhas. E há muita gente, que vive de leite de animais e de carne: não têm grãos. E não é gente que faça guerra contra os outros, ao contrário vivem em paz. E têm muitos animais, ursos brancos com vinte palmos de comprido, raposas pretas e asnos selvagens; têm zibelinas, das quais são feitas peles preciosas, pois uma pele que cubra um homem vale uns mil besantes, e eles as têm em quantidade. Esse rei é de umas terras aonde não podem ir cavalos, porque é grande a quantidade de lagos e de nascentes, sendo tanto o gelo que não se pode ali levar cavalo. E estendem-se essas terras ruins por treze jornadas; ao cabo de cada jornada há uma posta onde se albergam os mensageiros que vão e voltam. E em cada uma dessas postas ficam quarenta cães, que ali estão para carregar os mensageiros de uma posta à outra, como vos direi. Sabei que essas treze jornadas são feitas de duas montanhas, e entre estas há um vale, e nesse vale é tanta a lama e o gelo que lá não passa cavalo; e mandam fazer jorrões sem rodas[307], pois lá não se poderiam usar rodas, que na lama afundariam e no gelo correriam demais. E nesse jorrão põem um couro de urso, e sobre ele vão esses tais mensageiros. E esse jorrão é puxado por seis desses cães, e esses cães conhecem bem o caminho e vão até a outra posta; e assim vão de posta em posta pelas treze jornadas desse mau caminho; e aquele que guarda a posta monta num outro jorrão e leva-o pelo melhor caminho. E digo-vos que os homens que andam por essas montanhas são bons caçadores, pois pegam bons animais e com isso têm grandes ganhos, pois são zibelinas, esquilos, arminhos, raposas negras e outros bichos, com que se fazem as preciosas peles. E pegam-nos deste modo: fazem-lhes redes, e nenhum consegue escapar. Ali é grande o frio. Indo mais adiante, ouvireis o que encontramos: o Vale Escuro.

CLXXIX
Do Vale Escuro

Indo mais para o norte, encontramos uma terra que se chama Escuridão[308]. E por certo bem lhe cabe esse nome, porque lá é sempre escuro: nunca aparece o sol nem a lua nem as estrelas, é sempre noite. A gente que ali há vive como bicho, sem senhor. Mas às vezes os tártaros mandam gente para lá, como vos direi: os homens que ali vão devem levar jumentas que tenham potros, e deixam os potros fora da Escuridão; aí, vão roubando o que podem encontrar, e depois as jumentas voltam para seus potros que estão fora da Escuridão: desse modo volvem aqueles que lá se metem. Essa gente tem muitas daquelas peles preciosas e outras coisas mais, porque são maravilhosos caçadores, e assim juntam muitas das peles de que falamos acima. A gente que ali vive é pálida e de cor feia. Partindo daqui, vamos para a província da Rússia.

CLXXX
Da província da Rússia

Rússia[309] é uma grandíssima província a tramontana; lá são cristãos, à maneira dos gregos, têm muitos reis, têm sua própria língua e só rendem tributo a um rei de tártaros[310], e pagam pouco. São difíceis as passagens para entrar naquelas terras. Os de lá não são mercadores, mas têm muitas daquelas peles de que falamos acima. Sua gente é formosíssima, homens e mulheres: são brancos e louros, e são gente simples. Nessas terras há muitas minas de prata, de onde se tira muita prata. Desse lugar não há mais nada para dizer: falarei da província que se chama Lacca*, porque confina com a província da Rússia.

CLXXXI
Da província de Lacca*

Quando partimos da Rússia, entramos na província de Lacca*, onde encontramos gente cristã e sarracena. Não há quase novidades, como acima, mas quero-vos falar duma coisa de que me esqueci sobre a província de Rússia. Naquela província é tanto o frio que mal se pode agüentar, e ele se estende até o mar. Digo-vos também que ali há ilhas onde nascem muitos gerifaltes e falcões, que são levados para muitos lugares do mundo. E sabei que da Rússia à Noruega[311] o caminho não é longo, mas, pelo forte frio que há, não se pode ir depressa. Agora deixo de falar desta província, pois não há mais o que lembrar, e quero falar um pouco dos tártaros do poente e de seu senhor, e de todos os senhores que tiveram. Comecemos pelo primeiro.

CLXXXII
Dos senhores dos tártaros do poente

O primeiro senhor que tiveram os tártaros do poente[312] foi um que se chamava Frai[313]. Este Frai foi homem poderoso, que conquistou muitas províncias e muitas terras, pois conquistou Rússia, Comânia*, Alanai*, Lacca*, Megia*, Ziziri*, Gúcia* e Gazaria*. Foram todas conquistadas porque não se juntavam, pois, se tivessem ficado todas bem juntas, não teriam sido conquistadas. Ora, depois da morte de Frai, o senhor foi Batu[314], depois de Batu foi Barca[315], depois de Barca foi Mogletenr[316], depois foi Totamangu[317], e depois deste foi rei quem ainda o é hoje, que se chama Toccai. Agora que ouvistes sobre quantos foram senhores dos tártaros do poente, quero falar-vos duma feroz batalha que houve entre o rei Alau, senhor do levante, e o rei Barca, senhor do poente.

CLXXXIII
Duma grande batalha

No anno Domini 1261[318] começou uma grande discórdia entre os tártaros do poente e os do levante: e isto por uma província, que ambos os senhores queriam; assim, cada um se preparou para guerra durante seis meses. Ao cabo desses seis meses, saíram em campo, e cada um tinha em campo uns trezentos mil cavaleiros, bem aprestados com todos os petrechos de guerra, segundo suas usanças. Sabei que o rei Barca tinha uns trezentos e cinqüenta mil cavaleiros. Puseram-se em campo, havendo dez milhas entre um e outro; e sabei que esses campos eram os mais ricos que já se viram, com pavilhões e tendas ornados de xamatas, ouro e prata; e ali ficaram três dias. Ao chegar a noite, devendo a batalha ser travada na manhã seguinte, cada um fortaleceu sua gente, admoestando-a como convinha. Quando a manhã chegou, e cada senhor foi para seu campo, ambos formaram fileiras bem dispostas. O rei Barca fez trinta e cinco fileiras, e o rei Alau trinta, porque tinha menos gente; e cada fileira tinha cerca de dez mil homens a cavalo. O campo era grande e belo, e isso era deveras necessário, pois nunca se soube que tanta gente assim se juntasse num só campo; e sabei que dos dois lados os homens eram denodados e ousados. Esses dois senhores descendiam ambos da estirpe de Gêngis, mas depois se separaram, pois um é senhor do levante e outro do poente. Quando ambas as partes estavam prontas e os tambores tocavam dos dois lados, começou a batalha com flechas: as flechas foram pelos ares em tamanha quantidade que todo o ar ficou delas cheio; e tantas flechas lançaram que elas acabaram. Todo o campo estava cheio de homens mortos e feridos. Então puxaram as espadas: era tal o decepar de cabeças, braços e mãos dos cavaleiros que nunca se ouviu nem viu coisa igual; e tantos cavaleiros foram por terra em ambas as partes que era de admirar; nem jamais morreu tanta gente em campo, pois não se podia pôr o pé no chão que não fosse sobre homens mortos e feridos. Só o que se via era sangue, e o sangue chegava à metade das patas dos cavalos. O alarido e o pranto dos feridos no chão era tamanho que se admiraria quem ouvisse seus lamentos. E o rei Alau fez proezas tão maravilhosas que nem parecia homem, mas parecia tempestade; assim, o rei Barca não pôde agüentar, e por fim precisou deixar o campo e fugir: e o rei Alau seguiu-o com sua gente, matando quantos se lhe atravessassem no caminho. Depois que o rei Barca foi vencido com toda a sua gente, o rei Alau voltou para o campo e mandou queimar todos os mortos, tanto inimigos quanto amigos, pois era usança deles queimar os mortos; e feito isto, partiram e volveram às suas terras.

Dos feitos dos tártaros e dos sarracenos ouvistes tudo o que se pode dizer, e dos seus costumes e dos das outras terras que há pelo mundo ouvistes tudo quanto se pode indagar e saber, salvo do Mar Maior[319], de que não vos falamos nem dissemos nada, tampouco das províncias que o cercam, ainda que as tenhamos percorrido por inteiro. Por isso deixo de falar delas, pois me parece fadigoso dizer o que não é necessário nem útil, ou falar daquilo que os outros fazem sempre, pois são tantos os que as buscam e navegam todos os dias que tudo se fica sabendo, porquanto são tantos os venezianos, genoveses e pisanos, e muitos outros, que fazem essa viagem amiúde, que todos sabem o que por ali há; assim, calo-me e nada vos digo sobre elas. Sobre nossa partida dos domínios do grão cã ouvistes no começo do livro, num capítulo[320] que fala do esforço e da canseira dos senhores Matteo, Niccolò e Marco para conseguirem a licença do grão cã; e aquele capítulo fala da ventura que tivemos em nossa partida[321]. E sabei que, se não nos fosse dada aquela grande ventura, seria muita a canseira e a dificuldade para partir, e assim talvez nunca tivéssemos voltado à nossa terra. Mas creio que a vontade de Deus era que volvêssemos, para que todos pudessem saber das coisas que pelo mundo há, pois, segundo dissemos no começo do livro, no capítulo primeiro, nunca houve homem, fosse ele cristão, sarraceno, tártaro ou pagão, que jamais tivesse andado tanto pelo mundo quanto andou o Senhor Marco Polo, filho do Senhor Niccolò Polo, nobre e grande cidadão de Veneza.

Deo gratias. Amen, amen.

Topônimos em Marco Polo

Abache = Abissínia (atual Etiópia), conhecida então como Índia do Meio por não ser considerada muito distante dos territórios asiáticos: "a rota das especiarias ia da Índia a Adan, e daí para Alexandria do Egito [...] Encontrando-se nos extremos de estreito itinerário, as duas terras eram consideradas vizinhas" (Cardona). Já os antigos tinham idéias confusas sobre a Etiópia (para Homero, *Ilíada*, I, 423 e XXIII, 206, ela ficava no Oceano); na Idade Média, será a terra do mítico Preste João.

Acre = S. João de Acre (antiga Ptolemaide), atual Akko; principal porto de "passagem" para a Terra Santa. Possessão cristã a partir de 1104, foi reconquistada por Saladino em 1187 e depois retomada pelos cristãos de Ricardo Coração de Leão em 1191; cairá definitivamente nas mãos dos muçulmanos do Egito em 28 de maio de 1291.

Adan = Aden.

Agama = Ilhas Andaman, a noroeste das ilhas Nicobar.

Alanai = Leste do Cáucaso, habitado pelos alanos, últimos representantes dos antigos sármatas.

Alcay = Os montes Altai, na Mongólia. Segundo tradição precisa, a sepultura de Gêngis estaria nas proximidades da nascente do rio siberiano Kerulen, que fica nessa cadeia de montanhas.

Ambalet Mangi = Ak balik ("cidade branca"), identificável com outra Han-chiung, situada às margens do Han-kiang.

Amu = Annam (ou Tonquim); a designação diferente da mesma região (chamada de Canjigu e de Amu nos caps. CVIII e neste) talvez se deva ao fato de Marco Polo tê-la visitado mais de uma vez.

Arac = O Iraque persa, que compreendia grande parte da Antiga Média, com as cidades de Isfahan, Ecbátana e Yazd.

Ardanda = Corresponde a *zar-dandan*, "dentes de ouro", com que era designada em persa a população de Chin-chih, situada a sudoeste de *Caraja*.

Arden = Aden.

Arguil = Ver Erguil.

Arzichi = Arcec, na margem norte do lago Van; é a Arsissa dos gregos.

Arzinga = Capital da Armênia (hoje Erzinjan), situada entre Erzerum e Sivas.

Arziron = Erzurum ("terra dos *rum*", ou bizantinos), na Turquia asiática, a caminho de Trebizonda (árabe Kalikala, antiga Theodosiópolis).

Baiscol ou Barscol = "rio dos tigres"; refere-se a uma região da Manchúria, de difícil identificação.

Balac = Balkh, no Afeganistão, identificada com a antiga capital do reino grego de Bactriana, a Bactra Basileion de Ptolomeu.

Balascam = Badakhshan, entre Balkh e Samarcanda, na fronteira com o Pamir.

Bambelônia = Nome com que na Antiguidade se indicava o Cairo e mesmo o Egito.

Bancu, planície = nas proximidades do lago Baikal (o nome *Bargu* conservou-se no topônimo Barguzinsk, cidade russa a 80 léguas de Irkutsk).

Bastian = Ver Balascam. Não deve ser confundida com *Bastiaz*, no Kafiristan.

Bastra = Bassora ou Basra.
Batalar = Puttalam, na costa do Sri Lanka, perto do rio Kala Oya.
Baudac = Bagdá.
Baudashia = Cf. Balascam.
Belor = Baluristan, na fronteira do Turquestão chinês, entre Caxemira e Pamir.
Boccara = Buxara, no Uzbequistão, antiga capital da "Grande Turquia" ou Turquestão, destruída por Gêngis Khan em 1220.
Bolgara = Atual Bolgary, a sul de Kazan, cujas ruínas ainda existem. Era a residência de verão dos cãs da Horda de Ouro.
Brunis = é o curso mais setentrional do rio Azul (Yang-tsu), antes de confluir com o Min; no texto francês, é *Brius*, cuja forma corresponde ao nome mongol desse rio.
Cacafu = Ver Cachanfu.
Cachafu = Ho-chung-fu ("sede do departamento, no meio do rio"), também conhecida pelo nome de P'u-chou-fu; fica em Shan-hsi, a leste do rio Amarelo, a 2.200 *li* de Pequim.
Cachanfu = Ho-chien-fu, importante centro administrativo da província de Pequim.
Caijagui = *Coiganzu* para Ramusio; trata-se de Huai-an-chou, às margens do Rio Amarelo.
Cain = Kao-yu-chou ("cidade do canal"), ao sul de *Pauqui* (Pao-ying), às margens do Canal Imperial.
Cajiu = Hsin-chou, no Kiang-hsi. Marco Polo diz que é a última cidade porque se situa na fronteira com o reino de Fu-chou.
Calatia = Kalayan, nos montes Ho-lan; identifica-se com o atual burgo de Ting-yüan-ying.
Calatu = Kalhat, no golfo de Omã, entre Maskat e Ras al Had.
Cambaet = Atual porto de Cambay (ind. Khambavati).

Camblau = Pequim (ou *Khambalik*, "cidade do senhor"), residência do cã e centro da Tartária a partir de 1284.

Campichon = Kanchow ou Ganzhou, centro administrativo do Kansu desde 1281.

Canjigu = Corresponde ao atual Tonquim (Chiao-Chih-kuo), onde reinava a dinastia Tran.

Caracom = Karakorum ou Holin, primeira capital do império mongol. Foi admiravelmente descrita no *Itinerarium* de Guilherme de Rübruck, que ali chegou em 1252.

Caraja = No Yun-nan, ao norte do atual Vietnã; com o termo *Karajan* os mongóis designavam também a cidade principal da região, Ta-li, próxima de outra capital.

Caramera = Karamören (rio negro), nome com que os mongóis designavam o Huang-ho ou Rio Amarelo.

Caramera = Trata-se do rio Huango-ho, definido em mongol como "rio negro" (*Kara-mören*), por ter águas lamacentas em seu trecho final.

Carcam = Yarkand, no Turquestão chinês, entre Kashgar e Khotan. Seu nome significa "cidade de pedra". Era um dos principais centros da chamada "Rota da Seda".

Carocaron = Ver Caracom.

Cascar = Ver Cashar.

Cashar/Cascar = Kashgar. Corresponde ao chinês Shu-fu-hsien.

Cauly = Coréia.

Caver = Kayal (hoje Kayalpatnam), junto ao rio Tamraparni, na província de Madras.

Chagli = Chiang-ling, no Shan-tung, na margem direita do Wei-ho.

Chaglu = Ch'ang-lu, nas proximidades de Ts'ang-chou, banhada pelo Canal Imperial; é centro de produção salina.

Chamba = Reino de Cham, atual sul do Vietnã. Marco Polo talvez tenha ido para lá por incumbência de Kublai Khan em 1289. Segundo Yule, esse nome deriva de uma antiga cidade budista que era residência real, às margens do Ganges, nas proximidades da atual Bhagalpur; teria sido adotado pelos autóctones depois de sua conversão ao budismo.

Changui = Chang-an, ao norte de *Quinsai* (Hang-chou).

Charchia = Cherchen, entre Keriya e o lago Lop, às margens do rio Cherchen-Darja.

Chier = Es-Schechr, no mar Vermelho, um dos portos mais importantes de Hadhramaut. Era muito conhecida pelos mercadores chineses da época, com o nome de Che-ho.

Chingitalas = Região situada a leste do Turquestão, não muito identificável. Segundo Pauthier, seria Sai-yin-tala, "terra rica e fecunda", mas hoje se pensa em Beshbalik ou na região situada em torno do lago Barkol, a sudeste do maciço de Bogdo Ula, de onde se extraía amianto.

Chinguianfu = Chen-chiang-fu, no Kiang-su, na margem sul do Rio Azul.

Chinguinfu = Ch'ang-chou, incluída pelos mongóis no departamento de Kiang-che.

Chinhi = Hsu-ch'ien, às margens do Huang-ho.

Chorcha = Terra dos tunguses Jurchen, na Manchúria.

Clemenfu = K'ai-ping'fu, ao norte da Grande Muralha e do rio Luan, na Mongólia, a 700 *li* (70 léguas) de Pequim; foi a residência de verão do cã.

Codifu = Tung-p'ing-fu, na rota que ligava Ho-chien-fu a Chi-ning.

Codur = K'un-lun ou Pulo Condur, ao largo da costa vietnamita (também registrada nos mapas com o nome de Han Ba), ao sul do delta do Mekong.

Coilu = Quilon, ou Kollam, na região de Kerala, cerca de 100 km a noroeste do Cabo Comorin.

Comachi = Cabo Comorin, na extremidade sul de Travancore.

Comânia = Sul da Rússia, habitada pelo cumanos de língua turca.

Comul = Hami (Kumul), numa região desértica do Turquestão chinês, na rota caravaneira que leva de Chankou a Turfan, capital do Uiguristan.

Cormos = Ver Cremo.

Cormosa = Ver Cremo.

Cotam = Khotan, conhecida também com o nome de Hotien.

Crema = Kirman, no sul da Pérsia.

Cremo/Cormosa/Cormos = Hormuz, na entrada do Golfo Pérsico.

Cuncum = Deve tratar-se da província que confina com a cidade de Han-chung, ao norte da cordilheira de Ch'in-ling, entre os rios Wei e Han.

Cunhi = Ver Kujiu.

Curmos = Ver Cremo.

Dan = Aden.

Draguan = Reino batak de Nagur, a noroeste de Sumatra.

Dufar = Dhofar, perto da fronteira entre Hadhramaut e Omã. Com esse nome também eram designadas algumas aldeias situadas entre a cidade de Mirbat e Sajar, na mesma região.

Eezima = É a conhecidíssima Khara-Khoto ("cidade negra"), situada nos limites extremos do deserto de Gobi; suas ruínas ainda existem.

Egrigaia = Equivalente a Ning-hsia (*Erkaya* em mongol), a sudoeste da grande alça do Rio Amarelo.

Eli = Monte Dilli, promontório na costa de Malabar.

Erguil = a região de Liang-chou.

Ferbet = Ujung Peureulak, na costa noroeste da ilha.

Fransur = Na região sudeste de Sumatra, reino conhecido sobretudo pela produção de cânfora (*Camphora fansuriensis*, árabe *al-kafur al-fansuri*).
Fugui = Província ou reino de Fu-chou, conhecido como Fu-kien-lu ("distrito da prosperidade") a partir de 985.
Funhi = Fu-chou ("distrito das felicidades").
Gaindu = Trata-se do vale de Chien-ch'ang, na alça do Yang-tzu.
Gangala = Bangala = Vasto território bengalês situado nas proximidades do delta do Ganges e do Brahmaputra.
Garibalu = Trata-se de uma corruptela de *Cambalu*, "cidade do senhor"; é a tradução exata do turco *kambaliq*; situava-se um pouco mais ao norte da atual Pequim.
Gavor = Ciaganor, onde se situava uma das residências de verão de Kublai. Ficava 40 *li* ao norte dos pastos imperiais.
Gazaria = territórios do sul da Ucrânia, a noroeste do mar de Azov.
Geluquelan = O mar na região de Jil ou Ghelan, que é província persa às margens do mar Cáspio.
Geon, rio = Amu Darja, que desemboca no lago de Aral. *Gihon* é o nome de um dos quatro rios do Paraíso Terrestre, freqüentemente confundido com os mais diferentes rios do mundo (para vários autores, por exemplo, *Gihon* é o Nilo).
Gobiam = Kubanan ("montanha dos pistaches selvagens"), que era um oásis no centro das regiões desérticas de Kirman.
Grande Turquia = Turquestão. Recebe o nome de Grande Turquia para distinguir-se daquilo que Marco Polo chama de Turcomânia, correspondente ao território da atual Turquia.
Gúcia = Sul da Criméia, entre Sudak e Balaclava, habitada por remanescentes de tribos góticas.
Gufarat = Gujarat.

Iar = Provável adaptação árabe de "Lar del Sans". Lata, antigo nome de Gujarat.
Iatchi = Yun-nan-fu.
Iava = Aveh, ao sul de Saveh.
Iazdi = Yazd, entre Shiraz e Isfahan, conhecido centro de produção têxtil.
Inju = Difícil identificar; segundo alguns, corresponderia a Hu-chou-fu, às margens do Grande Lago (Tai-hu).
Jafu = Kan-p'u ("pequena baía"), porto florescente na época Sung, no estuário do Ts'ien-t'ang-chiang.
Jandu = Shang-tu, ou melhor, Kai-ping na Mongólia.
Java Menor = Sumatra.
Jogui = Chou-chou, englobada desde 1263 pelo distrito de Tai-tu, a cerca de 70 km a sudoeste de Pequim.
Kujiu = Hsu-chou, às margens do rio Yang-tsu (hoje Kuang-hsin, no nordeste de Chiang-his).
Lacca = região do Cáuculo, habitada pelos *laka*.
Lambri = Provavelmente um reino que se estende da ponta noroeste da ilha de Sumatra à região de *Fransur* (cf. cap. CXLVII).
Linhi = Talvez Kian-su, às margens do Hung-ho, mas a identificação não é segura (Pelliot propõe Hsuchou, que existia às margens do Huang-ho, mas Tiberii propõe Lien-chou, às margens do Luen).
Locac = Regiões meridionais da Tailândia (em chinês, Lo-hu); é um dos lugares que Marco Polo não visitou, mas de onde teve notícias.
Lop = É a cidade de Charkhlik, na margem sul do lago Lop.
Maabar = Costa do Coromandel, a sudeste da Índia, na atual região de Madras, ao norte do Ceilão (Sri Lanka). É uma zona compreendida entre a embocadura do rio Krishna e o cabo Comorin.
Malavir ou Malauir (forma tâmil) = Talvez o reino da região de Djambi, a leste de Sumatra, a noroeste do reino de Javaka.

Megia = Hungria, terra dos magiares.

Melibar = Costa de Malabar.

Mie = O reino de Mien, ou Ava, corresponde à atual Birmânia.

Milice = *Malahidah* é o nome com que os escritores muçulmanos da época designavam os ismaelitas; equivale a "heréticos". Aqui é usado para indicar a região que habitavam (Mazandaran, na cordilheira de Albruz, ao sul do Cáspio), embora fossem numerosas as suas sedes.

Mosul = Mossul, na Mesopotâmia, na margem direita do Tigre e diante da antiga Nínive, foi sede do patriarca dos nestorianos.

Multifili = Reino de Tilanga, onde está a cidade de Mutapali (no atual Pradesh, na foz do rio Kistna).

Nagui = Wu-chou, nome com que era conhecida no tempo da dinastia Sung (960-1259) a cidade de Chin-hua-fua, na província de Che-kiang.

Nanji = Nan-ching, capital meridional da dinastia Chin, destruída pelos mongóis em 1234. Fica na margem sul do rio Amarelo.

Negrofonte/Negroponte = Eubéia, no mar Egeu, separada da Beócia pelo estreito de Euripo. Foi protetorado veneziano entre 1258 e 1279.

Negüeram = Nancouri, ilha das Nicobares (entre Camorta e Katchall), ao sul das ilhas Andaman, no golfo de Bengala.

Neníspola = É uma ilhota nas proximidades do cabo Acin, a noroeste.

Núbia = Com esse nome indicava-se antigamente a península triangular do sul da África; separa-se do Egito por um maciço montanhoso.

Ofar = Dhufar, entre Omã e Hadhramaut.

Oucaca = Hoje Ukek, na margem direita do Volga.

Pasma = Pasaman (*Pacem* para os portugueses e *Pasai* em malaio).

Pauqui = Pao-ying, no Kian-su, que mesmo sob o domínio mongol manteve esse nome, recebido na era Tang (618-906).

Petam = Bintan.

Peym = Segundo Cardona, deve tratar-se da cidade de Uzuntatir, na região de Khotan, hoje desaparecida.

Pianfu = P'ing-yang-fu, em Shan-hsi.

Pinhi = P'ei-chou, no Kian-su.

Pulinzanquiz = "Ponte de Pedra", ou "Ponte sobre o Sanghin". *Sanghin* é um dos vários nomes do rio Hun-ho. A antiga ponte foi substituída pela de Lu-ku-k'iao, a cerca de vinte quilômetros de Pequim.

Quelafu = Chieng-ning-fu, nas proximidades de Fu-chou, às margens do rio Mien.

Qüengianfu = Hsi-an-fu, já capital durante a dinastia Tang (618-905), com o nome de Shang-tu ("residência dos soberanos") e Ching-chao-fu. Sob o domínio mongol, era capital de Shan-hsi, a 2.650 *li* de Pequim.

Quenhi = Ch'ü-chou, na província de Che-kiang.

Quesimun = Caxemira.

Quesmacora = Trata-se de um nome duplo, formado pelo nome da cidade de Kiz e pelo nome da província de Mukran, ou Makran; esta última vai de Kirman (ao norte) até o golfo de Uman.

Quian = Yang-tze-kiang (Rio Azul), que realmente era o mais longo dos rios então conhecidos (cerca de 5.100 km).

Qüiiafu = Rio Min, que Marco Polo identificou com o curso superior do rio Azul.

Quinsai = É a famosa Hang-chou, escolhida como capital pelo imperador Sung Kao-tsun (1127-1162), quando os Chin conquistaram os territórios setentrionais da China. Passou a fazer parte do império mongol quando foi tomada por Bayan em 1276, juntamente com toda a região do Kiang-su. Entre os vários nomes dessa cidade, o que mais se aproxima da forma empregada por Marco Polo parece ser Hsin-tsai ("lugar de residência temporária [do imperador]").

Quinsai = Hang-chou, capital do império Sung de 1132 a 1276 (ver cap. CXXXI). Segundo Cardona, parece que um dos nomes dessa cidade teria sido Hsing-tsai (abreviação do chinês *hsing-tai-so*, lugar de residência temporária [do imperador]).

Quis = Qeshm, ilha no estreito de Hormuz, na embocadura do golfo Pérsico.

Reobales = Trata-se da tórrida região de Rudbar (*rudbar* = região cheia de rios), ao norte de Bandar Abbas.

Sabba = Saveh, a sudoeste de Teerã, conhecido centro religioso, cujo nome coincidia com o da bíblica Sabah; por isso é feita a relação com o culto dos magos.

Saianfu = Hsiang-yang-fu, no rio Han. Foi assediada pelos mongóis durante cinco anos (1268-1273).

Samarca = Samarra, na região situada a noroeste de Sumatra (talvez do sânscrito *samudra* = oceano). = Samarcanda.

Saquion = Chankou ("distrito de areias"), na província de Kansu. Muito famosa na história arqueológica da China, com o nome de Tun-huang.

Sardafu = Ch'êng-tu-fu, capital da província de Ssuch'uan, que já existia no ano 1200 a.C.

Scara = Socotra, no oceano Índico, na entrada do golfo de Aden, a leste do cabo Guardafui; Deodoro Sícolo fala dela como uma das "Ilhas Afortunadas".

Scassem = Ishkashim, no Afeganistão.

Seilla = Ceilão (Sri Lanka).

Ser = Scier, no mar Vermelho.

Sigui = Chen-chou, atual I-chêng-hsien, 25 km a sudoeste de Hang-chou.

Sindafa = Ssu-ch'uan, ao sul do Kansu e a leste do Tibete, cortada por vários afluentes do rio Azul, sendo por isso chamada "região dos quatro rios".

Sindatui = Siuan-hua, a norte de Pequim, no caminho de Kalgan.

Sindifu = Ver Sardafu.

Singui = Hsi-ning-chou, nas proximidades do lago Kökenor, a leste.

Singuitingui = topônimo obscuro que alguns relacionam com a atual Sungari (alguns identificam a fusão dos topônimos Shing-king e Tun-King); talvez se trate de Kien-chou, na Manchúria.

Sinhi = Antiga Hsin-chou (hoje Chi-ning). Su-chou, no Kiang-su, também conhecida com o nome de P'ing-chiang ("King pacificado").

Sinuglil = Ver Kujiu.

Sodur = Talvez Culao Cham.

Soldania = Atual Sudak, na Criméia, a oeste de Caffa, onde aportavam os mercadores provenientes da Turquia que se dirigissem para as regiões setentrionais. Ali a família Polo tinha um armazém.

Suchur = Suchou, no Kansu, capital da província de Tangut durante o domínio mongol.

Supunga = Atual Shibarghan, no Afeganistão.

Taianfu = T'ai-yuan-fu. No tempo de Gêngis Khan, centro administrativo das conquistas mongóis nas províncias ocidentais. Fica a cento e vinte léguas de Pequim, na província de Shan-hsi.

Tana = Thana, na ilha de Salsette, na baía de Bombaim. O território do reino devia corresponder à atual província de Konkan.

Tanduc = Tenduc = Planície banhada pelo rio Huango-ho, a norte da Grande Muralha. Na realidade a batalha foi travada nas margens setentrionais do deserto de Gobi.

Tangut = Indica um reino vasto e pouco definido, que compreende as regiões de Ning-hsia, Ordos e Kansu, ao norte do rio Amarelo.

Tapinhi = Deve tratar-se de Yen-chou-fu, não muito distante de Hang-chou na direção sudeste.

Tenunhise = Ch'u-chou, segundo Pelliot, centro de manufatura de porcelana.

Tinhi = T'ai-chou.

Toloma = Do chinês T'u-lao-man ("bárbaros t'u-lao", que moravam na região); designa uma região situada a nordeste do Yunan.

Tonocan/Turnocain = Nomes que derivam da fusão dos topônimos Tun e Kain, capital do Kuhistan.

Toris = antiga Táuris, atual Tabriz, no Azerbaijão.

Turcomânia = atual Turquia (com exclusão da Pequena Armênia) agregada ao reino tártaro da Pérsia em 1257.

Ungüe = Yen-p'ing, antiga Nan-chien.

Unguin = Talvez Wu-kiang-hsien, às margens do Tai-hu.

Vatchan = Yung-chang, perto do Mekong, na rota que vai de Ta-li a Bhamo.

Vocan = Cidade do principado ou distrito de Walkhan, no planalto de Pamir.

Zachibar = Corresponde a um longo trecho da costa leste da África, entre a Somália e Moçambique.

Zachibar = É a região do leste da África que fica entre o cabo Delgado e o Além-Juba, na Somália. Esse termo significa "terra dos negros". Quanto à definição de ilha, ver nota no cap. CLXVII.

Zarton = Zaiton, hoje Chin-Chiang-hsien, mais conhecida com o nome que recebeu na era T'ang (618): Ch'üan-Chou ("vale das fontes"). É um imenso porto chinês que fica na entrada do canal de Formosa, onde os Polo embarcaram para a viagem de volta.

Zipagu = Japão (Jih-pên-kuo em chinês = país do sol nascente), sobre o qual Marco Polo fornece as primeiras informações, importantes, ainda que não absolutamente rigorosas.

Ziziri = "*Cic*" no texto francês, corresponde a *Ziqui* do *Libellus de noticia orbis,* de João, bispo de Sultanyeh, 1404; são as regiões da Circássia, a leste do mar Negro.

Notas

1. Os códices franceses registram *XXVI ans*; trata-se de um erro do copista (na realidade, os anos de viagem foram vinte e quatro, de 1282 a 1295).
2. Onde foi preso em 1298, depois de capturado durante um combate, provavelmente ocorrido nas águas de Ayas, entre naves genovesas e venezianas.
3. Balduíno II, que reinou em Constantinopla de 1228 (ou melhor, de 1238, ano em que atingiu a maioridade) a 1261. Foi deposto por Miguel VIII, Paleólogo, imperador de Nicéia.
4. "Gran Mare" ou "Mar Maggiore", como se chamava o mar Negro.
5. Berke Khan: Sucedendo ao irmão Bakhia Khan (Batu) por volta de 1257, foi senhor da Horda do Ouro ou dos Tártaros do Poente, num território que se estendia do mar Negro ao rio Oxus (Amu Darja). Morreu em 1266.
6. Huleghu (1216-1265), sexto filho de Tului e neto de Gêngis, derrotado por Berke nessa guerra.
7. Na região da Criméia, por onde se podia voltar para Constantinopla. Evidentemente, Miguel Paleólogo entrara em conflito com Berke, e os Polo temiam ser capturados pelos bizantinos.
8. O Volga, que costuma ser confundido com outros rios.
9. Na Idade Média uma jornada correspondia à distância percorrida em um dia por um homem a cavalo (cerca de 70 quilômetros).

10. O já mencionado Huleghu.

11. Kublai Khan.

12. Na Idade Média fazia-se a distinção entre Índia Maior (atual Indostão, entre o Ganges e o Indo), Índia do Meio (que compreende a Península Arábica e parte do leste da África) e Índia Menor (Indochina).

13. Kublai, filho de Tului e bisneto de Gêngis.

14. Talvez Chang-tou, residência de verão do imperador.

15. O mongol escrito em caracteres uigúricos (cf. capítulo X sobre as línguas conhecidas por Marco); era a língua falada apenas no norte da Ásia, enquanto o turco predominava na Horda de Ouro e no atual Turquestão.

16. Kublai: correspondente ao chinês Hu-pi-lei, forma usada nos *Anais Chineses* redigidos em 1368 com base em documentos oficiais.

17. Clemente IV, que sucedeu Urbano IV exatamente em 1265.

18. Para Polo, os que adoravam ídolos, idólatras, são em geral os não cristãos e os não muçulmanos; esse termo indica o desejo de contrapor aos budistas (cuja religião o cã considerava lesiva à moral do exército) os valores do Cristianismo.

19. Podia ser de ouro ou de prata; nela estava gravada uma cabeça de leão ou um gerifalte: servia de salvo-conduto em todo o império mongol e conferia poderes quase ilimitados a quem a levava consigo. Algumas dessas tábulas foram conservadas como relíquia pela família Polo, em Veneza.

20. Na realidade trata-se de 1269; Clemente IV morreu em novembro de 1268.

21. Tebaldo Visconti, que em 1271 foi eleito papa com o nome de Gregório X.

22. Segundo o códice CM 218 da Biblioteca Cívica de Pádua, *"que o senhor Niccolò nunca vira, pois que ainda não tinha nascido quando ele partiu de Veneza"*.

23. Dominiciano da Síria, freqüentemente confundido com Guilherme de Rübruck. Foi autor de um tratado *De statu Saracenorum post Ludovici regis de Syria reditum*, em que revela bom conhecimento dos problemas orientais.

24. O feroz sultão mameluco Baybars II, que reinou de 1260 a 1277. O cognome significa "carregador de balestra",

o que mostra sua origem servil. Subiu ao poder graças a uma série de assassinatos políticos.

25. Mestre da ordem dos Templários, que naquele tempo era Tomás Bérard (1256-1273).

26. Ver nota 9.

27. Súdito; "mas esse termo feudal também designa o grau inferior da hierarquia da cavalaria; corresponde ao *homme lige* dos franceses e ao *nököt* dos mongóis, ligado por "homenagem" ao seu senhor; este, segundo as normas da sociedade feudal de Gêngis Khan, obriga-se a protegê-lo, hospedá-lo, alimentá-lo e vesti-lo enquanto ele lhe estiver prestando serviços diretos (Olschki).

28. Parece que das línguas orientais Marco conhecia o mongol (idioma oficial da corte), o persa (língua usada na Ásia pelos mercadores) e o árabe (mas não o chinês).

29. O cã.

30. Na realidade dezessete, visto que Marco chegou a Clemenfu no verão de 1274.

31. Talvez o viajante costumasse escrever relatórios diplomáticos ou fazer apontamentos detalhados, que constituíram uma fonte também para o futuro livro.

32. A rainha tártara Bulugan (da tribo bayaut) foi mulher de Abaga e depois de Arghun, senhor do império do Levante (Pérsia).

33. Arghun, citado acima, neto de Hulaghu Khan, subiu ao trono contra as pretensões do usurpador Ahmad, em 11 de agosto de 1284, e morreu envenenado em 10 de março de 1291 (ano 690 da Égira). Teve ótimas relações com os príncipes cristãos.

34. O primeiro era Ulatai, funcionário imperial, que defendia a subida de Arghun ao trono; o segundo é Abushca, "o velho", alto oficial turco; Coia não é identificável, e seu nome talvez signifique "senhor".

35. Esta viagem ocorreu por volta de 1290; não se trata daquela sobre a qual Marco Polo dará muitas notícias no corpo do texto.

36. Cf. cap. III.

37. A princesa Cocachin ("a azul") da tribo bayaut, que partiu em 1291 com os Polo para casar-se com Arghun. Morreu em 1296, depois de se unir a Ghazan, filho do defunto Arghun (7 de março de 1291).

38. Sumatra, ou pequena Java, descrita no cap. CXLIII.

39. Arghun: sua morte foi em 1291; portanto, a viagem durou dois anos e dois meses. Segundo o códice francês, a mulher foi dada então a Ghazan, filho de Arghun. Ghazan foi o primeiro soberano mongol da Pérsia que não se considerou representante do grão cã. Tolerou o cristianismo e tentou em vão conquistar a Síria.

40. Irmão de Arghun, a quem sucedeu no trono da Pérsia lesando os direitos do herdeiro Ghazan. Como foi estrangulado em 1295, a chegada dos Polo à Pérsia deu-se antes dessa data.

41. Aqui se fala de outra princesa, talvez porque a palavra *reine* [rainha] do texto franco-italiano tenha sido interpretada como o plural *reine* da forma provençal *reina*. *Manji* corresponde ao chinês man-tse com que se designava pejorativamente a população do sul do império.

42. Em 1239, durante o reinado de Ogodai, o rei da Armênia concordou em submeter-se ao império mongol e perdeu grande parte de seu poder.

43. Provavelmente o turco oriental, que não tinha muitos elementos persas e árabes, sendo por isso desconhecido por Marco Polo.

44. Artesanato.

45. Os mongóis da Pérsia.

46. Do árabe *abuqalamun*, seda finíssima e multicolorida.

47. Segundo crença antiga, o casco da arca de Noé estaria enterrado nas neves do cume do monte Ararat.

48. Na região sudeste.

49. Óleo mineral ou nafta.

50. Sempre: por tradição dinástica.

51. Trata-se da fortaleza de Derbend, entre o Cáucaso e o mar Cáspio, construída pelo persa Cosroe no séc. VI d.C. Aqui a construção é atribuída a Alexandre.

52. Os *cumanos* eram provavelmente um povo turco instalado às margens do mar Negro; portanto, não teriam sido "encerrados" por Alexandre nas montanhas.

53. Ou seja, da região de Ghelan.

54. Sudeste.

55. Ou seja, católico, universal (o patriarca dos nestorianos era conhecido como χαθολιχος, termo registrado por Marco Polo segundo a pronúncia árabe = iatlik).

56. Curdos.

57. O Tigre.

58. Ilha situada no golfo Pérsico, que Marco Polo só conhecia de nome. Era importante porto do mar de Omã, que Arriano conhecia como *Cataea*.

59. Möngke.

60. Essa é a lenda do *"aurum sitisti, aurum bibe"* [tiveste sede de ouro, bebe ouro], contada ao longo dos séculos por diversas personalidades. Na verdade, o califa foi enfiado num saco e pisado por cavalos, pois os mongóis eram proibidos de derramar sangue real.

61. Ou melhor, entre Bagdá e Mossul, duas regiões aonde provavelmente Marco Polo nunca chegou.

62. Talvez 1225; em todo caso, é uma data anterior a 1258, ano do fim do califado abácida.

63. Trata-se da tradução perfeita do persa *Cala Ataperistan*, encontrado no texto francês; refere-se ao culto zoroastriano do fogo, ainda hoje observado pelos parses indianos.

64. Estamos diante de uma lenda religiosa ligada às origens míticas do petróleo – pedra xamânica que protege dos raios – e da incorporação do culto oriental do fogo na doutrina cristã.

65. Galasaca, citado acima.

66. Correspondem, respectivamente, às atuais regiões de Kazvin, Curdistão, Luristan, Sulistan, Isfahan, Shiraz, Shabankarah e Kuhistan (capital Kain).

67. Ver capítulo XXX.

68. Moedas cunhadas pela primeira vez em Tours, cujo nome francês era *torneis*. Ao lado das libras de Paris, constituíam a moeda dos reis de França, mas tiveram grande difusão no Oriente graças às Cruzadas.

69. A banana, assim chamada por ser tradicionalmente identificada com o *"fructus in quo Adam peccavit"*.

70. Como se depreende de um trecho do manuscrito de Berlim (*"caraunas" são chamados porque têm mãe indiana e pai tártaro*), trata-se de um grupo de assaltantes, talvez de origem mongólica (*qara* em mongol é "negro"), que devastava as zonas situadas entre o canal de Balkh e a foz do Indo, nos períodos em que as cidades eram açoitadas pelas tempestades de areia.

71. Não identificado pelos historiadores.

72. Propôs-se Kanat as-Sah "canal do rei", mas essa identificação não é segura. Entre Hormus e Camadi também há uma cidade chamada Kamasal.

73. Sul.

74. Deve tratar-se de Rukn ad-Din ("pilar da fé") Mahmoud, senhor de Hormuz de 1242 a 1277.

75. Coco.

76. *"mas fazem cavilhas de madeira e com elas pregam seus navios"*, Códice 3999 da Biblioteca Casanatense di Roma.

77. É o chamado *simun*, ou vento pestilencial.

78. Corresponde a *Ruemedan Acomat*, citado acima.

79. Tratar-se-ia de um plátano milenar e sagrado, situado na zona desértica de Khorassan.

80. Refere-se ao combate de Arbil, no Curdistão, onde o exército de Dario foi desbaratado (331 a.C.).

81. Marco Polo conheceu essa história "de ouvir falar", pois quando chegou ao local a seita já havia sido aniquilada (1257). Identifica-se o Velho da Montanha com Ala ad-Din Muhammad, lendário chefe da seita dos *assassinos* (etim. "fumantes de haxixe"), ou ismaelitas, que, defendidos pela inexpugnável fortaleza de Alamut, ao sul do Cáspio, e fiéis a seu senhor por um férreo vínculo de fanatismo religioso, eram usados para iniciativas terroristas e criminosas em principados francos e muçulmanos: atacaram califas, o Conde Raimundo de Trípole e Corrado de Monferrato, rei titular de Jerusalém; atentaram contra a vida de Saladino e de Eduardo da Inglaterra. A lenda dessa personagem baseia-se na tradução do árabe *Sheikh-el-Gebel*, em que o primeiro termo significa "velho" ou "senhor").

82. Ver capítulo anterior.

83. Na verdade foi em 1256. A expedição de Hulaghu chegou a Samarcanda em 1255, depois de partir em 1253.

84. O de Tunocan, do cap. XXX.

85. A cidade foi destruída pela primeira vez por Gengis Khan em 1220, quando, segundo os cronistas, tinha 1200 mesquitas e 200 banhos públicos; era também um grande centro de cultura helenista, budista e islâmica. Tamerlão completou a obra de devastação em 1369.

86. Atual Talikhan, a nordeste do Afeganistão, próximo das montanhas do Pamir, 200 km a leste de Balkh.

87. Até o final do mundo.

88. Bicornes (segundo a efígie de Alexandre, com dois chifres que simbolizavam os dois lados do mundo, o oriental e o ocidental, submissos a ele).

89. Significa "pedras, rubis de Badakhshan"; o *balaxe* é uma variedade preciosa de espinélio transparente, de cor vermelha.

90. O texto latino diz: *"Homines istius contractae sunt nigri"* [Os homens dessa terra são negros].

91. Sudeste.

92. De seu culto.

93. O Oxus (ou Amu Darja); o trecho aqui indicado é conhecido como Peng.

94. Chagatai. Era o segundo filho de Gêngis Khan, irmão de Octai (Ogodai), que sucedeu o pai no império mongol com o título de Grande Khan.

95. Referindo-se ao túmulo de Maomé e ambientada em Bagdá, essa lenda (que remonta a uma tradição ligada à figura de São Patrício), reaparece com as mesmas características num poema de Baudouin de Sebourg, escrito por volta de 1314.

96. Ou Turquestão, que compreendia então as regiões centrais da Ásia, onde se falava o turco oriental.

97. É o que hoje chamamos de deserto de Gobi (um pleonasmo, visto que *gobi* significa deserto).

98. Uma variedade de turco oriental que ficou conhecido através do alfabeto siríaco dos *cristãos nestorianos*.

99. Mangu Khan, primogênito de Tului, senhor do império mongol de 1251 a 1259. Foi o último imperador cuja autoridade era reconhecida nos territórios ocupados pelos mongóis.

100. Trata-se do amianto, conhecido material fibroso usado para revestimentos e tecidos incombustíveis; o amianto passou a ser indicado pelo nome da salamandra porque, segundo antigas lendas, ela resiste ao fogo.

101. Vale dizer, a Manchúria, onde estavam originariamente.

102. Na região dos Jurcen (tribo *tungus* do sudeste da Manchúria, que fundou a dinastia Chin [1123-1260] no norte da China).

103. *Preste* é galicismo para "padre". Preste João foi um soberano cristão, riquíssimo e lendário, cujas primeiras notícias chegam através da *Chronica* de Otto de Freising (1145: *"Johannes quidam, qui ultra Persidem et Armeniam in extremo oriente habitans, rex et sacerdos, cum gente sua Christianus est, sed Nestorianus"* [João, que habita além da Pérsia e da Armênia, no Extremo Oriente, é rei e sacerdote, e com sua gente é cristão, porém nestoriano]). Habitaria numa região identificada ora com a Ásia (Índia, China, Pérsia), ora com a África (Núbia e Etiópia). Falou-se dele como príncipe mongol (Ye-Lin-Ta-che), que, vencidos os seljúcidas da Pérsia em 1141, protegeu o cristianismo no império dos Khara-Khitai (Ásia central). Na realidade, deve ser identificado como Togrul, aliado de Yusugei e de Gêngis Khan, e chamado de *onkan* (poderoso rei, de onde talvez derive Johannes). Grande parte de sua fama está ligada à lenda difundida pela suposta *Carta* do Preste João ao imperador Manuel I Comneno (1143-1180), reexpedida para Barba-Roxa, que se tornou um dado imprescindível para o imaginário coletivo da Idade Média.

104. Parece que na verdade Gêngis Khan (seu verdadeiro nome era Temujin) foi eleito em 1207, mas a data exata ainda é objeto de controvérsia.

105. Súdito, vassalo.

106. O episódio da recusa, porém, refere-se ao primogênito de Gêngis, a quem Ong Khan recusou a mão de sua filha, ao mesmo tempo em que rejeitou a oferta da filha de Gêngis como esposa de um de seus sobrinhos. Em todo caso, o episódio bélico narrado por Marco Polo remete à conquista do território chinês do Tenduc (1209); a razão do erro é, provavelmente, a confusão entre o nome dessa província dos Ongut, governada por reis cristãos, e a dos Tongut, na Mongólia propriamente dita, que fazia parte do território de Kerait, último rival mongol de Gêngis Khan.

107. Livro dos Salmos.

108. Segundo os historiadores orientais, Togrul não morreu durante essa batalha; ferido, encontrou refúgio junto a Tagang Khan, senhor dos naiman, que o mataram e decapitaram.

109. Talvez o palácio de Ha-lao-t'u, onde Gêngis teria morrido, segundo uma das várias tradições.

110. A sucessão apresentada por Marco Polo não deve ser considerada rigorosa.

111. Hulaghu.

112. Mangu, Mönke (Mongka), filho de Tului; reinou como último imperador do império mongol unido, de 1251 a 1259.

113. Kublai (em chinês, Chi-tsu) reinou de 1260 a 1294.

114. De forma circular; são as famosas *yurt*, tendas típicas dos nômades.

115. Sul.

116. Era o homem que devia levar o dote.

117. No original, *metrucci*. Trata-se de população turco-mongólica estabelecida ao sul de Baika, cujo rei Tucta (Tokhto'a-beki) foi vencido por Gêngis Khan em 1217; sobre isso Giovanni da Pian del Carpine e Guilherme de Rübruck também falam.

118. É o nome turco de uma ave migradora de plumagem marrom que habita as zonas de estepe da Ásia central.

119. Sul.

120. São os iaques, que na Mongólia são usados como animais de sela e tiro, mas também como produtores de leite e de carne.

121. Trata-se de um mamífero viverrídeo de cujas glândulas anais é extraída uma substância odorífera.

122. No cap. LII estão os dados essenciais sobre essa personagem.

123. Descendente de Ung-khan e, portanto, senhor dos queraítas instalados ao longo do rio Amarelo, foi católico graças a João de Montecorvino, ainda que suas tribos voltassem ao nestorianismo depois de sua morte (1298); foi vassalo e genro de Kublai Khan.

124. As duas populações bíblicas descendentes de Jafet (cf. Ezequiel XXXVIII, 1 ss.), que Alexandre Magno teria aprisionado nas regiões setentrionais extremas, fechando as portas do Cáucaso, para temperar sua ferocidade; a afinidade fonética entre *Magog* e *Mongol* e o tema do Anticristo, tão difundido nas épocas dominadas pelo terror das invasões, levaram à identificação entre gog-magog e os tártaros.

125. Os ongut e os tártaros, encerrados efetivamente nas estepes, além da Grande Muralha, assim como Gog e Magog

teriam ficado além das Portas de Ferro erigidas pelo Macedônio.

126. O persa *nasish* indica as sedas e os brocados tecidos de ouro, importados da China.

127. São os oriotes, estabelecidos a oeste dos montes Khuigan; mas é provável que os privilégios atribuídos por Marco Polo a essa tribo pertençam a alguma outra população.

128. Tibetanos.

129. Kublai morreu em 1294, mas em 1298, quando compõem o texto no cárcere de Gênova, Marco Polo e Rustichello não sabiam disso.

130. Na verdade o quinto, depois de Gêngis, Ogodai, Guyuk e Mangu.

131. Trinta, no texto francês.

132. Caydu (1230 c.-1301), sobrinho de Ogodai, hostil a Kublai Khan por ter sido afastado da gestão do poder hereditário central dos mongóis.

133. Na verdade foram cinco.

134. Filho de Chinguim e, portanto, neto de Kublai, sucedeu o avô em 1294 e morreu em 1307. *Temur* em mongol significa "ferro", e é um apelido afetuoso. Favoreceu o cristianismo na pessoa do primeiro missionário católico que residiu em Pequim.

135. Alto feudatário.

136. Sul.

137. Cerca de dois metros e meio.

138. A palavra empregada é "astrolomia", que seria a junção de astronomia e astrologia.

139. Na verdade, trata-se de Ta-tu, a nordeste de Khambalic, para onde foi transferido o governo administrativo do império em 1272; corresponderia, *grosso modo*, à *"cidade tártara"*, ainda existente entre os muros de Pequim.

140. Essa data corresponde à oitava lua do ano de 1215.

141. No calendário chinês, baseado nas lunações, o ano começa com a lua nova anterior à entrada do sol na constelação de Peixes; por se tratar de um cômputo sujeito a variações, o primeiro dia do ano caía com grande freqüência no início do mês de fevereiro. Os mongóis chamavam o primeiro mês do ano de *Chagan* ("branco").

142. Palavra persa que designa calçados de pele de cavalo ou de asno.

143. Segundo o texto francês, são linces.

144. Ou melhor, *toscaor*, do turco *toskaul* (guarda, guardião).

145. Termo turco bem traduzido por Marco Polo; *bolargo*, com referência a uma propriedade perdida, encontra-se num documento veneziano de 1320.

146. No texto francês, "Cacciar Modun", que corresponde a "árvore solitária, na floresta dos salgueiros", no distrito de Kuo-chou, ao sul de Pequim.

147. Sul.

148. Moeda veneziana com cerca de meio grama de prata, difundida no Levante, onde foi imitada e falsificada.

149. Outra moeda veneziana, com cerca de dois gramas de prata, cunhada quando se sentiu a necessidade de criar uma moeda maior que o *denaro*, que tivesse maior poder aquisitivo.

150. Era a tarifa que se devia pagar pela substituição do papel-moeda.

151. Juiz.

152. Gafanhotos.

153. Trata-se do carvão fóssil.

154. Aqui começa a descrição propriamente dita da China; observa-se então o caráter oficial do relatório feito ao khan, evidentemente influenciado pelas exigências culturais dos Yuan, cujos conhecimentos geográficos eram muito desenvolvidos.

155. Arte.

156. Indica a posição mais ao sul.

157. No texto italiano, *re Dor* traduz o francês *Roi d'Or*, que, por sua vez, é tradução de *Altan Khan* ("rei do ouro"), título ostentado pelo soberano Chin ("ouro"); com este último nome faz-se referência à dinastia fundada pelos Jurchen da Manchúria, que dominou o norte da China de 1115 a 1234 e foi aliada de Gêngis Khan contra os tártaros. Caitui corresponderia a Chi-ang-chou.

158. O rio Amarelo.

159. Do grego ἄσπρος ("branco"); era o nome de uma moeda muito difundida no Levante e nos domínios venezianos. O nome parece dever-se ao fato de ser ela cunhada

com prata chinesa, que continha uma parte de antimônio, e por isso era mais brilhante que a prata comum.

160. Um *grosso* (ver cap. LXXXI).

161. "Felicidade", em sânscrito. Era o terceiro filho de Kublai. Foi nomeado rei em 1273 e morreu em 1280. Portanto, é entre essas duas datas que se deve situar a viagem de Marco Polo à cidade de Hsi-an-fu.

162. Impostos.

163. Habitantes do sul da China.

164. *Esentemur* no texto francês; no governo do Yunnan de 1280 a 1307, Iesian Temur, porém, era neto de Kublai, tendo nascido do quinto filho deste, Hokotsi.

165. Insalubres.

166. Trata-se das "conchas-porcelana", *Cypraeae*, usadas como moeda em várias regiões do Levante.

167. Acréscimo de Ottimo, fundada na falsa crença de que o pó dessas conchas fosse empregado na fabricação da porcelana, cujo segredo o Ocidente ainda não conhecia.

168. Talvez o lago Lung-tan.

169. Ver nota no cap. CII.

170. Crocodilo.

171. Ver nota anterior.

172. Entra em transe.

173. O grande vale que desce do sudoeste da China para as planícies da Birmânia.

174. Rinocerontes.

175. Atrás dos exércitos mongóis iam bons conhecedores dos lugares (na maioria das vezes provenientes da Índia Menor); isso não exclui uma atitude depreciativa do khan em relação ao inimigo.

176. Para o leste.

177. Ver cap. LXXXI.

178. Afluentes.

179. De fato, fica ao sul da capital.

180. Essa região foi conquistada na realidade por Gêngis Khan, por volta de 1220.

181. Angul e Mongatai, segundo Ramusio; correspondem, respectivamente, a Arku, que lutou contra Sian-yang, e a Mangkutai, que conquistou muitos territórios no sul da China.

182. Sul da China.

183. Das montanhas da Mongólia, ou "terra de Tenduc", como Marco Polo explica em outro capítulo (LXII).

184. Ver notas nos capítulos XIII e C.

185. É o título (persa *fagfur* = filho do céu; chinês *T'ien tze*) com que eram designados os imperadores chineses na historiografia árabe. A referência aqui é a Tu-tsung, último representante da dinastia Song, à qual Kublai Khan pôs fim com a conquista das terras dos manji (man-tse, "bárbaros do sul"). O infeliz soberano morreu miseravelmente em Wen-chow, onde se refugiara dos mongóis invasores, enquanto sua mulher e as jovens princesas, que ficaram para reagir ao sítio à capital (Quinsai de Marco Polo), foram presas e levadas para a corte de Kublai Khan.

186. Bayan Chinsan, ou seja, "o primeiro ministro Bayan" (*cem olhos* talvez provenha da pronúncia do chinês *pai-yen*). Foi responsável pela queda da dinastia Sung. Conquistou grande poder e, com a morte de Kublai (1294), conseguiu fazer que Temur (filho de Chan-chin e neto do khan) fosse eleito imperador. Morreu em 1295.

187. É a viúva de Tu-tsung, regente pelo infante Kong-ti.

188. Sudeste.

189. São as águas do Canal Imperial, através das quais só se pode passar graças a essa estrada sobrelevada.

190. Um *grosso* de prata.

191. Trata-se de Hang-chou, já capital do reino Yang.

192. Norte.

193. Membro do mesmo grupo, confrade.

194. Trata-se de monges budistas.

195. Ou melhor, Mar Sartis = Dom Sérgio, sacerdote nestoriano oriundo de Samarcanda, eleito governador da cidade depois da conquista mongólica (1276).

196. Ver capítulo CXX.

197. Segundo o texto francês, os alanos, que, como se sabe, ocupavam um território compreendido entre o Aral e o rio Don; uma parte dessa população confluiu para o exército mongol de Gêngis Khan, distinguindo-se por sua fidelidade ao khan. Aqui a referência é feita aos alanos cristãos do Cáucaso.

198. Pauthier supõe que essa interpretação se deva ao antigo provérbio chinês que dizia: "no alto está a esplêndida sede celestial; na terra temos Su-chou e Hang-chou".

199. Rainha, no texto francês. De fato, foi a viúva do último imperador Sung [ver cap. CXX] que tratou com Bayan, devido à minoridade do herdeiro de Tu-tsun, Kong-ti.
200. Não condenaria à morte.
201. Corporações de artesãos.
202. Segundo Ramusio: "Cada habitante era obrigado a exercer a arte do pai, e não outra; e se ficassem ricos, era-lhes permitido deixar de trabalhar com as próprias mãos, mas eram obrigados a manter a oficina e os homens que exerciam a arte paterna."
203. Sul.
204. Na realidade nove, segundo Ramusio e o texto francês.
205. Estopa de cânhamo.
206. *Fafur*, do capítulo CXX.
207. 1.600.000 de casas; *tomain* é termo turco que equivale a "10.000".
208. Na realidade, nove.
209. Ver nota no capítulo anterior.
210. Corporações profissionais.
211. Marco Polo de fato fez essa contabilidade durante três anos (1278-1280) como administrador das salinas.
212. Sudeste.
213. O já citado Min-Kiang (ou Ban-kong, segundo a pronúncia de Fukien).
214. Um *grosso* de prata.
215. Resina.
216. Segundo Ramusio: "Os navios maiores carregam consigo duas ou três grandes barcas, capazes de carregar mil cabazes de pimenta ou mais, em cujo governo devem estar cerca de sessenta marinheiros [...] E as menores muitas vezes ajudam a puxar as grandes [...]."
217. Na realidade o comércio do ouro japonês era intenso.
218. Aqui Marco Polo demonstra estar a par apenas da segunda expedição enviada por Kublai Khan para a conquista do Japão em 1281: era guiada por Alacan (que ficou doente e precisou desistir) e por Fan Wên-hu (um mongol e um chinês, donde a rivalidade); malogrou porque de repente soprou o "vento divino" (*kamikaze*), que impediu os invasores de chegar a terra; tempestade semelhante também castigara a frota de Kublai Khan durante a primeira

expedição (1274), embora desta vez as tropas mongóis tivessem conseguido desembarcar (parece que a campanha foi interrompida porque o exército ficou sem flechas).

219. A ilha de Kyushu.

220. Takashima.

221. Datação errada.

222. No texto francês, o outro teria sido mandado para uma ilha, onde morreu. Para Ramusio, o outro teria ido para uma ilha selvagem, aonde vão para morrer os homens que cometem algum erro desse tipo. "Manda-lhes envolver as duas mãos num couro de búfalo de há pouco esfolado e os faz coser com estreiteza, de tal maneira que, ao secarem, apertam tanto que de modo algum se podem mover. E assim terminam miseravelmente a vida, por não se poderem ajudar."

223. "O budismo japonês com deidades de rosto ferino e múltiplos braços foi importado do Ceilão. O culto nacional, o xintoísmo [...] não tem imagens [...]" (Tiberii).

224. Mar da China.

225. O mar que banha o sul da China. No texto francês: "Digo-vos que, na linguagem dos da ilha, querem dizer manji quando dizem chin."

226. Trata-se das monções: a do nordeste sopra entre outubro e junho; a do sudoeste, de julho a outubro.

227. Na verdade a conquista foi posterior a essa data.

228. Sul-sudeste.

229. Na realidade a distância e a direção são contadas a partir de Chamba.

230. A ilha está tão ao sul (na verdade no Equador) que não se vê a estrela polar.

231. Trata-se da população antropófaga dos *battas*.

232. Rinoceronte.

233. Púbis.

234. Não eram vísiveis nem a estrela polar nem a constelação da Ursa Maior.

235. Trata-se das *Palmae indicae vinariae*, de que se extrai um líquido doce e fermentável.

236. Coco (ou "nozes indianas"). A farmacopéia medieval atribuía a esse fruto a capacidade de aguçar o intelecto.

237. Trata-se do orangotango (malaio *orang*, "homem", e *utan*, "selvagem").

238. Rinocerontes.

239. *Chamada cânfora fansuri*, como especifica o texto francês; portanto, é diferente da chinesa, obtida de um loureiro.

240. Trata-se do *puhn sagu*, ou árvore do pão; depois de seca, essa substância produz uma massa nutritiva semelhante ao pão.

241. Coco.

242. São os cinocéfalos (cabeça de cão), presentes na *Epistola Alexandri ad Aristotelem*, em *De rebus in Oriente mirabilibus*, de que falam numerosos viajantes medievais.

243. No tempo de Marco Polo o rei do Ceilão era Parakrama Bahu IV (1291-1326), mas é possível que esse nome seja uma deformação do título dos soberanos.

244. Ou seja, *Senderban, rei de Var*, que não pôde ser identificado com nenhum soberano específico da dinastia Pandya de Mabar.

245. Golfo de Mannar, entre Sri Lanka e a costa indiana.

246. Trata-se do rosário budista, hoje com 108 contas (correspondentes às 108 "Portas da Lei" ou da Verdade).

247. "O marco de Veneza, cunhado por Enrico Dandolo (1192-1205), equivalia a vinte e seis denários e a 2,178 gramas de prata" (Cardona).

248. Alguns identificam com os párias.

249. O nome dessa seita reformadora do séc. XI logo passou a significar herege em geral. No entanto, *patari* significava "andrajoso" em Milão, onde foi maior a difusão dessa seita.

250. Disciplina complementar da astrologia, com que se pretendia deduzir o caráter moral do indivíduo a partir de suas características somáticas.

251. Trata-se de Rudrama Deva, filha do rajá de Devajiri.

252. Um tecido de seda.

253. Antiga Mailapur (hoje São Tomé), ao sul de Madras, onde havia uma pequena comunidade nestoriana. Entre os apóstolos, São Tomé teve como missão evangelizar as regiões orientais, e várias tradições apresentam-no como "apóstolo da Índia".

254. Do árabe *hawari*, apóstolo.

255. Todas as divisões do edifício.

256. Homens subordinados a regras religiosas.

257. Ascetas, iogues.

258. Buda. "Borgani" vem de *Borcan*, que, segundo Olschki, é palavra altaica para designar não só uma divindade mas também a sua imagem.

259. São as várias encarnações. Seu fundamento é a idéia moral de experimentar a vida em todos os estados ou condições (o sânscrito *buddha* significa "aquele que atinge o conhecimento de tudo"); só através da superação das provas impostas pelas numerosas existências, da prática da meditação e das virtudes, será possível ingressar definitivamente no Nirvana.

260. "Buda foi representado simbolicamente como cavalo, para simbolizar sua lendária fuga a cavalo" (Contini).

261. Santiago de Compostela.

262. Religiosos.

263. Na verdade, o traslado das relíquias foi em 1288.

264. Não identificado.

265. Talvez se trate das panteras.

266. Um pouco da estrela polar. Quanto à navegação dessas regiões e ao caráter empírico das medidas astronômicas, Niccolò de' Conti relata, na metade do séc. XV, que "os navegadores da Índia governam-se pelas estrelas do pólo antártico, que é a parte do meio-dia, porque raras vezes vêem a nossa tramontana, e não navegam com bússola, mas orientam-se pelas estrelas, segundo achem que elas estão altas ou baixas, e fazem isso com certas medidas que empregam".

267. Vulia-putnam.

268. Turbito: planta convolvulácea de raiz purgativa (*Convolvolus indicus,* lat. *turpethum*); noz-da-índia = coco.

269. Do árabe *abuqalamun*, seda finíssima e multicolorida.

270. Rinoceronte.

271. Trata-se do benjoim (ou incenso de Java, árabe *luban Grawi*), de cor escura.

272. Na verdade, esse nome, ao lado de *Femelle*, abaixo, são reproduções dos termos franceses *mâles* e *femelles*, machos e fêmeas. Era lenda corrente que uma ilha do oceano Índico fosse habitada exclusivamente por mulheres, identificadas com as míticas amazonas.

273. Essa cristianização das famosas ilhas não é invenção de Marco Polo, mas talvez esteja vinculada às tradições clássicas e cristãs da ilha de Socotra, que por muito tempo foi colonizada e evangelizada pelos gregos, nos primeiros séculos da nossa era.

274. Depois da conquista da Pérsia pelos sarracenos, a sede do patriarca nestoriano foi transferida definitivamente para Bagdá.

275. Com este termo Marco Polo refere-se a Mogadiscio (*Madagascar* é corruptela de *Mogedascio*, usada bem mais tarde para definir alguns dos habitantes da ilha de São Lourenço, como foi chamada então a atual ilha que é separada da África pelo canal de Moçambique). No que se refere aos lugares descritos no próximo capítulo (*Zachibar*), fala-se de *ilha;* é muito provável que o viajante veneziano não tivesse informações muito detalhadas sobre a exata conformação da costa sudeste africana. É verdade que o termo árabe usado para designar península (*jazirah*) também vale para o conceito de ilha, e daí podem ter surgido mal-entendidos.

276. *Pterocarpus santalina L*, usado como madeira de construção e como corante.

277. Aqui Marco Polo refere-se ao âmbar produzido pelo intestino do cachalote, ao contrário do âmbar vegetal a que se referiu no capítulo CLXV.

278. A referência é à corrente quente de Moçambique, que corre de nordeste para sudoeste, passando pelo canal do mesmo nome; é muito forte, podendo quadruplicar o tempo de viagem em direção contrária, como explica Marco Polo.

279. Aqui se fala do *rukh*, pássaro mítico imenso que seria capaz de levantar elefantes, navios etc. Simbad, abandonado numa ilha, confundiu seu ovo com uma cúpula, e o pássaro-mãe com uma nuvem. Na história dessa ave confluem várias tradições míticas do Oriente (quais sejam, o árabe *simurgh*, o indiano Garuda [no qual Vishnu cavalga] ou o grego Grifo).

280. São as bastidas, de que ja se falou em outros capítulos.

281. Cf. caps. CLI e CLXIV.

282. Ou seja, a Índia "além-Ganges".

283. Do sul do Vietnã até Pradesh.

284. Na cidade santa de Axum, perto de Adua.

285. O caso que aqui se narra pode ser encontrado em textos da agiografia etíope; refere-se ao negus Teodoro I.

286. Na realidade, trata-se do mar Vermelho.

287. Nilo.

288. Talvez signifique península indiana, visto ser freqüente a confusão entre "ilha" e "península" em árabe; outra possibilidade é que *ilha* aqui tenha valor coletivo.

289. Praças-fortes.

290. Em turco, *ay-yaruk*, que efetivamente significa "luar". Esse motivo, da princesa invencível, consta da tradição popular e dos romances de cavalaria; parece remontar à personagem ovidiana de Atalanta.

291. Topônimo não identificado.

292. Dos tártaros do Levante, instalados entre Anatólia e o Golfo Pérsico. *Abaga*, filho de Hulaghu, khan mongol da Pérsia; nasceu em 1234, sucedeu ao pai em 1265 e morreu em 1282. Quanto a Arghun, ver cap. XII.

293. Ver nota no capítulo anterior.

294. Ver nota no cap. XXX.

295. Amu Darja. Ver nota no cap. CLXXVI.

296. Em 1284, embora Abaga tenha morrido dois anos antes: a razão disso está nos fatos narrados a seguir.

297. É evidente a defasagem cronológica entre os dois fatos (a derrota de Barac e a morte de Abaga): Barac morrera em 1270-71, portanto cerca de onze anos antes do desaparecimento de Abaga.

298. O usurpador Ahmad, irmão menor de Abaga (o verdadeiro nome era Tekuder), que subiu ao trono em 6 de maio de 1282.

299. Antes se convertera ao cristianismo e fora batizado com o nome de Nicola.

300. Aqui Marco Polo passa repentinamente do discurso direto para o indireto.

301. *Malik*, em árabe, equivale a "rei, senhor" e também a "general"; trata-se, portanto, de um título.

302. "Touro", em turco, era oficial de alta patente no fim do reinado de Abaga e durante o de Argun.

303. Segundo o texto francês, o príncipe Ghazan, que teria subido ao trono em 1295, casando-se com Cocachin, já destinada ao pai Arghun.

304. 1286 no texto francês; nesse ano Arghun subiu ao poder definitivamente, mantendo-o até 1291.

305. Das terras que ficam ao norte: oeste da Sibéria, dominada durante muito tempo pelo tártaro Sartaktai, pai dos *Conchi*, citados abaixo.

306. Em mongol esse nome significa "pastor"; reinou até 1300, mais ou menos. "Em 1293" – observa Yule – "chegou à corte de Kaikhatu a embaixada de um Kaunchi, comandante da *Horda Branca*, território situado a nordeste do Cáspio." Seus descendentes reinaram na Sibéria até a conquista russa, no séc. XVI.

307. Trenós.

308. É o termo tradicionalmente usado para indicar as regiões subárticas do norte da Rússia, encerradas entre o mar de Kara e o mar da Sibéria.

309. Trata-se da Rússia propriamente dita, cujo nome provém de *rus'*, que indica uma tribo escandinava que cedo dominou o leste. Os territórios russos foram conquistados pelos mongóis da Horda de Ouro entre 1237 e 1240; foi só em 1380 que Dimítri Donskoi pôs fim ao domínio tártaro, conseguindo vencer na batalha de Koulinovo.

310. Segundo o texto francês, seria Toktai (ver cap. CLXXXII).

311. O nome usado por Marco Polo é Orbeche.

312. Num território que se estendia do mar Negro a Amu Darja; eram súditos de Jochi, primogênito de Gêngis, e do filho de Batu.

313. No texto francês, *Sain*, que corresponde ao mongol *sayin* ("o bom"), que era o cognome de Batu, talvez confundido por Marco Polo com o pai Jochi, verdadeiro fundador da dinastia dos tártaros do poente.

314. Bakhia Khan, filho de Jochi (portanto, neto de Gêngis): reinou de 1227 a 1254.

315. Berke (irmão de Bakhia) foi soberano da Horda de Ouro de 1257 a 1266.

316. "Mönke Temür, segundo filho de Tokokan, que reinou de 1266 a 1280.

317. Tödemönke, irmão de Mönke Temür, que reinou de 1280 a 1287.

318. A guerra entre Hulaghu e Berke estourou por volta de 1262. Sobre essa guerra, ver capítulos iniciais.

319. Mar Negro.

320. Cap. XIII.

321. O que propiciou a partida, ou seja, o pedido de Arghun por uma princesa mongol (ver cap. XII).

IMPRESSÃO E ACABAMENTO

YANGRAF

GRÁFICA E EDITORA LTDA.
TEL/FAX.: (011) 218-1788
RUA: COM. GIL PINHEIRO 137